詩經

下

原著 不詳

袁愈荌 譯注

台灣書房 印行

詩經目次

鄘風

衛風

王風

鄭風

陳風

檜風

曹風

豳風

小雅

下冊

大雅

頌

周頌

魯頌

商頌

鶴鳴

諷宣王求賢自助。

鶴鳴于九皋❶

聲聞于野

魚潛在淵

或在于渚❷

樂彼之園❸

爰有樹檀❹

其下維蘀❺

它山之石

可以為錯❻

白鶴深澤長聲叫，

聲音四野能聽到。

魚兒潛伏在深淵，

或者遊到小渚邊。

想去那個園裡看，

其中生長有紫檀，

樹下惡木葉落滿。

別的山上那石頭，

可做磨石把它留。

鶴鳴于九皋
聲聞于天
魚在于渚
或潛在淵
樂彼之園
爰有樹檀
其下維穀❼
它山之石
可以攻玉❽

白鶴深澤長聲叫，
滿天都能聽得到。
魚兒遊在小渚邊，
或者潛伏在深淵。
想去那個園裡看，
其中生長有紫檀，
下有惡木楮樹幹。
其它山上的石頭，
可以琢玉把它留。

【注　釋】

❶九皋：《箋》：「皋，澤中水溢出所為坎，包外數至九，喻深遠也。」《韓詩》：「九皋，九折之澤。」❷渚：水中小洲。❸園：指園林。❹爰：語助詞。樹檀：即檀樹，為葉韻而倒文。❺蘀：落葉。一說木名，軟棗樹。❻錯：磨石。《傳》：「錯，石也，可以琢玉，舉賢用滯，則可以治國。」❼穀：木名，又名楮，皮可製紙。《傳》解作「惡木」，喻小人。❽攻：琢磨。

【賞析】

唐莫堯認為這首詩，是一首讚揚園林池沼美好的詩。在西周奴隸主貴族統治時期，為了供他們遊玩享樂，大興土木，大搞園囿。周文王就修建了「靈臺」、「靈囿」。《大雅‧靈臺》確鑿地記載了這件事：「王在靈沼，麀鹿攸伏，麀鹿濯濯，白鳥翯翯。在王靈沼，于牣魚躍。」本篇雖不能說是文王的囿，但和「囿」有相同之處，沼常同澤並稱為「沼澤」；澤是皋，沼也是皋；白鳥一說是白鶴；「白鳥翯翯」、「魚躍于牣」，同本篇「鶴鳴于九皋」，「魚潛在淵，或在于渚」所寫的情景有相似之處。《左傳‧僖公三十二年》也提到「鄭有園囿」，「秦有具囿」。園囿、具囿都是養鳥獸的。當時管園囿的還有專門的官吏職掌。衛懿公好鶴亡國，是一個典故，也是一個確鑿的歷史事實。它反映了當時天子、諸侯養鳥餵獸窮奢極欲的淫侈生活。出土文物，輝縣趙國墓葬，有「燕樂射獵圖案刻紋銅鑒」，銅鑒刻紋：「牆外松鶴滿園」，「池沼中有盪舟者……。」銅鑒雖然後於本篇寫詩的時間，但亦可為佐證。本篇詩中有「樂彼之園」，這「園」正是一個很好的內證。檀樹、楮樹、蘀（擇），是講園林中的樹木；「它山之石，可以為錯」，「它山之石，可以攻玉」，是形容園囿中山石的美好。「它」，這裡可作為山名解釋，而不是指示代名詞。《玉篇》：「它，古大佗字。佗，蛇也。」它山，亦可作蛇山，現在一些名勝地方，山有叫「蛇山」的。園囿中有山叫蛇山，正與此情景相同。以後的注家從這兩句詩出發，古寫字的「它」，變而為近體字的「他」，「他山之石，可以攻玉」成為一句虛心向別人學習、借鑑的成語。

祈父

兵士怨於久役，責司馬征調失常。

祈父（ㄑㄧˊ ㄈㄨˇ）❶

司馬！

予王之爪牙❷　　我是王室的爪牙，
胡轉予于恤❸　　為何陷我憂患中？
靡所止居❹　　使我沒能安居呀！

祈父　　司馬！
予王之爪士　　我是衛士保王駕，
胡轉予于恤　　為何陷我憂患中？
靡所厎止❺　　使我無所止居呀！

祈父　　司馬！
亶不聰❻　　誠不聰明做事差，
胡轉予于恤　　為何陷我憂患中？
有母之尸饔❼　　家有老母誰供養呀！

【注釋】

❶祈父：指掌都城禁衛的武官。《詩集傳》：「祈父，司馬也。職掌封圻之兵甲，故以為號。」❷予：我，作

者自己。❸胡：為什麼。轉：轉移，陷於。恤：憂。❹靡：無。所：語詞。止居：住處。❺底：《傳》：「底，至也。」❻亶：誠然，真是。❼尸：主管。饔：熟食。馬瑞辰《毛詩傳箋通釋》云：「尸饔即謂失饔。謂奉養不能具也。」又陳奐《詩毛氏傳疏》：「言我從軍以出，有母不得終養，歸則惟陳饔以祭，是可憂也。」兩說皆通。

白駒

刺宣王不留賢。

皎皎白駒❶
食我場苗❷
縶之維之❸
以永今朝
所謂伊人
於焉逍遙❹
皎皎白駒

全身如雪小白馬，
吃我場中嫩豆苗。
絆著它來拴著它，
使我快樂在今朝。
我所說的那個人，
到此可以多逍遙。
全身如雪小白馬，

食我場藿❺
縶之維之
以永今夕
所謂伊人
於焉嘉客

皎皎白駒
賁然來思❻
爾公爾侯
逸豫無期❼
慎爾優游
勉爾遁思❽

皎皎白駒
在彼空谷

吃我場中嫩豆莖。
絆著它來拴著它，
今夜快樂好時辰。
我所說的那個人，
到此是個好客人。

全身如雪小白馬，
疾奔猛跑來得快。
你們公爺和侯爺，
遊樂沒期多開懷。
遊樂可是要謹慎，
望勿隱居而不來。

全身如雪小白駒，
回到那個空谷去。

生芻一束⑨
其人如玉⑩
毋金玉爾音⑪
而有遐心⑫

吃著一束嫩青草，
那人德高如白玉。
別太珍惜你音訊，
有心疏遠不相與。

【注釋】

❶皎皎：潔白。❷場：園圃。苗：菜秧，豆苗。❸縶：絆，用繩絆馬足。維：拴。❹於：在。焉：此。於焉：來到此處。❺藿：豆苗。❻賁然：馬疾行狀。賁，通「奔」。思：語詞。❼逸豫：安樂，遊樂。❽勉：勸。遁：避世隱居。❾生芻：青草，作馬料用。❿如玉：讚人品德如玉般純潔。⓫金玉爾音：珍惜你的音信。金玉作動詞用。⓬遐：遠。遐心：疏遠我的心。

黃鳥

寄居異國，受到冷遇而思歸。

黃鳥黃鳥❶
無集于穀❷

黃鳥呀黃鳥！
不要集在楮樹上，

無啄我粟❸
此邦之人
不我肯穀❹
言旋言歸❺
復我邦族❻
黃鳥黃鳥
無集于桑
無啄我粱
此邦之人
不可與明❼
言旋言歸
復我諸兄❽
黃鳥黃鳥

不要啄食我米糧。
這個邦國裡的人，
不以善道相交往。
我要回去要回去，
重又回到我家邦。
黃鳥呀黃鳥！
不要集在桑樹上，
不要啄食我高粱。
這個邦國裡的人，
不能結盟相來往。
我要回去要回去，
奔我兄弟返家鄉。
黃鳥呀黃鳥！

無集于栩❾
無啄我黍
此邦之人
不可與處
言旋言歸
復我諸父❿

不要集在櫟樹上，
不要啄食我黍糧。
這個邦國裡的人，
不能相處在一方。
我要回去要回去，
投我叔伯返家鄉。

【注釋】

❶黃鳥：黃雀，俗稱麻雀。❷穀：木名，即楮樹。❸粟：小米。❹穀：善。指用善意待人。❺言：語助詞。兩言字同義。❻復：返回。❼明：音義與盟同，盟約，結交。❽諸兄：同族兄弟。❾栩：柞樹。❿諸父：同族伯、叔。

我行其野

女子遠嫁異國被遺棄，抒發其悔恨和憤怒。

我行其野
蔽芾其樗❶
昏姻之故
言就爾居❷
爾不我畜❸
復我邦家。
我行其野
言采其蓫❹
昏姻之故

我一走到那郊野。
遮蔽我的是樗葉。
為了你我有婚約，
才到你的家裡歇。
誰知你卻不留我，
只好又回我故國。
我一走到曠野處，
採摘羊蹄作菜茹。
為了你我有婚約，

言就爾宿，
爾不我畜，
言歸斯復❺。
我行其野，
言采其葍❻。
不思舊姻，
求爾新特❼。
成不以富❽，
亦祇以異❾。

才到你的家裡住。
誰知你卻不留我，
只好走向回家路。
我一走到那荒郊，
就去採摘野篗茅。
你不想想舊婚約，
另尋新歡把舊拋。
並不因為她富足，
喜新厭舊心變了。

【注釋】

❶蔽芾：草木茂盛貌。蔽，又作「芘」。❷言：語詞。❸畜：養。不我畜：「不畜我」的倒文。❹蓫：草名，即羊蹄菜。❺言歸斯復：言、斯，語詞。歸，回家鄉。❻葍：一種多年生的蔓草，地下莖可食。❼特：匹偶。❽成：同「誠」，確實。《論語》引作「誠不以富。」❾祇：同「只」。異：異心；變心。

【賞析】

鄭振鐸在《中國俗文學》中，曾解釋過這首詩，認為是指贅婿的遭遇。贅婿，實同奴隸。

斯干

帝王宮室落成的頌歌。

秩秩斯干❶
幽幽南山❷
如竹苞矣❸
如松茂矣
兄及弟矣
式相好矣❹
無相猶矣❺
似續妣祖❻
築室百堵❼
西南其戶

急流慢淌小溪澗，
青翠幽深終南山。
堅實好比竹根固，
茂密就如松葉般。
一家骨肉兄和弟，
友愛和睦共患難，
不相欺詐不相殘。
繼承先妣和先祖，
建築宮室牆百堵。
門窗向著西南開，

爰居爰處
爰笑爰語❽
約之閣閣❾
椓之橐橐❿
風雨攸除⓫
鳥鼠攸去
君子攸芋⓬
如跂斯翼⓭
如矢斯棘⓮
如鳥斯革⓯
如翬斯飛⓰
君子攸躋

這裡居來這裡住，
這裡笑來這裡語。
牆板捆扎安裝好，
築聲橐橐用力敲。
風雨從此被遮住，
鳥鼠也都被趕跑，
蓋覆君子真正妙。
如人跂立足跟穩，
如箭急射鏃有稜，
如鳥翱翔展翅膀，
如雉奮飛五彩新，
君子進住把堂升。

殖殖其庭⑰
有覺其楹⑱
噲噲其正⑲
噦噦其冥⑳
君子攸寧

下莞上簟㉑
乃安斯寢
乃寢乃興
乃占我夢
吉夢維何
維熊維羆
維虺維蛇

前庭那麼平又正，
柱楹高大直挺挺。
白天明亮又寬敞，
夜裡深遠而光明，
君子住了很安寧。

下鋪草墊上鋪席，
就在這裡來安息。
夜裡睡覺早晨起，
占卜我夢真吉利。
吉祥之夢是什麼？
夢中見到熊與羆，
夢見蜥蜴夢見蛇。

大人占之㉒
維熊維羆㉓
男子之祥
維虺維蛇㉔
女子之祥

乃生男子
載寢之床㉕
載衣之裳
載弄之璋㉖
其泣喤喤㉗
朱芾斯皇㉘
室家君王㉙

太卜占卦說夢好，
夢中看到熊和羆，
就是生男好吉兆。
夢中見到虺和蛇，
就是生女好吉兆。

生下是個小兒郎。
給他睡的是炕床，
給他包的是衣裳，
給他玩的是玉璋。
他的哭聲是響亮，
將來蔽膝紅又光，
成家立室做君王。

乃生女子
載寢之地
載衣之裼㉚
載弄之瓦㉛
無非無儀㉜
唯酒食是議㉝
無父母詒罹㉞

生下是個小女娃，
給她睡的是地壩，
給她包的是破褂，
給她玩那紡線瓦。
不違長命不自主，
只做酒食在廚下，
莫叫父母受人罵。

【注釋】

❶秩秩：水流行貌。斯：語詞。干：澗。干與澗雙聲，古通用。❷幽幽：深遠貌。南山：指鎬京以南的終南山，主峰在陝西西安南面。❸苞：竹、木叢生堅固叫苞。❹式：語詞。❺猶：《方言》：「詐也。」《廣雅》：「欺也。」❻似續：同「嗣續」，繼承。❼百堵：方丈為堵。百堵，言房屋之多。❽爰：於是。❾約：捆束。閣：捆束築牆木板框時發出的格格聲。《韓詩》作「格格」象聲詞。又《毛傳》：「閣閣，猶歷歷也。」陳奐《詩毛氏傳疏》：「言縮版之繩歷歷然也。」歷歷，即分明可數。❿椓：用杵築牆。橐橐：搗土聲。⓫攸：語助詞。除：去。⓬芋：「宇」的假借字，居住。⓭跂：通「企」，竦立。翼：端正嚴肅貌。⓮棘：通「急」。箭急發出是直線，喻房屋回隅稜角分明而平正齊整，如箭鏃之廉稜。⓯革：羽翅。陳奐《詩毛氏傳疏》：「《釋文》引《韓詩》作『翱』，云『翅也』。」⓰翬：野雞。《爾雅》：「伊洛而南，素質，五色皆備，成章，曰翬。」⓱殖殖：平正貌。⓲覺：高大。楹：同「楹」，柱子。⓳噲噲：房間明亮寬敞貌。正：白天。⓴噦噦：《毛詩通釋》：「猶昧昧。是狀其室之深暗。」冥：夜。㉑莞：蒲草席。簟：竹葦席。㉒大人：占夢之官，即太卜。占：卜卦。㉓羆：熊的一種，猛勇力大。古人認為是生男的吉兆。㉔虺：毒蛇。穴居，柔弱隱伏，古人認為是生女子

吉兆。㉕載：則，就。床：《鄭箋》：「男子生而臥于床，尊之也。」古人坐臥地上，因重視男子才為之設床。㉖弄：玩。璋：珪。古代上朝所用的玉製物，是一種精製的長條玉板。這裡指男孩將來做君做王。㉗喤喤：小兒洪亮的哭聲。㉘朱芾：紅色蔽膝，天子諸侯的服飾。這裡用蔽膝代表盛裝。皇：輝煌。㉙室家：成室成家，也指周室、周家。㉚裼：嬰兒的褓衣，即包嬰兒的小被。㉛瓦：古代紡線用的紡錘，用陶土製成。用意是教女孩將來勤於紡織。㉜非：違。無非：不要違背長輩、丈夫命令，要柔順才是美德。儀：《毛詩傳箋通釋》：「儀，又通作『議』。昭公六年《左傳》：『昔先王議事以制。』王尚書曰議，讀為儀。儀，度也。制，斷也。謂度事之輕重以為斷制也。今按：婦人，從人者也，不自度事以自專制，故曰無儀。」㉝酒食：指主中饋說，代表一切家務。議：考慮。㉞詒：通「貽」，留給。罹：憂心，憂患。

無羊

讚畜牧興旺，牛羊繁盛，反映宣王中興。

誰謂爾無羊
三百維群
誰謂爾無牛
九十其犉❶
爾羊來思

誰人說你沒有羊？
一群三百個個壯。
誰人說你沒有牛？
七尺黃牛九十頭。
你的羊群走來了，

其角濈濈❷
爾牛來思
其耳濕濕❸
或降于阿
或飲于池
或寢或訛❹
爾牧來思
何蓑何笠❺
或負其餱❻
三十維物❼
爾牲則具
爾牧來思
以薪以蒸❽

角兒聚集合群好。
你的牛群走來了，
反芻時候把耳搖。
有的正在下山崗，
有的喝水在池旁，
有的睡覺有的逛。
你的牧人來了呢，
披著蓑衣戴著笠，
背負乾餱或小米。
各色牛羊三十種，
祭祀牲畜足夠用。
你的牧人走來了，
路上砍柴又割草，

以雌以雄
爾羊來思
矜矜兢兢 ❾
不騫不崩 ❿
麾之以肱 ⓫
畢來既升 ⓬

牧人乃夢
眾維魚矣 ⓭
旐維旟矣 ⓮
大人占之
眾維魚矣
實維豐年
旐維旟矣

還獵雌獸和雄鳥。
你的羊群走來了，
又肥又壯個個好，
沒有疾病沒減少。
牧人指揮把手伸，
齊下山崗往圈奔。

牧人做夢在牧區，
夢見蝗蟲變為魚，
又夢龜旗變鳥旗。
太卜為他占了卦：
如夢蝗蟲變魚娃，
要遇豐收年成佳。
如夢龜旗變鳥旗，

室家溱溱⑮　　子孫眾多慶有餘。

【注釋】

❶犉：《傳》：「黃牛黑脣曰犉。」《爾雅》：「牛七尺曰犉。」都通。❷濈濈：亦作「戢戢」，聚集貌。❸濕濕：《傳》：「呞（音ㄕ）而動其耳濕濕然。」呞，反芻。即牛反芻時耳搖動貌。❹訛：走動。正字作「吪」。❺何：通「荷」，披戴。蓑：蓑衣。❻餱：乾糧。❼物：物色，毛色各異。指牛羊毛色。❽蒸：細柴。粗者為薪。❾矜矜：堅強。引申為肥壯。又一說爭先恐後，惟恐失群之狀。兢兢：陳奐《詩毛氏傳疏》：「矜，兢雙聲……是矜矜與兢兢同。」❿騫：虧損。指牛羊走失。崩：潰散。⓫麾：同「揮」。肱：手臂。⓬畢：完全。既：盡。升：進圈。⓭眾：「螽」之借省。螽為蝗之或體，即蝗蟲。⓮旐、旟：皆旗名。《周禮》：「龜蛇為旐，鳥隼為旟。」都是聚眾之旗。⓯溱溱：亦作「蓁蓁」，茂盛貌。又作「眾」，形容家庭人口興旺。

節南山

周大夫家父，刺太師尹氏，曠廢職務，任用小人，貽禍人民。

節彼南山❶　　又高又險那南山，
維石巖巖❷　　大石堆積成岡巒。
赫赫師尹❸　　威風凜凜尹太師，

民具爾瞻❹
憂心如惔❺
不敢戲談
國既卒斬❻
何用不監❼

節彼南山
有實其猗❽
赫赫師尹
不平謂何❾
天方薦瘥❿
喪亂弘多
民言無嘉⓫
憯莫懲嗟⓬

十目所視萬民瞻。
心中憂愁如火燒，
不能隨便作戲談。
國家既已要絕滅，
你卻為何不察看。

南山高險草木多，
蜿蜒起伏皆斜坡。
威風凜凜尹太師，
不平叫人說什麼？
上天正要降災荒，
死喪禍亂實在多。
人民哪有好話講，
可你何曾懲戒它。

尹氏大師
維周之氐⑬
秉國之均⑭
四方是維⑮
天子是毗⑯
俾民不迷
不弔昊天⑰
不宜空我師⑱
弗躬弗親⑲
庶民弗信
弗問弗仕⑳
勿罔君子㉑
式夷式已㉒

官封太師爾尹氏，
你是國家頂梁石。
國家政權由你掌，
四方靠你來維持。
輔佐天子才是你，
民不迷途你指示。
不幸啊老天！
不該困民至於此。
不理國事不親政，
人民對你不相信。
用人不問又不察，
別把君子來蒙混。
或被傷害或停職，

無小人殆㉓
瑣瑣姻亞㉔
則無膴仕㉕

昊天不傭㉖
降此鞠訩㉗
昊天不惠㉘
降此大戾㉙
君子如屆㉚
俾民心闋㉛
君子如夷㉜
惡怒是違㉝

不弔昊天
亂靡有定

莫因小人使國紊。
裙帶關係那些人，
勿使做官肩重任。

老天真是不公平，
降下災禍害人民。
老天真是沒仁心，
降下災難害百姓。
君子到職親問事，
人民心平怒不生。
君子如果被傷害，
天怒人怨恨難平。

不幸啊老天！
戰亂接連不息停，

式月斯生㉞
俾民不寧
憂心如酲㉟
誰秉國成㊱
不自為政
卒勞百姓㊲
駕彼四牡
四牡項領㊳
我瞻四方
蹙蹙靡所騁㊴
方茂爾惡㊵
相爾矛矣㊶
既夷既懌㊷

月月可都在發生，
使得人民不安寧。
憂心如焚像酒醉，
是誰掌握我國柄？
你不親自理國政，
終久勞苦我百姓。
四匹雄馬駕車乘，
四馬畜養成大頸。
放眼朝著四方看，
日愈侷窄難馳騁。
你正拚命在作惡，
瞧著矛頭欲相搏。
既而和順又悅服，

如相酬矣
昊天不平
我王不寧
不懲其心
覆怨其正
家父作誦
以究王訩㊹
式訛爾心㊺
以畜萬邦㊻

好像賓主互酬酢。
老天你真不公平，
使得我王不安寧。
你心還不知儆戒，
勸你改正反怨人。
家父作了這篇誦，
用來追究那王訩。
快快改變你心腸，
萬邦才在安定中。

【注釋】

❶節：高峻貌。南山：終南山。❷巖巖：積石貌。石頭重疊堆砌的樣子。❸赫赫：顯盛貌。師尹：太師尹氏，周執政大臣。太師、大傅、太保稱為三公。職位最高。阮元《補箋》云：「吉甫之族。幽王時，不用皇父，任尹氏為太師。尸位不親民，故詩人刺之。」❹具：通「俱」，全都。❺惔：「炎」的假借字，焚燒。❻卒：盡。斬：斷絕。姚際恆認為「國既卒斬」是「危言聳聽」之詞，是誇張國勢危險的話。❼何用：何以。監：察。❽實：廣大貌。猗：通「阿」，山的斜坡。❾謂何：為什麼。謂，通「為」。❿薦：重。瘥：疫病，災禍。⓫嘉：善。⓬憯：曾，竟然。懲：警戒。⓭氏：根本，基石。⓮秉：掌握。均：通「鈞」，本是製陶器模子下面的轉

盤，用以比擬尹氏居要職，掌大權。⓯維：維持。⓰毗：輔助。⓱不吊：不好，不善。⓲空：窮困。師：眾，指眾民。⓳躬：親身。指親理國政。⓴仕：察。指用人不察。㉑罔：欺騙。㉒式：語詞。夷：平，消除。已：止。㉓殆：危險。㉔瑣瑣：猥瑣渺小貌。姻：《鄭箋》：「婿之父曰姻。」亞：《毛傳》：「兩婿相謂曰亞。」㉕無：同「勿」。膴仕：高官厚祿。㉖傭：均衡，公平。㉗鞫：極。訩：同「凶」。㉘惠：仁愛。㉙大戾：大惡，大禍。㉚屆：至。指到位親身辦理國事。㉛闋：止息。㉜夷：平。一說傷害。㉝惡怒：怨恨憤怒。違：消除。一說反抗。一解君子如公平，則民怨可以消除。一說君子如受傷害，則民憤怒反抗。兩說都通。㉞式月斯生：《鄭箋》：「式，用也。用月此生，言月月益甚也。」即禍亂月月發生。㉟酲：病酒曰酲。㊱成：成規。《周禮‧天官》載有八件事作為治國成規，稱為八成。引申為權柄。㊲卒：終於。一說同「瘁」，也通。㊳項領：馬頸肥大。《箋》：「今但養大其領，不肯為用。喻大臣自恣，王不能使也。」㊴蹙蹙：局促不得舒展。《鄭箋》：「縮小之貌。我視四方土地，日見侵削於夷狄，蹙蹙然，雖欲馳騁，無所之也。」㊵茂：盛。㊶相：視。㊷夷：和平。懌：喜悅。㊸酬：酬酢。㊹王訩：指王朝政亂的根源。㊺訛：感化。㊻畜：養。

正月

刺周幽王寵愛褒姒，荒淫無道，致國危亡。

正月繁霜❶
我心憂傷
民之訛言❷

六月天氣下了霜，
我的心裡很憂傷。
民間謠言四處起，

亦孔之將❸
念我獨兮
憂心京京❹
哀我小心
癙憂以痒❺

父母生我
胡俾我瘉❻
不自我先
不自我後
好言自口
莠言自口❼
憂心愈愈❽
是以有侮

謠言越大越猖狂。
想到我是孤獨者，
心中苦悶憂難忘。
如此小心真可憐，
好像大病痛一場。

父母生我那當初，
為何使我遭病苦。
不在出生我以前，
不在死了我以後。
好言是從你口出，
惡言也從你口吐。
憂懼越來越加重，
越是有人來欺侮。

憂心惸惸⑨
念我無祿⑩
民之無辜
并其臣僕⑪
哀我人斯
于何從祿
瞻烏爰止⑫
于誰之屋

瞻彼中林
侯薪侯蒸⑬
民今方殆⑭
視天夢夢⑮
既克有定⑯

憂心使我把眉蹙，
想我命外不受福。
人們本是無罪的，
可連臣僕也遭辱。
真正可憐我這人，
將從何處得幸福。
眼看烏鴉往下飛，
不知停在誰家屋？

看著那個大樹林，
粗薪細柴密密生。
人們如今正遭難，
可天看去亂昏昏。
既能這樣作決定，

靡人弗勝⑰
有皇上帝⑱
伊誰云憎⑲
謂山蓋卑⑳
為岡為陵
民之訛言
寧莫之懲㉑
召彼故老㉒
訊之占夢㉓
具曰予聖㉔
誰知烏之雌雄
謂天蓋高
不敢不局㉕

沒人不受到侵凌。
上帝高高在天上，
誰敢對你來憎恨？
說山為何矮又平？
可山都是大岡陵。
民間謠言四處起，
沒人願意去過問。
曾召元老來請教，
卻只向他問夢情。
他們自命是聖人，
烏鴉雌雄誰辨清。
說天為何過於高？
誰敢觸它不彎腰。

謂地蓋厚
不敢不蹐㉖
維號斯言
有倫有脊㉗
哀今之人
胡為虺蜴㉘
瞻彼阪田㉙
有菀其特㉚
天之扤我㉛
如不我克㉜
彼求我則㉝
如不我得㉞
執我仇仇㉟

那地為何過於厚？
誰敢不作小步走。
人們呼號發此言，
道理說得有根源。
可憐如今這些人，
卻像蛇蟲逃避人。
看那土田薄又磽，
卻在那裡長獨苗。
天用風雷摧殘我，
如恐難將我壓倒。
周王那樣來求我，
惟恐求我求不到。
如今待我輕又慢，

亦不我力㊱
心之憂矣
如或結之㊲
今茲之正㊳
胡然厲矣
燎之方揚㊴
寧或滅之㊵
赫赫宗周㊶
褒姒滅之㊷
終其永懷㊸
又窘陰雨㊹
其車既載
乃棄爾輔㊺

不用我時把我拋。
憂愁無限梗胸懷，
鬱悶如結難排解。
如今那些執政者，
為何如此造罪孽。
大火熊熊燒得旺，
有誰能把它滅光。
赫赫強大之西周，
竟因褒姒而滅亡。
久懷世亂憂傷多，
又被陰雨來折磨。
什物已經裝好車，
丟棄車板車要破。

載輸爾載㊻
將伯助予㊼
無棄爾輔
員于爾輻㊽
屢顧爾僕
不輸爾載
終踰絕險
曾是不意㊾
魚在于沼
亦匪克樂㊿
潛雖伏矣
亦孔之炤(51)
憂心慘慘(52)

你那什物要墮下，
只請明人幫助我。
不丟你的車箱板，
加固你的輪和輻。
顧念你的駕車人，
不墮你的車中物。
終於越過危險地，
可你竟不以為意。
魚兒本在沼池躍，
如今在池也不樂。
縱是潛伏深水中，
仍然看得很明確。
心裡少歡多憂慮，

念國之為虐
彼有旨酒
又有嘉殽
洽比其鄰53
昏姻孔云54
念我獨兮
憂心慇慇55
佌佌彼有屋56
蔌蔌方有穀57
民今之無祿
天夭是椓58
哿矣富人59
哀此惸獨60

想到國政太暴虐。
他們有的是美酒，
又有各種好菜餚，
左右鄰舍都和睦，
又與親戚十分好。
念到我是孤獨人，
感到心痛多煩惱。
小人也給他房屋，
鄙陋之人有爵祿。
人民什麼也沒有，
天還壓榨當魚肉。
最豐足的是富人，
應該哀憐這孤獨。

【注釋】

❶正月：周曆六月是夏曆四月。《詩集傳》：「夏之四月為純陽，故謂之正月。」❷訛：謠言。❸孔：很。將：大。❹京京：憂慮難解除貌。❺癙、癢：病。《傳》：「癙癢皆病也。」❻瘉：病，痛苦。❼莠言：壞話。❽愈愈：憂懼貌。❾惸惸：憂念貌。❿無祿：猶言不幸，沒幸福。⓫並：皆。臣僕：奴隸。⓬瞻：看。爰：語詞。止：停落。⓭侯：維。薪：粗柴。蒸：細柴或草。都不是棟梁之材，喻小人。⓮殆：危險。⓯夢夢：昏暗不明貌。⓰克：能。定：決定。⓱靡人：沒有人。⓲有皇：皇皇，偉大。⓳伊：發語詞。云：語助詞。⓴蓋：何也。㉑寧：竟也。懲：懲戒，制止。㉒故老：元老，舊臣。㉓訊：問。占夢：掌占卜吉凶及災異的官。這裡作動詞用。指問占卜吉凶的事。㉔具曰：都說。予聖：《傳》：「君臣俱自謂聖也。」㉕局：曲，傴僂身子彎著腰。㉖蹐：《傳》：「累足也。」小步走路。㉗倫：道。脊：理。㉘虺：毒蛇。蜴：四腳蛇。㉙阪：山坡。㉚菀：茂盛貌。特：特生之苗，作者自喻也。㉛扤：《傳》：「動也。」此地解作折磨、摧殘。㉜我克：戰勝我。即「克我」的倒文。㉝彼：指幽王。㉞如不我得：「如不得我」的倒文。㉟執：用手拿。仇仇：通「扏扏」。《集韻》：「扏扏，緩持也。」持物緩慢不用力貌。此地引申作輕忽、輕慢。㊱不我力：不重用我。㊲結：繩子打結。形容胸中鬱結不歡。㊳正：同「政」，指朝政說。㊴燎：野火。揚：旺盛。㊵寧：猶曾也，乃也。㊶赫赫：興盛貌。宗周：指西周。周人稱鎬京為宗周。周武王所都，又稱西都。㊷褒姒：褒國女子，周幽王的寵妃。幽王為她做了許多有害國家的荒唐事，終於使國家大亂，被犬戎所殺而亡國。㊸終：既。永懷：長久的憂患。㊹窘：困。㊺輔：大車載物時兩旁的車箱板。《箋》：「以車之載物，喻王之任國事也。棄輔，喻遠賢也。」㊻載：語助。輸：掉下來。爾載：你載之物。㊼將：請。伯：大伯或大哥。㊽員：益，猶言加固。幅：車輪中湊集於中心轂上的直木，或車箱下面鉤住車軸的木頭。㊾曾：乃也。不意：不在意下。㊿匪：通「非」。51孔：很。炤：同「昭」，昭明。52慘慘：憂懼不安貌。53洽：融洽。比：親近。鄰：指同類人鄰舍。54云：旋，周旋往還之意。55慇慇：心痛貌。56佌佌：小也。形容卑劣小人狀態。57蔌蔌：形容鄙陋者之狀。穀：糧食，穀物。又指俸祿。58天夭：自然災害。椓：打擊。59哿：嘉。60惸獨：孤獨無助者。

十月之交

詩中以發生日食、地震是上天告警，希望統治者有所改悔。詩譴責周幽王任用小人，濫用民力，嬖幸艷妻，政失常軌。詩中所述「十月之交，朔日辛卯」（推算為周幽王六年，即公元前776年9月6日）的那次「日有食之」，是世界上年月日可以稽考的最早而又最可靠的一次日食記錄。

十月之交❶
朔日辛卯❷
日有食之❸
亦孔之醜❹
彼月而微❺
此日而微
今此下民

十月開頭交初一，
這個初一是辛卯。
上天出現這日蝕，
大事十分不美妙。
過去月蝕已出現，
現在日蝕又出了。
如今天下老百姓，

亦孔之哀
日月告凶❻
不用其行❼
四國無政❽
不用其良
彼月而食
則維其常❾
此日而食
于何不臧❿
燁燁震電⓫
不寧不令⓬
百川沸騰
山冢崒崩⓭

憂禍臨頭逃不掉。
日蝕月蝕顯凶兆，
不依規矩不循道，
四方諸國無善政，
不用賢良寵奸臣。
那年月亮被食了，
月蝕常見乃常道。
如今太陽被食了，
非同尋常大不妙。
雷電交加光閃閃，
沒有善政人不安。
百川洶湧在沸騰，
山峰崩潰往下攢。

高岸為谷⑭
深谷為陵
哀今之人
胡憯莫懲⑮
皇父卿士⑯
番維司徒
家伯維宰
仲允膳夫
聚子內史
蹶維趣馬
楀維師氏
豔妻煽方處
抑此皇父⑰

高岸陷落為深谷，
深谷凸出為罔巒。
可哀昏聵執政者，
何曾知警醒悟難。
國家卿士是皇父，
番氏也已作司徒。
家伯做的是冢宰，
仲允又做了御廚。
聚子做的是內史，
蹶氏總管養馬夫。
楀氏做了那師氏，
都被褒姒拉一處。
啊！請問你皇父，

豈曰不時⑱
胡為我作⑲
不即我謀⑳
徹我牆屋㉑
田卒汙萊㉒
曰予不戕㉓
禮則然矣㉔
皇父孔聖㉕
作都于向㉖
擇三有事㉗
亶侯多藏㉘
不憖遺一老㉙
俾守我王㉚

難道能說我不是。
為何要派我勞役，
又不和我談這事，
反而拆毀我牆屋，
滿田泥草我難治。
還說：「田業我沒壞，
禮法向來是如此！」
皇父自認為聖人，
在那向邑建都城。
用人選擇了三卿，
家裡確實多寶珍。
不願留下一元老，
衛王使他作守臣。

擇有車馬㉛
以居徂向
黽勉從事㉜
不敢告勞㉝
無罪無辜
讒口囂囂㉞
下民之孽㉟
匪降自天
噂沓背憎㊱
職競由人㊲

悠悠我里㊳
亦孔之痗㊴
四方有羨㊵

選擇富有車馬者，
裝載遷居往向行。
勤奮從事於王朝，
不敢自己說辛勞。
我本無罪又無辜，
眾口交讒哪能逃。
百姓受災又遭禍，
並非上天降災禍。
當面交心背面恨，
競相殘害是人挑。

我心老是多憂慮，
過於憂慮漸成疾，
四方的人都饒富，

我獨居憂
民莫不逸㊶
我獨不敢休
天命不徹㊷
我不敢傚我友自逸㊸

獨我憂愁而困居。
人們誰都可遊樂，
獨我不敢去休息。
老天不循軌道走，
不敢傚友求安逸！

【注釋】

❶十月：周曆十月，夏曆十月。交：日月交會。❷朔日：初一日。❸有：通「又」。食：即蝕。月掩太陽，便發生日食。❹亦：語氣助詞。孔：非常。醜：惡。古人認為日蝕為凶兆，故稱作兇惡的事。❺彼：指往日。微：指月蝕昏暗不明。❻告凶：顯示凶兆。告人以凶、吉征兆。❼行：軌道。❽四國：四方。無政：無善政。❾維：是。常：正常。❿臧：善，好，吉利。⓫爗爗：雷電發光貌。⓬寧：安。令：善。⓭冢：山頂曰冢。崒：「碎」的假借字。⓮岸：山崖。⓯憯：曾。懲：警惕，戒懼。⓰皇父：《箋》云：「皇父、家伯、仲允皆字。番、聚（音ㄗㄡ）、蹶（音ㄍㄨㄟˋ）、楀（音ㄐㄩˇ）皆氏。」字，指人名；氏，指姓氏。司徒：掌管國家典籍。膳夫：掌君王飲食。內史：掌法令、人事封賞諸侯的策命。趣馬：管理養馬的事。師氏：掌司朝得失的監察官。豔妻：指褒姒。以上七人，職位雖有高低，都被幽王所寵幸而勾結為惡。⓱抑：同「噫」，感嘆詞。⓲時：善。不時：即不善。⓳作：役作，服勞役。⓴即：就。謀：商量。㉑徹：同「撤」，拆毀。㉒卒：盡。汙：水壅塞不通。萊：草萊。即田中荒蕪只長雜草。㉓戕：殘害。㉔禮：禮法，制度。然：如此。㉕孔聖：很是聰明。是諷刺皇父的話。㉖向：地名。在今河南濟源縣南。㉗有事：即「有司」。三有司即司徒、司馬和司空。指皇父任用三卿為他辦事。㉘亶：誠然。多藏：貯財很多。㉙慭：願意。遺：留。老：指元老舊臣。㉚俾：使。守：保衛。㉛擇有車馬，以居徂向：《箋》：「又擇民之富有車馬者，以往居于向也。」㉜黽勉：努力。㉝告勞：訴苦。㉞囂囂：通「嗷嗷」，眾口毀謗貌。㉟孽：災害。㊱噂沓：相對談笑。背憎：在背後憎恨。㊲職：主，指專主此事。競：爭。㊳悠悠：憂思貌。㊴痗：憂而致病。㊵四方有羨：《箋》：「四方之人，盡有饒餘。」羨，富裕。㊶民：詩

人指同僚說。逸：安閑。㊷徹：《傳》：「道也。」不徹：不循軌道。即無常之意。㊸效：效法。自逸：自尋逸樂悠閑。

雨無正

刺幽王昏暴，小人誤國。由於幽王政令如雨之多而皆苛虐，非所以為政之道，故曰雨無正。

浩浩昊天❶
不駿其德❷
降喪饑饉❸
斬伐四國❹
旻天疾威❺
弗慮弗圖
舍彼有罪

浩浩廣大天老爺，
不能長賜恩與德。
降下災禍饑和饉，
又動刀兵伐四國。
老天總是逞威風，
從不考慮啥後果。
丟開罪人不辨罪，

既伏其辜❻
若此無罪
淪胥以鋪❼
周宗既滅❽
靡所止戾❾
正大夫離居❿
莫知我勩⓫
三事大夫⓬
莫肯夙夜
邦君諸侯
莫肯朝夕
庶曰式臧⓭
覆出為惡

為他隱瞞罪與過。
可是這些沒罪的，
卻都牽連把罪坐。
周室既已被滅亡，
沒有定居的地方。
大夫遷居往他處，
沒人知我苦難當。
那些三公大夫們，
不肯早晚勤國事。
那些邦君諸侯們，
不肯朝夕來圖治。
庶幾改悔用賢人，
反行暴政更放肆。

如何昊天
辟言不信⑭
如彼行邁
則靡所臻⑮
凡百君子
各敬爾身
胡不相畏
不畏于天
戎成不退⑯
饑成不遂⑰
曾我暬御⑱
憯憯日瘁⑲
凡百君子

怎麼辦呀老天爺？
合法的話你不信。
好比走路邁步子，
沒有目的老前進。
眾位執政的君子，
各人自身要謹慎。
為何上下不相畏！
就對老天也不順。
戰亂已成惡不退，
饑荒出現不安心。
我這侍御位卑小，
日愈憔悴病漸深。
眾位執政的君子，

莫肯用訊⑳
聽言則答㉑
譖言則退㉒
哀哉不能言
匪舌是出㉓
維躬是瘁㉔
哿矣能言㉕
巧言如流
俾躬處休㉖
維曰于仕㉗
孔棘且殆㉘
云不可使㉙
得罪于天子

誰也不肯來規箴。
說話順從就重用，
聽見諍言就解任。
可嘆有話也收住，
並非舌病不會吐，
一說身受辱和侮。
可也有人話不留，
利口巧言如水流，
想做高官不用愁。
只說可以去出仕，
國事危急難任事。
如說壞事不可使，
就要得罪於天子；

亦云可使
怨及朋友
謂爾遷于王都㉚
曰予未有室家㉛
鼠思泣血㉜
無言不疾㉝
昔爾出居㉞
誰從作爾室

如說壞事可以使，
招怨朋友從此始。
要你遷居回王都，
你說沒家沒住處。
憂思太過哭出血，
每言招嫉真痛絕。
當初遷出王都時，
誰人為你作家室。

【注釋】

❶浩浩：水廣大貌。借用為天廣大。❷駿：《爾雅》：「長也。」長久。❸饑饉：穀不熟曰饑，菜不熟曰饉。❹斬伐：殘害。四國：四方，天下。❺旻天：應作「昊天」。《孔疏》：「俗本作旻天，誤也。」疾威：《詩集傳》：「猶暴虐也。」❻既：盡。伏：隱瞞。辜：罪。❼淪胥以輔：無罪被牽連遭罪。《傳》：「淪，率也。」《箋》：「胥，相。輔，遍也。言王使此無罪者見牽，率相引而遍得罪也。」❽周宗：應作「宗周」，指鎬京。既滅：指鎬京所滅。既，解作將，如果，未然之詞。❾止戾：安居。止，居。戾，安。❿正大夫：馬瑞辰《毛詩傳箋通釋》：「六卿之長為大正……詩言正大失，蓋天子之大正也。」⓫勩：疲勞。⓬三事大夫：官名。即司徒、司馬、司空三司。⓭庶：庶幾，也許可以有希望的意思。式：語詞。臧：善。⓮辟言：合乎法度的話。辟，法也。⓯臻：至。⓰戎成：言兵禍已成。戎，兵也。⓱遂：安也。⓲曾：則。暬御：侍御之官。⓳憯憯：憂愁

貌。⑳訊：諫諍。㉑聽言：順耳之言。答：進用。㉒譖言：進諫之言。《廣韻》：「譖毀也，毀猶謗也。古以諫言為毀謗，故舜立有毀謗之木。」退：斥退。㉓出：「痁」的假借字，病也。㉔瘁：毀壞，侮辱。㉕哿：可，嘉。表稱許之詞。㉖俾：使。躬：自身。休：福祿。㉗于仕：前去作官。㉘棘：急也。殆：危險。㉙使：從。㉚爾：指逃離王都的皇父、正大夫、三事大夫。㉛予：皇父、正大夫等自稱。㉜鼠思：鼠為「癙」的假借字，憂思。泣血：淚盡而繼之以血。言悲痛之極。㉝疾：通「嫉」，恨。㉞出居：即離居，逃離鎬京。

小旻

刺幽王政策邪辟，任用小人。

旻天疾威❶
敷于下土❷
謀猶回遹❸
何日斯沮❹
謀臧不從❺
不臧復用

老天大逞不正風，
暴政遍施於國中。
政府行事真邪僻，
倒行逆施何時停？
好的政策他不要，
壞的政策反被用。

我視謀猶
亦孔之邛❻
潝潝訿訿❼
亦孔之哀
謀之其臧
則具是違❽
謀之不臧
則具是依
我視謀猶
伊于胡底❾
我龜既厭
不我告猶
謀夫孔多

我看他的那政策，
也是弊病多又重。
黨同伐異專又橫，
真可悲哀使人驚。
政策真是良好的，
偏偏違背而不行。
政策真是不好的，
反而全部來依順。
我看他的那政策，
推行何時是止境？
不斷占卜靈龜厭，
不再告我以吉凶。
謀臣實在是太多，

是用不集⑩
發言盈庭
誰敢執其咎
如匪行邁謀⑪
是用不得于道
哀哉為猶
匪先民是程⑫
匪大猶是經⑬
維邇言是聽⑭
維邇言是爭
如彼築室于道謀
是用不潰于成⑮
國雖靡止⑯

是非難辨無法從。
發言聲聲滿庭院，
負責誰也不敢動。
欲行卻謀於路人，
所以謀事不成功。
嘆那政策在施行，
不以古法為準繩。
不從大事來決定，
淺薄之言卻去聽，
淺薄之言卻爭論，
好比築室問路人，
議論紛紛建不成。
國家雖然小得很，

或聖或否⑰
民雖靡膴⑱
或哲或謀⑲
或肅或艾⑳
如彼泉流
無淪胥以敗㉑
不敢暴虎㉒
不敢馮河㉓
不知其一
莫知其他㉔
戰戰兢兢㉕
如臨深淵
如履薄冰

也有聖人和常人。
人們雖然不算多，
也有謀士和哲人。
或是嚴肅或幹練，
像那清泉向前行，
莫相為惡自敗盡。
不敢徒手打猛虎，
不敢徒步走過河。
人們只知此一端，
不知還有其他禍。
戰戰兢兢要小心。
好像走近那深淵，
好像踏上那薄冰。

【注釋】

❶旻天：老天。疾威：暴虐。❷敷：《傳》：「布也。」下土：國土，天下。❸謀猶：即謀略。猶，通「猷」，謀也。回遹：邪僻。❹斯：乃。沮：止，終止。❺臧：善。❻邛：病。指弊病說。❼潝潝：互相贊同貌。訿訿：《詩集傳》：「潝潝，相和也；訿訿，相詆也。」方玉潤《詩經原始》引曹氏粹中曰：「潝潝然相合者，黨同而無公是；訿訿然相毀者，伐異而無公非。」❽具：「俱」的假借字。❾伊：語詞。于：往。胡：何。底：終止。❿集：成就，成功。陳奐《詩毛氏傳疏》：「集，即就之假借字。」⓫匪：王先謙《詩三家義集疏》：「彼也。行邁謀，謀干路人也。不得干道，眾無所適從也。」《左傳‧襄公八年》杜預注子駟引《詩》「如匪行邁謀，是用不得於道。」⓬匪：非。先民：古賢人。程：效法。⓭大猶：大道，治國禮法。經：遵循。⓮維：通「惟」，只是。邇言：淺薄之言。⓯潰：「遂」的假借字，達到。⓰靡止：《傳》：「言小也。」《正義》：「靡止，猶言狹小無所居，故為小也。」⓱或：有。聖：聖人。否：平常人。⓲膴：《詩集傳》：「大也，多也。」⓳謀：陳奐《詩毛氏傳疏》：「謀讀為敏，如《中庸》：『人道敏政，地道敏樹。』敏感為謀即其證，謀亦聰也。」哲：明智。⓴肅：莊敬，嚴肅認真。艾：治理。指幹練者，即辦事能力極強的人。㉑無：發語詞。淪：率。胥：相。敗：言互相牽率使國家敗亡。㉒暴：搏。暴虎：徒手打虎。㉓馮：《傳》：「馮，陵也。徒涉曰馮河。」㉔其他：指用小人使國家敗亡的危險。㉕戰戰：恐懼貌。兢兢：小心謹慎貌。

小宛

士大夫曹時之亂，兄弟相戒以免禍。

宛彼鳴鳩❶

小小飛鳴那斑鳩，

翰飛戾天❷
我心憂傷
念昔先人
明發不寐❸
有懷二人❹

人之齊聖❺
飲酒溫克❻
彼昏不知
壹醉日富❼
各敬爾儀
天命不又❽

中原有菽
庶民采之

天空展翅高飛行。
我的心兒很憂傷，
懷念昔日的先人。
一夜到亮睡不著，
深深念著那雙親。

有那聰明正直人，
飲酒溫和能克制。
那種昏庸無知者，
日日沉醉益驕橫。
各自持重保威儀，
天命一去沒來日。

原野生長野豆苗，
百姓都可去採它。

螟蛉有子⑨
蜾蠃負之
教誨爾子
式穀似之⑩

題彼脊令⑪
載飛載鳴
我日斯邁⑫
而月斯征⑬

夙興夜寐
無忝爾所生⑭

交交桑扈⑮
率場啄粟⑯
哀我填寡⑰

大青桑蟲有囝子，
細腰蜂兒取了它。
教育你的那兒子，
去用善道教誨他。

請你看看那脊令，
一面飛來一面鳴。
我是天天在邁進，
你是月月往前行。

早起晚睡要勤苦，
切勿辱及父母親。

小小青雀肉食鳥，
順著禾場啄米食。
窮苦無靠真可憐，

宜岸宜獄⑱
握粟出卜⑲
自何能穀⑳

溫溫恭人
如集于木
惴惴小心
如臨于谷
戰戰兢兢
如履薄冰

該做苦工遭訟事。
握著小米去問卦，
能從何處得吉利？

溫和恭謹的人們，
好像把那樹木升。
心驚膽戰多謹慎，
好像把那深淵臨；
戰戰兢兢常恐懼，
好像踏上那薄冰。

【注釋】

❶宛：《傳》：「小貌。」鳩：斑鳩。❷翰飛：高飛。戾：至。❸明發：《傳》：「發夕至明。」通宵達旦之意。❹二人：指父母；或指西周文、武。❺齊聖：正直，聰明，睿智特出。齊，正直。❻溫：同「蘊」，蘊藉。克：克制。❼一：語助詞，或解作專一。日富：日益。❽天命：指王位。不又：不再。❾螟蛉：螟蛾的幼蟲。蜾蠃：細腰蜂。螟蛉有子，蜾蠃負之：蜂劫螟蛾的幼蟲作食料來餵養自己的幼蟲，古人誤認為蜂代螟蛉養育其子女，故稱人之養子為「螟蛉」或「螟蛉子」。❿式：語助詞。谷：善。似：通「嗣」，繼承。⓫題：「睼」之假借字。又通「諦」，視也。脊令：鳥名。⓬日：每天。斯：語詞。邁：前行。⓭而：通「爾」。指其兄弟。⓮

忝：辱沒。所生：指父母。⓯交交：小貌。桑扈：又名竊脂，鳥名。⓰率：沿，順著。場：打穀場。⓱填：窮困。寡：少財物。⓲岸：亦作「犴」，牢獄。《釋文》引《韓詩》作「宜犴宜獄」。云：『鄉亭之繫曰犴，朝廷曰獄。』」⓳握粟出卜：馬瑞辰《毛詩傳箋通釋》：「握粟出卜有二義，一謂以粟祀神……一謂以粟酬卜。」⓴自：從。谷：善，吉祥。

小弁

周幽王長子被廢而怨怒。一說是被逐婦女的哀怨。

弁彼鸒斯❶
歸飛提提❷
民莫不穀❸
我獨于罹❹
何辜于天❺
我罪伊何❻
心之憂矣

那烏鴉呀真快樂，
安閑成群飛回窠。
人們都過好生活，
只有我的憂愁多。
對天我犯什麼罪？
我的罪過是什麼？
心裡真是愁得很，

云如之何
踧踧周道⑦
鞫為茂草⑧
我心憂傷
惄焉如擣⑨
假寐永嘆⑩
維憂用老
心之憂矣
疢如疾首⑪
維桑與梓⑫
必恭敬止
靡瞻匪父⑬
靡依匪母

究竟叫我怎樣說！
又平又寬的大道，
全都長滿了野草。
我的心兒很憂傷，
思想起來如刀絞！
和衣而睡長嘆息，
憂傷太過使人老。
心裡真是愁得很，
病得好像頭痛了。
父母種的桑、梓樹，
必須敬重要愛護。
人們無不敬嚴父，
人們無不愛慈母。

不屬于毛⑭
不罹于裡
天之生我
我辰安在⑮
菀彼柳斯⑯
鳴蜩嘒嘒⑰
有漼者淵⑱
萑葦淠淠⑲
譬彼舟流
不知所屆⑳
心之憂矣
不遑假寐㉑
鹿斯之奔

難道不是皮之毛？
難道不是皮之裡？
老天既然生了我，
我的好運在何處？
葉兒茂密柳枝頭，
蟬兒唧唧唱不休。
真是深啊那深淵，
蘆葦長得密又稠。
好比水中舟前進，
不知划到何處遊。
我的心兒真憂傷，
不暇假寐只因愁。
鹿子應該是飛跑，

維足伎伎
雉之朝雊㉒
尚求其雌
譬彼壞木㉓
疾用無枝
心之憂矣
寧莫之知
相彼投兔㉔
尚或先之㉕
行有死人
尚或墐之㉖
君子秉心㉗
維其忍之

可卻舒展緩緩跳。
野雞早晨大聲叫，
還是為的找雌鳥。
好比那種壞樹木，
因病長不出枝條。
我的心兒真憂傷，
可是沒人會知道！
看那兔網將兔捉，
還會有人先放它。
路上出現了死人，
還會有人掩埋他。
君子存心是如此，
真太忍心難說他。

心之憂矣
涕既隕之㉘
君子信讒
如或醻之㉙
君子不惠
不舒究之㉚
伐木掎矣㉛
析薪杝矣㉜
舍彼有罪
予之佗矣㉝
莫高匪山
莫浚匪泉㉞
君子無易由言㉟

我的心兒真憂傷，
涕淚交流往下落。
君子喜歡聽讒言，
如人敬酒就飲它。
不施恩惠不愛護，
不將事理細思量。
伐木用物倚樹頂喲，
砍柴順著紋理砍喲。
拋開那個有罪人，
卻將罪過加於我喲。
最高莫過那大山，
最深莫過那清泉。
你別輕易就發言，

耳屬于垣㊱
無逝我梁㊲
無發我笱
我躬不閱㊳
遑恤我後㊴

有人附耳在牆邊。
不要走上我魚梁，
不要亂動我魚簍。
我身目前尚難保，
何暇顧及我死後！

【注釋】

❶弁：快樂。鸒：烏鴉。斯：語詞。❷提提：群飛安閑貌。❸穀：善。指生活好。❹罹：憂患。❺辜：罪。❻伊何：伊，是，是何種（罪）。❼踧踧：平坦貌。周道：大道。❽鞫：《傳》：「窮也。」陳奐《詩毛氏傳疏》：「窮猶塞也。」❾惄：《傳》：「思也。」擣：衝擊。《孔疏》「惄焉悲悶，如有物擣心也。」❿假寐：和衣而睡。⓫疢：熱病。疾首：頭痛。⓬維桑與梓，必恭敬止：《傳》：「父之所樹，己尚不敢不恭敬。」桑可以養蠶，梓可以作具器。因是父母種植，尚且敬它，對父母更是瞻依百順了。⓭靡瞻匪父，靡依匪母：靡匪，無不瞻仰，依靠。《詩集傳》：「瞻者，尊而仰之，依者，親而倚之。」言人對父母，無不瞻依。⓮不屬于毛，不罹于里：言兒女之於父母，猶如皮外之毛，皮內之裡，喻血肉相連也。整句意為：難道不是附於皮上的毛，不是附於皮內的裡子嗎？⓯辰：時，指時運說。⓰菀：茂盛貌。⓱蜩：：蟬。嘒：音ㄧˋ，又音ㄏㄨㄟˋ，蟬鳴聲。⓲萑：水深貌。⓳萑葦淠淠：萑與葦都是蘆類植物。淠淠是草木繁密茂盛貌。⓴屆：至。㉑不遑：無空，無暇。㉒雊：野雞叫。㉓壞：「瘣」之假借，木病。《箋》：「猶內傷病之木，內有疾，故無枝也。」《說文》引詩作「瘣木」。㉔相：看。投兔：投，掩。被掩捕關在籠中的兔。㉕先：放開。《毛詩傳箋通釋》云：「《廣雅》：『先，始也。』義與開近……先之，即開其所塞也。」㉖墐：同「殣」，埋。《孔疏》：「墐者，埋藏之名耳。」㉗秉心：居心。㉘隕：墜。涕隕：落淚。㉙酬之：敬酒給他。《詩集傳》：「惟讒是聽，如受酬爵，得即飲之。」言聽讒言就接受。㉚究：追究。舒究：慢慢追究真相。㉛掎：從後牽引。指伐木時用繩捆樹上部，控制它下倒的方向。㉜杝：析薪順著木材的紋理砍。㉝佗：加。指加罪說。㉞浚：深。㉟無易：莫輕易。由言：於說話。㊱耳：

指竊聽者。屬：連。㊲逝：往。㊳閱：收容。㊴遑：何。恤：憂慮。

【賞析】

這首詩，歷來的說法是：周幽王的太子宜臼，因讒被廢，他的老師作了這首詩。但全詩是第一人稱寫的，他的師傅是第三者，顯然不會以第一人稱出現。

這首詩的有關解釋，當推《孟子・告子》高叟說〈小弁〉是小人之詩，因它哀怨。孟子以為高叟見解固執。說：「〈小弁〉之怨，親親也；親親，仁也。」還同〈凱風〉作了比較：「〈凱風〉親之過小者也，〈小弁〉親之過大者也。」〈凱風〉為什麼親之過小呢？孟子沒有說。聞一多的主張是，「夫母不堪父的虐待而思去則咎不在母」，孟子卻認為「蓋婦人當從一而終」，有失為妻為母之道，但又是被迫至此，所以說「親之過小」。「〈小弁〉親之過大」，又指的是什麼呢？從原詩來看，一開始就羨慕烏鴉，說它「歸飛提提」；第三章說，桑樹、梓樹是父母所栽，對它要恭恭敬敬，哪有不瞻望，依靠父母呢？顯然，作詩的人是一個離家在外的遊子，並有不見容於父母的意思。詩中「鹿斯奔奔，維足伎伎。雉之朝雊，尚求其雌」，同〈匏有苦葉〉「有鷕雉鳴，……雉鳴求其牡」意境相同，那是婦人責望丈夫之詞，作者又顯然是個婦女。末章：「無逝我梁，無發我笱。我躬不閱，遑恤我後」，與〈邶風・谷風〉文同，那是棄婦之詞。從這些看來，詩的作者有很大可能是一個被遺棄在外的婦女。

這婦女為什麼被遺棄呢？詩中沒有說。但孟子說，「親之過大。」看來和被遺棄有關。聞一多說，可能是被父母逐得太無理，因其無理，所以孟子說「親之過大」。這有如後來漢時〈孔雀東南飛〉中的焦仲卿妻那樣的遭遇。孟子在奴隸主階級倫理道德上，對一些具體問題的認識是和旁人不同的。全國都說匡章不孝，但孟子卻同他交遊，而且還對他很有禮貌。公都子感到奇怪問過孟子。孟子講了世俗上所謂不孝有五種後，認為匡章一種也不是。正因這樣，孟子對這棄婦表示同情，所以說：「親之過大而不怨，是愈疏也。」

巧言

刺統治者信佞人以巧言亂政。

悠悠昊天❶
曰父母且❷
無罪無辜
亂如此幠❸
昊天已威
予慎無罪❹
昊天大幠
予慎無辜
亂之初生

高遠廣大老天爺，
說它就像父和母。
人本無罪被殺戮，
禍亂大得真特殊。
老天威風真可怕，
我誠無罪很抱屈。
老天威風真太大，
本來我就是無辜。
當那禍亂初發生，

僭始既涵❺
亂之又生
君子信讒
君子如怒❻
亂庶遄沮❼
君子如祉❽
亂遮遄已
君子屢盟❾
亂是用長❿
君子信盜
亂是用暴
盜言孔甘⓫
亂是用餤⓬

寬容讒言未除清。
當那禍亂又發生，
君子相信進讒人。
君子聽讒若發怒。
禍亂或者可得停。
君子如能用賢人，
禍亂會能快平定。
君子多次定盟言，
禍亂因而愈增添。
君子相信竊賄者，
禍亂因而愈暴殘。
小人壞話說得甜，
禍亂因而勝先前。

匪其止共⑬
維王之邛⑭
奕奕寢廟⑮
君子作之⑯
秩秩大猷⑰
聖人莫之⑱
他人有心⑲
予忖度之⑳
躍躍毚兔㉑
遇犬獲之
荏染柔木㉒
君子樹之
往來行言㉓

小人讒佞不供職，
只是為王造禍愆。
高大宮室和宗廟，
君子經營建造它。
國家明智的大計，
聖人謀劃制定它。
他人如有啥想法，
我可揣摸知道它。
跳跳蹦蹦的狡兔，
碰到獵犬捉住它。
良好有用的樹木，
君子注意培育它。
往來傳說的流言，

心焉數之
蛇蛇碩言㉔
出自口矣
巧言如簧㉕
顏之厚矣

彼何人斯
居河之麋㉖
無拳無勇㉗
職為亂階㉘
既微且尰㉙
爾勇伊何
為猶將多㉚
爾居徒幾何㉛

心中有數對待它。
淺薄誇張的大話，
沒顧行動信口說。
如奏笙簧的巧言，
說出真太厚臉啊！

究竟他是什麼人？
住在河岸水草前。
沒有力氣沒有勇，
專門製造那禍源。
「腿有潰瘍腳又腫，
你的勇氣在哪邊？
施行詭計真太多，
你的黨羽有幾員？」

【注釋】

❶悠悠：《箋》：「思也。」又遙遠貌。❷且：語詞。❸幠：《爾雅》：「大也。」❹慎：誠也，確實。❺僭：與「譖」通，讒言。涵：包含。❻君子：指周王。怒：指怒斥讒人。❼遄：快速。沮：終止。❽祉：《傳》：「祉，福也。」《箋》：「福者，福賢者，謂爵祿之也。」作動詞用。❾屢盟：多次訂盟。❿用：以。⓫盜言：盜，指進讒者；言，讒言。⓬餤：「啖」之或體。本義為進食。引申為增多。⓭匪：非。止：職。共：通「恭」，指忠於職守說。⓮維：通「為」。邛：病。⓯奕奕：《傳》：「大貌。」⓰君子：指武王、周公等。⓱秩秩：《傳》：「進知也。」即聰明有智貌。大猷：治國大道。指典章制度等。⓲莫：謀也。「謨」的省借字。謀劃制定。⓳他人：指讒佞者。⓴忖度：揣度，揣測。㉑躍躍：同「趯趯」，跳躍貌。毚：狡滑。㉒荏染：《傳》：「柔意也。」柔木：指柔韌之木。如椅、桐、梓、漆等，可作造琴瑟等的木料，又稱善木。㉓往來：輾轉相傳。行言：流言蜚語。㉔蛇蛇：欺詐貌。碩言：大話，空話。㉕巧言：花言巧語。簧：古樂器笙中的簧片，吹笙振動發言。㉖麋：《爾雅》作「湄」，水邊。㉗拳：《傳》：「力也。」氣力。㉘職：主；專。階：禍亂的階梯，即禍源。㉙微：《傳》：「骭瘍為微」，即小腿潰瘍。尰：腳腫。㉚猶：謀，指陰謀說。㉛居：語詞。徒：同「覺」。

【賞析】

郭沫若《中國古代社會研究》，認為本篇詩所說的盜，「不是普通的穿窬的小盜，這指的是當如『田成子一旦殺齊君而盜其國』一類的大盜。」詩中反映了一場轟轟烈烈大變革的興起。所說的「亂」是動亂、騷亂，是當時奴隸的暴動或新興的地主階級的變革行動；所說的讒言、巧言，或者叫「邪說異端」吧！那是當時新興的地主階級的革新主張。這個作詩的人，由於站在奴隸主階級的立場，他斥「讒言」，罵「強盜」，對新興的地主階級更看不順眼，「彼何人斯？」——「那個人呀！他算什麼呢？」雖然這樣，但卻認為這個人詭計多端，有不少的黨徒。

何人斯

幽王時蘇公為暴公所讒謗，蘇與暴絕交的詩。

彼何人斯
其心孔艱❶
胡逝我梁❷
不入我門
伊誰云從❸
維暴之云
二人從行
誰為此禍
胡逝我梁

那人是個什麼人？
他的心術極陰深。
為何走過我魚梁？
不進我家的大門。
他聽啥人來說話？
只聽暴公的言論。
二人相隨來走過，
是誰造下這個禍？
為何走過我魚梁？

不入唁我❹
始者不如今
云不我可❺

彼何人斯
胡逝我陳❻
我聞其聲
不見其身
不愧于人
不畏于天

彼何人斯
其為飄風❼
胡不自北
胡不自南

不入門來安慰我。
當初卻不像今天，
今我所行啥不可？

那人是個什麼人？
為何往我堂路行？
我已聽見他聲音，
卻沒看見他形影。
既然對人無所愧，
自然也不怕天神。

那人是個什麼人？
它是暴風在狂奔。
何不打從北邊來，
何不打從南邊行。

胡逝我梁
只攪我心
爾之安行❽
亦不遑舍
爾之亟行❾
遑脂爾車❿
壹者之來⓫
云何其盱⓬
爾還而入
我心易也⓭
還而不入
否難知也⓮
壹者之來

為何走過我魚梁？
只來攪亂我的心。
當你正在緩緩行，
無暇休息確也真。
當你正在快快走，
哪有時間把車停。
前次你來看望我，
盼你盼得愁又悶。
你回返時進我門，
我的心裡就高興。
返時而不進我家，
很難測知你的心。
前次你來看望我，

俾我祇也⑮
伯氏吹壎⑯
仲氏吹篪⑰
及爾如貫⑱
諒不我知⑲
出此三物
以詛爾斯⑳
為鬼為蜮㉑
則不可得
有靦面目㉒
視人罔極㉓
作此好歌
以極反側㉔

使我心裡氣得病。
你如大哥吹的壎，
我如二哥吹的篪。
你我如繩一串穿，
可你對我不深知。
擺出三物豕、犬、雞，
用來對你發個誓。
你如是鬼或是蜮，
那就無法能入目。
儼然人面很清楚，
是人終久要相晤。
我寫這首好詩歌，
深究你心的反覆。

【注釋】

❶艱：陰險。❷逝：走過。梁：魚梁。❸伊：猶維也。云：言。一說語助詞。❹唁：慰問。❺不我可：《箋》：「今日云我們行有何不可者乎？」❻陳：院堂前的道路。❼飄風：《傳》：「暴起之風。」❽安行：緩行。❾亟行：急行。亟，急也。❿脂：《毛詩傳箋通釋》：「脂音支，即支之假借。支，與『榰』通。《爾雅》：『榰，柱也。』《楚辭》王逸注：『軔，榰車木也。軔，所以支車使止。』脂爾車，即榰爾車。亦以軔支而止也。」⓫一者：陳奐《詩毛氏傳疏》：「一者，猶言乃者。《漢書‧曹參傳》：『乃者，吾使諫君也。』注云：『乃者，謂曩日也。』」⓬盱：通「吁」，憂愁。云：語詞。⓭易：喜悅。⓮否難知：難知也，言其心難測知。⓯祇：通「底」，病。⓰伯氏：大哥。壎：音ㄒㄩㄣ，又音ㄒㄩㄢ，通「塤」。古代吹奏樂器。以陶製成，亦有不製、骨雕、牙雕者。形如鵝卵，其上有孔。⓱仲氏：二弟。篪：古人吹奏樂器，以竹管製成。上有六（或七或八）孔。即今之笛。⓲貫：用繩穿物成串。⓳諒：信，真誠。⓴詛：詛咒，盟誓。斯：語詞。㉑蜮：《傳》：「短狐也。」古代相傳能含沙射人的動物。㉒靦：《說文》：「靦，面見人。」即是說有面貌可以看見。㉓視人罔極：《箋》：「人相視無有極時，終必與汝相見。」㉔極：窮究，深究。反側：反復無常。《孔疏》：「反側者，翻復之意也。」

【賞析】

這首詩，聞一多認為詩中前兩章和第四章中有「胡逝我梁」句，不是實指走過攔魚壩，而是影射女子已失身於人。此處的「胡我逝梁」，與〈邶風‧谷風〉「毋逝我梁，毋發我笱」的意義相近。前者，指已失身於男子；後者，指不許男子來親近。二者，疑為古民間隱語。古代以魚為配偶的隱語，打魚、釣魚為求偶的隱語。在《詩經》中多處可見。聞一多說《詩經》中的「風」，多以喻盛怒的男性。〈邶風‧谷風〉：「習習谷風，以陰以雨，黽勉同心，不宜有怒」，以谷中大風喻丈夫的暴怒；〈小雅‧谷風〉：「習習谷風，維山崔嵬，無草不死，無木不萎」，以谷風喻丈夫的殘暴。本篇中的「飄風」是喻男子的凶橫無情。五章、六章，為棄婦纏綿悱惻望故夫復好之詞，「伯氏吹壎，仲氏吹篪」，與〈鄭風‧蘀兮〉：「叔兮，伯兮，倡，予和女」，意境相似。古時代女子呼愛人為叔、或伯。伯、叔語氣像是對兩人，實際上是對一人說話。「及爾如貫」（我和你像串在一根繩上），喻夫婦關係的密切。「出此三物，以詛爾斯」，願同丈夫賭咒發誓以結盟好。它和〈衛風‧氓〉：「總角之宴，言笑晏晏，信誓旦旦……」意境相似，但「氓」是棄婦之詞。末章，在鐵一般殘酷的現實當中，女子感到和好的不可能，幻想竟成泡影，頭腦冷靜下來，便指斥男子的無情了。因而認為本篇為棄婦之詞。

巷伯

被讒遭害者的抒憤詩。

萋兮斐兮❶
成是貝錦❷
彼譖人者
亦已大甚
哆兮侈兮❸
成是南箕❹
彼譖人者
誰適與謀❺
緝緝翩翩❻

好花紋啊色澤新，
織成五彩貝紋錦。
那個進讒的壞蛋，
羅織成罪太狠心！
口張大啊張大口，
組成南箕這星宿。
那個進讒的壞蛋，
是誰和他搞陰謀？
來往嘰咕說話聲，

謀欲譖人
慎爾言也
謂爾不信

捷捷幡幡⑦
謀欲譖言
豈不爾受
既其女遷⑧

驕人好好⑨
勞人草草⑩
蒼天蒼天
視彼驕人
矜此勞人

陰謀要去害別人。
勸你說話要謹慎，
否則對你不相信。

來往嘰咕老是講，
要進讒言去編謊。
暫時他豈不相信，
終會揭穿不原諒。

進讒得意又忘形，
受害之人憂在心。
蒼天蒼天睜睜眼，
看看那些驕橫人，
可憐我這愁苦人。

彼譖人者
誰適與謀
取彼譖人
投畀豺虎⑪
豺虎不食
投畀有北⑫
有北不受
投畀有昊⑬

楊園之道⑭
猗于畝丘⑮
寺人孟子
作為此詩⑯
凡百君子

那個進讒的壞蛋，
誰和他把壞事幹？
抓住那個造謠者，
丟給虎狼吃心肝。
虎狼若是不肯吃，
放到北方去流竄。
北方如果不接受，
讓那老天去清算。

要去楊園的路程，
必先從那畝丘行。
我是寺人叫孟子，
起而賦詩表衷情。
各位正直的君子，

敬而聽之⑰

請你警惕來聽聽！

【注釋】

❶萋斐：花紋相錯貌。❷貝錦：《傳》：「錦文也。」即貝殼有紋似錦。❸哆：《傳》：「大貌。」《說文》：「張口也。」侈：大。張口伸舌貌。❹南箕：在南方的箕星。余冠英《詩經選譯》：「四星聯成梯形，也就是簸箕形，古人認為箕星主口舌，所以用來比讒者。」❺適：往也。❻緝緝：口舌聲。翩翩：往來貌。❼捷捷：同「緝緝」。幡幡：同「翩翩」。❽既其女遷：女遷，「遷汝」之倒文。吳闓生《詩意會通》：「好譖之禍，行將遷而及汝。」遷，轉移。聽譖者將轉而憎惡你這進讒者。❾驕人：得志的讒人。好好：喜悅貌。❿勞人：被讒失意者。草草：勞心也。⓫畀：給予。⓬有北：指北方寒涼不毛之地。有，語詞。⓭有昊：即昊天。⓮楊園：園名。又解：載種楊樹的低濕園地。⓯猗：《傳》：「加也。」靠著。⓰作：《箋》：「起也，孟子起而為此詩，欲使眾在位者慎而知之。」

谷風

刺朋友可共患難，不可共安樂。一說是棄婦的哀怨。

習習谷風❶
維風及雨
將恐將懼❷

暖和東風輕輕吹，
和風帶著那春雨。
又恐又懼的日子，

維予與女❸
將安將樂
女轉棄予

習習谷風
維風及頹❹
將恐將懼
寘予于懷❺
將安將樂
棄予如遺

習習谷風
維山崔嵬❻
無草不死
無木不萎

只有二人我和你。
要安要樂的時候，
你反將我來拋棄。

暖和東風輕輕吹，
和那旋風吹一起。
又恐又懼的日子，
把我抱在你懷裡。
要安要樂的時候，
丟我如像丟東西。

暖和東風輕輕吹，
暖風也吹到山頂。
青草哪有不會死，
樹木哪有不枯隕。

忘(ㄨㄤˋ)我(ㄨㄛˇ)大(ㄉㄚˋ)德(ㄉㄜˊ)❼
思(ㄙ)我(ㄨㄛˇ)小(ㄒㄧㄠˇ)怨(ㄩㄢˋ)

把我大德忘記了，
只想到那小怨恨。

【注　釋】

❶習習：和風的聲音。谷風：東風。❷將：且，將要。❸維：同「惟」，惟有。❹穨：《傳》：「風之焚輪者也。」焚輪，即旋風，龍捲風。❺寘：即置，放。❻崔嵬：《傳》：「山巔也。」❼大德小怨：指共同克服患難和生活中的小矛盾說。用「天之大德曰生」作比。胡承珙《毛詩后箋》云：「天地之功，有所不足，生物之恩，及于崔嵬，是為大德。一草一木，偶然死、萎，是為小怨。」喻天功尚有不足，人有小怨是不免的，不應記恨忘大德。

【賞　析】

這首詩根據聞一多的說法，釋為棄婦哀怨的詩。這裡，將本篇與〈邶風‧谷風〉作一比較。兩詩所詠一事，只不過文詞有詳有略。聞一多就係一詩的介化。看來還有另一種可能，即一詩是從另一詩仿效或脫胎而來，正如《樂府‧北上桑》和曹植的〈美女篇〉，所詠格調有相似之處。本篇的某些詞句，可以用〈邶風‧谷風〉來互相參證：〈邶風‧谷風〉：「有恐有鞠」，和本篇「將恐將懼」大致相同；上篇的「有恐有鞠，及爾顛覆」與本篇「將恐將懼，寘予于懷」義同；所謂「顛覆」指夫婦之事而言，所謂「恐懼」，聞一多引張衡〈同聲歌〉，「邂逅乘際會，得充君後房，情好新交接，恐懼若探湯」義同。

蓼莪

人民苦於兵役不得終養父母。

蓼蓼者莪❶
匪莪伊蒿❷
哀哀父母
生我劬勞❸
蓼蓼者莪
匪莪伊蔚
哀哀父母
生我勞瘁❹
瓶之罄矣❺

莪菜長得大又好，
那不是莪而是蒿。
我真哀傷老父母，
生我勤苦把心操！
莪菜長得大又肥，
那不是莪而是蔚。
我真哀傷老父母，
生我真是太勞累！
盛水小瓶已空掉，

維罍之恥❻
鮮民之生❼
不如死之久矣
無父何怙❽
無母何恃
出則銜恤❾
入則靡至❿

父兮生我
母兮鞠我⓫
拊我畜我⓬
長我育我
顧我復我⓭
出入腹我⓮

大罍無水空遺羞。
孤兒與其來活著，
不如早早死的好。
沒有父親何所依？
沒有母親何所靠？
走出門時含悲酸，
進門好像家沒到。

父親啊！養活我，
母親啊！生了我。
撫愛我來扶持我，
餵大我來教育我，
看顧我來提攜我，
出出進進懷抱我。

欲報之德，
昊天罔極⑮。
南山烈烈⑯，
飄風發發⑰。
民莫不穀⑱，
我獨何害⑲？
南山律律⑳，
飄風弗弗㉑。
民莫不穀，
我獨不卒㉒？

要想報答這恩德，
恩大如天怎報啊！
南山路險難登攀，
飄風吹得急又寒。
他人都能養父母，
為何我獨來遭難？
南山道險難登攀，
飄風呼呼吹得寒。
他人都能養父母，
為何獨我終養難？

【注釋】

❶蓼蓼：長大貌。莪：即莪蒿，又名抱娘蒿。❷匪：非。伊：是。❸劬勞：勞苦。❹瘁：病；憔悴。❺罄：盡，空。❻罍：酒壇，肚大口小。姚氏《詩經通論》：「瓶小，罍大，皆盛水器。瓶所以注水于罍也。瓶喻子，罍喻父母。瓶既罄竭則罍無所資，為罍之恥，猶子不得養父母而貽親之辱也。」❼鮮民：寡民，孤子。❽怙：依

靠。恃：同「怙」，亦依靠之意。❾銜：含。恤：憂愁。❿靡至：不到。家無親人，到家像不到一樣孤苦。⓫鞠：養。⓬拊：同「撫」，撫愛。⓭顧：照顧。復：反復顧念。⓮腹：懷抱。⓯昊天罔極：《詩集傳》：「言父母之恩如天，欲報之以德，而其恩之大如天無窮，不知所以為報也。」罔極，無邊，無極。⓰烈烈：山險阻貌。⓱飄風：驟起的風。發發：風疾吹聲。⓲穀：養，奉養。⓳害：通「何」，荷，遭受。⓴律律：猶「烈烈」。㉑弗弗：猶「發發」。㉒卒：終，指終養二親。

大東

寫周室對東方諸侯國的嚴重榨取，反映西周王室與遠近東方諸侯之間的矛盾。

有(ㄧㄡˇ)饛(ㄇㄥˊ)簋(ㄍㄨㄟˇ)飧(ㄙㄨㄣ)❶
有(ㄧㄡˇ)捄(ㄑㄧㄡˊ)棘(ㄐㄧˊ)匕(ㄅㄧˇ)❷
周(ㄓㄡ)道(ㄉㄠˋ)如(ㄖㄨˊ)砥(ㄉㄧˇ)❸
其(ㄑㄧˊ)直(ㄓˊ)如(ㄖㄨˊ)矢(ㄕˇ)
君(ㄐㄩㄣ)子(ㄗˇ)所(ㄙㄨㄛˇ)履(ㄌㄩˇ)
小(ㄒㄧㄠˇ)人(ㄖㄣˊ)所(ㄙㄨㄛˇ)視(ㄕˋ)

飯盒盛滿好熟食，
更有長柄棗木匙。
大路好比磨石平，
又像箭頭一樣直。
貴人可在路上走，
百姓只用眼看視。

睠言顧之❹
潸焉出涕❺

小東大東❻
杼柚其空❼
糾糾葛屨❽
可以履霜
佻佻公子❾
行彼周行
既往既來
使我心疚

有冽氿泉❿
無浸穫薪⓫
契契寤嘆⓬

一再回頭看又看，
涕淚交流衣衫濕。

東方遠近各國中，
機上布帛被搜空。
葛麻織就的葛鞋，
霜天穿它也行動。
逍遙自在的公子，
走上大路很從容。
看著他們來又往，
使我傷心氣填胸。

旁出泉水寒又清，
莫要浸濕那柴薪。
憂愁難眠自嘆息，

哀我憚人[13]
薪是獲薪
尚可載也
哀我憚人
亦可息也

東人之子
職勞不來[14]
西人之子[15]
粲粲衣服
舟人之子[16]
熊羆是裘[17]
私人之子[18]
百僚是試[19]

可憐我們勞苦人。
薪柴已被劈下來，
還可載回供燒焚。
可憐我們真勞累，
也該休息得安身。

東方各國的子弟，
勞累不堪沒撫慰。
可是西方的子弟，
衣服鮮明多華麗。
你們周人的子弟，
熊皮為裘暖身體。
你們家奴的子弟，
試做各種小官吏。

或以其酒
不以其漿
鞙鞙佩璲⑳
不以其長
維天有漢㉑
監亦有光㉒
跂彼織女㉓
終日七襄㉔

雖則七襄
不成報章㉕
睆彼牽牛㉖
不以服箱㉗
東有啟明㉘

有人經常飲美酒，
有人難得喝薄湯。
有人腰帶寶玉鑲，
有人布帶不嫌長。
蒼蒼天穹現銀河，
看那河水泛流光。
鼎足三顆織女星，
七次更移終日忙。

織女雖移七辰光，
可是織不成紋章。
那顆明亮牽牛星，
可也不能拖車廂。
早上東方有啟明，

西有長庚
有捄天畢㉙
載施之行㉚
維南有箕㉛
不可以簸揚㉜
維北有斗㉝
不可以挹酒漿㉞
維南有箕
載翕其舌㉟
維北有斗
西柄之揭㊱

晚上長庚亮西方。
天畢如網帶長柄，
張在路上沒用場。
南方箕星閃著光，
不能用來簸米糠。
北方天上有北斗，
不能用米舀酒漿。
南方天上那箕星，
舌頭伸得那麼長。
北方天上那北斗，
柄兒高舉向西方。

【注釋】

❶饛：滿簋貌。簋：食器。飧：熟食。❷捄：長貌。棘：酸棗木。匕：勺，匙。❸砥：磨刀石。❹睠：反顧也。❺潸：流淚貌。❻小東大東：西周鎬京之東，河南一帶為近東，又稱小東。河南以遠，皖北、山東一帶為遠

東，又稱大東。❼杼柚：杼，梭子，盛緯線器。柚，又作「軸」，盛經線器。《詩集傳》：「杼，持緯者也；柚，受經者也。」杼柚代表織布機。❽糾糾：繩索互纏貌。❾佻佻：《詩集傳》：「輕薄不耐勞苦之貌。」❿冽：寒涼。氿泉：側出泉。氿，軌也。流水狹長如車軌曰氿泉。⓫穫薪：砍下的柴薪。⓬契契：憂苦貌。寤嘆：不入睡而嘆息。⓭憚：勞苦，與「癉」通。⓮來：慰撫。又作「勑」。⓯西人：指京師人。⓰舟：周的諧音。舟人即周人。⓱裘：皮裘，作動詞用。《箋》解作求。⓲私人之子：周貴族官員的家臣私人子弟。⓳百僚：《傳》：私家人「是試用于百官也」。⓴鞙鞙：《爾雅》作「琄琄」，玉貌。璲：瑞，玉名。可以作佩。古人似佩帶鑲的玉來區別爵位和等級。如玉王佩鎮圭，公佩恆圭，侯佩信圭，子佩谷璧，男佩蒲璧。長：以各種雜玉飾的長佩帶。鞙鞙佩璲，不以其長：兩句前都省了一個「或」字。即有人佩極貴重的寶玉，即使有人不嫌不值錢的雜玉佩太長，可也佩不上。㉑漢：雲河。㉒監：同「鑑」，照。上古以水為鑑，言以雲河為鑑。㉓跂：《傳》：「隅貌。」織女有三星，鼎足成三角形。望之跂然，故云跂貌。㉔終日：一整天。襄：變動。七襄：說織女星終日變動七次位置。㉕報：反覆。章：布帛上的紋路。說織女星織不出布帛來。㉖睆：明星貌。㉗服：駕。箱：大車箱。代表車子。㉘啟明、長庚，同是金星，晨出現在東方，晚上在西方。古人誤為二星而稱以兩名。㉙捄：畢星的形貌即曲而長貌。畢：星名，共有八顆，其位置排列如古代田獵網兔所用畢網。㉚施：張，指張網。指畢星如張網。㉛維：發語詞。箕：星座名，共四星聯成梯形，形如簸箕張口之狀。㉜簸揚：簸米揚糠。㉝斗：星座名，由六星組成斗形，因在箕星之北，故稱南箕北斗。㉞挹：舀酒。㉟翕：引。《箋》：「翕猶引也。引舌者，謂上星相近。」一說斂縮。㊱西柄：柄向西方。揭：高舉。按詩末四句，姚際恆解釋云：「歐陽氏曰：『雖有箕，不能為我簸揚；雖有斗，不能為我挹酌酒漿……箕，斗非徒不可用，而已，箕張其舌，反若有所噬，斗西其柄，反若有所挹取于東，是皆怨訴之辭也。』」說象徵周室統治者對東方諸國的橫征暴斂。

四月

為仕者遭小人構禍，被逐南遷的抒憤詩。一說刺幽王在位貪殘，下國構禍，怨亂並興。

四月維夏
六月徂暑❶
先祖匪人
胡寧忍予❷

秋日淒淒
百卉具腓❸
亂離瘼矣❹
爰其適歸❺

冬日烈烈❻

四月已是夏季天，
六月酷暑又重見。
先祖並非是別人，
何忍使我受熬煎？

秋天寒涼風淒淒，
百草都已在凋蔽。
憂傷離亂苦已極，
究竟何處可歸依？

冬天寒氣更凜冽，

飄風發發❼
民莫不穀
我獨何害❽
山有嘉卉
侯栗侯梅❾
廢為殘賊❿
莫知其尤
相彼泉水
載清載濁
我日構禍
曷云能穀
滔滔江漢⓫

飄風吹得總不歇。
人們無不生活好，
獨我遭禍受逼迫！
山上長有好木材，
既有栗樹又有梅。
遭到踐踏習為惡，
不知其過在於誰！
看那泉水潺潺流，
有時清來有時濁。
我是天天在遭禍，
怎說能過好生活？
不盡江漢滾滾流，

南國之紀⑫
盡瘁以仕⑬
寧莫我有⑭
匪鶉匪鳶⑮
翰飛戾天⑯
匪鱣匪鮪⑰
潛逃于淵
山有蕨薇
隰有杞桋⑱
君子作歌
維以告哀

那是南方大河流。
鞠躬盡瘁從王事，
怎不理我使我憂。
不是老鵰不是鳶，
高飛可以上青天。
不是鱣魚不是鮪，
潛逃可以到深淵。
山裡長有蕨薇菜，
低地生有杞桋材。
君子寫了這歌篇，
只是用來訴悲懷！

【注釋】

❶徂：往。徂暑：酷暑將過去。❷胡寧：何以，為什麼。❸卉：百草的總名。腓：病，枯萎。❹瘼：疾苦。❺

爰：於。適：往。❻烈烈：栗烈，寒冷貌。❼飄風：暴風。發發：狂風疾吹貌。❽何：通「荷」，任，遭受。❾侯：即「是」，「有」。❿廢：同「忕（音ㄕˋ）」，習慣。殘賊：摧殘。⓫江漢：長江與漢水。⓬南國之紀：《箋》：「江也、漢也，南國之大水。紀理眾川，使不壅滯。」⓭瘁：勞瘁。⓮有：通「友」，相親善。莫我友：不友我。⓯鶉：鵰。⓰翰飛：高飛。戾：至。⓱鱣：大鯉魚。鮪：鱘魚。⓲楰：木名，又名赤楝，可作車輞。（見《孔疏》）

北山

刺統治者用人勞逸不均，等級森嚴。

陟彼北山
言采其杞❶
偕偕士子❷
朝夕從事
王事靡盬
憂我父母

我登上了那北山，
我採枸杞把樹攀。
身強力壯的士子，
早晚做事無休止。
王事繁多無盡頭，
我念父母好心憂。

溥天之下❸
莫非王土
率土之濱❹
莫非王臣
大夫不均
我從事獨賢❺
四牡彭彭❻
王事傍傍❼
嘉我未老❽
鮮我方將❾
旅力方剛❿
經營四方⓫

廣大青天覆蓋下，
無地不是屬王家。
循著陸地到海濱，
無人不是王家臣。
大夫遣役不均勻，
勞役派我獨去行。
四馬慌忙往前奔，
王事緊急不得停。
誇我年青有朝氣，
誇我強健身體好。
讚我膂力很剛強，
可以經營走四方。

或燕燕居息⑫
或盡瘁事國
或息偃在床⑬
或不已于行⑭

或不知叫號⑮
或慘慘劬勞⑯
或棲遲偃仰⑰
或王事鞅掌⑱

或湛樂飲酒⑲
或慘慘畏咎⑳
或出入風議㉑
或靡事不為

有人安然地休息，
有人為國盡全力。
有人沒事躺床上，
有人不斷去打仗。

有人聽不見號召，
有人憂忿地操勞。
有人悠閑而徜徉，
有人煩勞而奔忙。

有人狂飲尋歡樂，
有人憂著身受禍。
有人信口亂談論，
有人凡事負責任。

【注釋】

❶言：《箋》：「言，我也。」或作語助詞。❷偕偕：強壯貌。士子：周朝時，官分三等，即卿、大夫、士，士是最低級的官。❸溥：大。亦作普通、普遍解。❹率：循，自。濱：涯，水邊。❺賢：《傳》：「賢，勞也。」即辛苦勞累。❻彭彭：《傳》：「彭彭然，不得息。」即不得休息貌。❼傍傍：《傳》：「傍傍然，不得已。」即王事無窮盡，難於止住的形容詞。❽嘉：贊許。❾鮮：珍。引申為珍視，重視。將：強壯。❿旅：通「膂」。膂力：即體力。剛：強壯。⓫經營：來往為王事奔走。⓬燕燕：安息貌。居息：在家中休息。⓭偃：臥。息偃：臥床休息。⓮不已：不停。行：列也。古軍隊二十五人為行。⓯叫號：《傳》：「叫，呼。號，召也。」指徵發呼召。⓰慘慘：憂愁不安貌。⓱棲遲：游息。偃仰：俯仰，言俯仰均悠然自得。⓲鞅掌：《傳》：「失容也。」《正義》：「《傳》以鞅掌為煩勞之狀，故云失容。言事煩鞅掌然，不暇為容儀也。」錢澄之《田間詩學》云：「鞅掌，即勤于驅馳。掌不離鞅，猶言身不離鞍馬耳。」鞅，馬頸革。⓳湛：樂，逸樂無度。⓴咎：罪責。㉑風議：發議論。《箋》：「風猶放也。」指放言高論。

無將大車

行役勞頓者的途中憂思。一說詩人感時傷亂，憂思交集，聊自排遣。

無將大車❶　　莫把那個大車駕，
祇自塵兮❷　　駕車恰好吃灰塵。

無思百憂	莫想各種憂心事，
祇自疷兮❸	多想自己會得病。
無將大車	莫把那個大車駕，
維塵冥冥❹	灰塵揚起目不清。
無思百憂	莫想各種憂心事，
不出于熲❺	耿耿憂心事不明。
無將大車	莫把那個大車駕，
維塵雝兮❻	灰塵蔽空妨害人。
無思百憂	莫想各種憂心事，
祇自重兮❼	多想憂思更加增。

【注　釋】

❶將：用手扶車前行。大車：用牛拉的貨車。❷祇：恰巧；只是。❸疷：憂病。❹冥冥：昏暗。❺熲：同「炯」，光明。❻雝：與「壅」通，遮蔽。❼重：馬瑞辰《毛詩傳箋通釋》：「按重之言腫也。《說文》瘤腫也。」「腫亦為病。與『祇自疷兮』同義。」又《箋》云：「猶累也。」即加多之意。

小明

大夫自傷久役，書懷念友。

明明上天
照臨下土
我征徂西❶
至于艽野❷
二月初吉❸
載離寒暑
心之憂矣
其毒大苦
念彼共人❹
涕零如雨

明明亮亮的上天，
日中光芒照下土。
當我出征到西方，
走到那些荒野處。
二日朔日很吉祥，
而今經歷寒與暑。
心裡真是愁得很，
好比毒藥一般苦。
念那敬慎供職者，
涕淚齊下如落雨。

豈不懷歸
畏此罪罟❺
昔我往矣
日月方除❻
曷云其還❼
歲聿云莫❽
念我獨兮
我事孔庶❾
心之憂矣
憚我不暇❿
念彼共人
睠睠懷顧⓫
豈不懷歸

難道我不想還家，
只怕落網而受侮。
想我出門那當初，
除舊更新上征途。
什麼時候可回還？
又是一年到歲暮。
想我孤獨一個人，
肩任事務多難數。
心裡真是愁得很，
沒有空閑只勞苦。
念那敬慎供職者，
眷眷情懷來回顧。
豈有我不想還家，

畏此譴怒
昔我往矣
日月方奧⑫
曷云其還
政事愈蹙⑬
歲聿云莫
采蕭穫菽⑭
心之憂矣
自詒伊戚⑮
念彼共人
興言出宿⑯
豈不懷歸
畏此反覆⑰

怕遭譴責和惱怒。
想我出門那當初，
季節正是暖時候。
哪裡可以說回家？
政事日益難挽救！
一年又到了歲暮，
又該採蒿和摘豆。
心裡真是愁得很，
自己找罪自己受。
想那敬慎供職者，
輾轉思念難入眠。
豈有我不想還家，
就怕無罪反受責。

嗟爾君子
無恆安處[18]
靖共爾位[19]
正直是與[20]
神之聽之
式穀以女[21]

嗟爾君子
無恆安息
靖共爾位
好是正直[22]
神之聽之
介爾景福[23]

唉！你們君子們：
不要常常圖安居，
忠於職守勤從公，
正直的人才相與。
神明聽見了這些，
定用好處賜給你。

唉！你們君子們：
不要常常圖安逸，
謀求盡職又盡責，
崇尚正直的品德。
神明聽見了這些，
最大福祿賜給你。

【注釋】

❶西：指鎬京之西方。❷艽野：《傳》：「艽野，遠荒之地。」❸二月：指周曆二月，即夏曆十二月。初吉：上旬的吉日。❹共人：《毛詩傳箋通釋》：「共人即恭人。詩人以念居者，猶下言君子也。」《詩集傳》：「復念其僚友之處者。」以後一說為長。❺罟：網的總名。《傳》：「罟，網也。」罪罟：指刑罪的法網。❻除：《傳》：「除陳生新也。」即言舊歲已去，新年將臨。❼曷：何，何時。云：語助詞。其：將。❽聿：猶則，乃。莫：同「暮」，歲暮。❾事：指差事。庶：眾多。❿憚：通「癉」，勞累。⓫睠睠：反顧貌。言依依不捨，形容懷念殷切。⓬奧：同「燠」，暖也。⓭蹙：急促，緊迫。⓮蕭：艾蒿。菽：豆。⓯詒：通「貽」，留下。戚：憂傷，憂愁。伊：此。⓰興言：通「薄言」，語首助詞。出宿：不能安寢。興言出宿即思慮展轉，不能安寢。⓱反覆：《箋》：「謂不以正罪見罪」，即無罪加罪。⓲恆：常常。⓳靖：謀劃。共：通「恭」，恭謹。位：指所任的職務。⓴與：親近。㉑式：用。谷：善，指祿與福。與：給。女：同「汝」。㉒好：愛好。引申為崇尚。㉓介：助。景福：大福。

鼓鐘

統治者淫樂無度，詩人聞樂心悲，思古刺今而作。

鼓鐘將將❶
淮水湯湯❷
憂心且傷

敲起鐘來鏘鏘鏘，
淮水奔流滿泱泱。
心裡又愁又悲傷，

淑人君子❸
懷允不忘❹
鼓鐘喈喈❺
淮水湝湝❻
憂心且悲
淑人君子
其德不回❼

鼓鐘伐鼛❽
淮有三洲❾
憂心且妯❿
淑人君子
其德不猶⓫

那些善良的君子，
想念他們總不忘。
敲起鐘來噹噹噹，
淮水往前浩蕩蕩。
心裡又愁又悲傷，
那些善良的君子，
有德沒有邪僻樣。

敲鐘又把大鼓扣，
聲音響徹淮三洲。
心中哀悼又發愁，
那些良善的君子，
他的德行永不朽。

鼓鐘欽欽⑫
鼓瑟鼓琴
笙磬同音
以雅以南⑬
以籥不僭⑭

敲起鐘來聲欽欽，
既鼓瑟來又鼓琴。
吹笙擊磬同發音，
奏那二雅和二南，
吹籥起舞不亂陣。

【注釋】

❶鼓：作動詞。敲，擊。將將：同「鏘鏘」，鐘聲。❷湯湯：水奔騰貌。❸淑：善。淑人君子：即古聖先賢。❹懷：懷念。允：確實，誠然。❺喈喈：音ㄐㄧ或ㄐㄧㄝ，鳥和鳴聲。❻湝湝：水流貌。❼回：邪。❽鼛：大鼓。君王進餐時奏樂的樂器。❾三洲：《傳》：「淮上地。」據後人考證，淮上三洲，被大水淹沒，已不存在。❿妯：悼，傷悼，即慟也。⓫猶：《箋》：「猶，當作『瘉』。瘉，病也。」又解作「已」，《經義述聞》：「言久而彌篤，無有已時也。」⓬欽欽：鐘聲。⓭以：即「為」、「作」，指表演。雅：樂器名。先鄭（司農）曰：「雅，狀如漆筩而弇口，大二圍，長五尺六寸，以羊韋鞔之。」乃打擊樂器，演奏時節奏鮮明。二雅是樂調名。南：亦為樂器名，形如鐘，像甲骨文的「南」字，故稱南。轉義為樂曲名，如二南。又解：天子之樂曰雅，稱正樂。四夷之樂曰南。⓮籥：古代管樂器。舞蹈時持之，邊吹邊舞。郭慶藩《說文經字正誼》：「籥有吹、舞之異。施於吹以和樂則三孔。施於舞以合羽，則六孔或七孔。」此邊吹邊舞之舞，稱為籥舞。僭：差失，亂；或指超越本分。

【賞析】

這首詩，一說周王會諸侯於淮水之上，用先王之樂。淮水不是周王觀見諸侯的地方，「賢者為之憂傷。」《左傳・定公十年》「孔子謂梁丘據曰：『……且犧象不出門，嘉樂不野合，……』」指祭祀用的犧尊、象尊（酒器），只能陳列在朝廷宗廟之內，不能出國門；鐘磬嘉美的音樂不作於野外。本篇淮水之上鳴鐘擊鼓，使用宗廟之樂，作詩的人認為是有悖於「禮」的，因而為之憂傷，思念賢人。

楚茨

周王室從農民秋收之後獲得大量糧食，舉行祭祀祈福。

楚楚者茨❶
言抽其棘❷
自昔何為
我蓺黍稷❸
我黍與與❹
我稷翼翼
我倉既盈
我庾維億❺

田裡簇簇長蒺藜，
就將刺蓬來鋤去。
從古為何這樣做？
我們種下黍和稷。
我種的黍長得旺，
我種的稷也茂密。
我的糧倉已裝滿，
我的露倉無數計。

以為酒食
以享以祀❻
以妥以侑❼
以介景福❽

濟濟蹌蹌❾
絜爾牛羊❿
以往烝嘗⓫
或剝或亨⓬
或肆或將
祝祭于祊⓭
祀事孔明⓮
先祖是皇⓯
神保是饗⓰

用來做酒和做飯，
用來供神和上祭。
可以安坐勸飲酒，
可以助我得福氣。

祭者莊嚴又從容，
洗淨那些牛和羊。
用作秋嘗或冬烝，
或是宰割或烹湯。
或是陳設或捧上，
司儀先祭門內旁。
祀祭工作很齊備，
列祖列宗欣然至，
祖先神靈來安享。

孝孫有慶⑰
報以介福⑱
萬壽無疆

執爨踖踖⑲
為俎孔碩⑳
或燔或炙㉑
君婦莫莫㉒
為豆孔庶㉓
為賓為客
獻酬交錯㉔
禮儀卒度
笑語卒獲㉕
神保是格㉖

孝孫誠敬得佑賞，
神靈酬答福澤降，
賜你子孫壽無疆。

庖人恭謹治酒餚，
肉案三牲很肥饒。
或是燒烤或煎炒，
主婦敬供儀容好。
食器陳列十分多，
是賓是客真不少。
主獻客酢相交錯，
禮節得宜又周到。
笑談彼此都得時，
祖先神靈來到了。

報以介福
萬壽攸酢㉗
我孔熯矣㉘
式禮莫愆㉙
工祝致告㉚
徂賚孝孫㉛
苾芬孝祀㉜
神嗜飲食
卜爾百福㉝
如幾如式㉞
既齊既稷㉟
既匡既敕
永錫爾極㊱

神用大福來酬答，
賜你萬壽以為報。
我是十分恭敬喲，
禮節儀式沒毛病。
司儀行祭報告神，
神往賜福給孝孫。
馨香酒食來祭祀，
神明喜這飲食精。
給你多種好福澤，
福來有期數有程。
既是莊重又敏敬，
既是正規又嚴謹。
永久賜你多福澤，

時萬時億㊲
禮儀既備
鐘鼓既戒㊳
孝孫徂位
工祝致告
神具醉止
皇尸載起㊴
鼓鐘送尸
神保聿歸
諸宰君婦㊵
廢徹不遲㊶
諸父兄弟
備言燕私

是萬是億都得行。
禮節儀式已齊備，
鐘鼓之樂已奏畢。
孝孫退位西面立，
司儀致告禮已畢。
神靈全都已吃醉，
替身吃畢就站起。
送屍敲鐘和擊鼓，
神靈聯袂盡歸去。
眾位宰夫和主婦，
身手敏捷忙撤席。
諸父兄弟就座飲，
飲酒同樂敘情誼。

樂具入奏㊷
以綏後祿㊸
爾餚既將㊹
莫怨具慶
既醉既飽
大小稽首㊺
神嗜飲食
使君壽考
孔惠孔時㊻
維其盡之㊼
子子孫孫
勿替引之㊽

樂器一齊奏起了，
安然享受祭後餚。
酒餚既已擺出來，
全沒怨言都說好。
既是喝醉又飽吃，
老少拜辭把言告：
「精饈美餚神靈喜，
使你能夠得壽考。
祭祀合禮又合時，
禮數孝道都盡到。
告誡汝子和汝孫，
代代繼承莫廢掉。」

【注 釋】

❶楚楚：植物叢生貌。茨：蒺藜，果實及莖葉有刺。❷抽：除。棘：刺。❸蓺：栽種。❹與與、翼翼：均為茂密繁盛貌。❺庾：草席製的圓形露天大糧倉。❻享：獻，上供。❼妥：安。侑：勸酒食。❽介：助。景：大。❾濟濟蹌蹌：《傳》：「言有容也。」即儀容莊嚴，步趨有節。❿絜：同「潔」。爾：猶「彼」，那些。⓫烝嘗：冬祭曰烝，秋祭曰嘗。⓬剝：宰剝，切割。亨：烹調。肆：指將供品先盛到鼎裡，然後再盛到俎裡，即所謂「取於鑊以實鼎，取於鼎以實俎。」將：持奉送進。⓭祝：太祝，掌祭祀祈禱的官。祊：宗廟門內設祭的地方。⓮孔：甚。明：指祭禮齊備。⓯皇：本義為美，此處作歸往之往解。⓰神保：《詩集傳》：「蓋尸之嘉號。」尸是神像，當時以人代替。作為祖先，因已為鬼神無形影。子孫思慕哀傷，無所寫洩，故坐尸而食之，毀其饋，欣然若親之飽醉。（說見《白虎通・闕文・宗廟篇》）⓱孝孫：主祭人。有慶：有福，指神保佑賜福。⓲報以介福：報，指報祭，古人祭祀中的一種。《國語・魯語》：「凡禘、郊、祖、宗、報，此五者，國之祭典也。」又解為「報酬」。介，通「匄」，求也。整句意為：報祭祖先以求福佑。⓳爨：燒火煮飯。踖踖：敏捷敬謹貌。⓴俎：祭祀盛牛羊的禮器。青銅製或漆器。形如方盤。碩：大。指祭品豐富。㉑燔：燒肉。炙：烤肉。㉒君婦：主婦。莫莫：恭謹貌。㉓豆：古食器名。庶：多。㉔獻：主人向客人勸酒曰獻，賓客回敬曰酢。酬：主人先自飲又勸賓曰酬。㉕獲：得宜。指笑語盡興。㉖是格：至，來到。是，語助詞，無實意。㉗攸：語助詞。酢：見注㉔，引申為回報。㉘熯：敬懼。「戁」之假借字。㉙愆：差錯。㉚工祝：祝官，主持祭祀司儀的人。致告：《傳》：「告利成也。」㉛徂：往。賚：賞賜。㉜苾芬：芬芳。孝祀：祭獻。㉝卜：給予。㉞如：合。幾：「期」的假借字。式：法度。㉟齊：整齊。稷：急，為「亟」之假借字，敏捷。古人以行動敏捷為敬。匡：端正。敕：通「飭」，謹慎。《詩毛氏傳疏》：「齊、稷、匡、敕，皆祭祀肅敬之意，所謂如法也。」㊱錫：賜。極：至。指最好最多的福。又一說，「極」讀為「福」，福也。㊲時：是。㊳戒：齊備。陳奐《詩毛氏傳疏》：「齊備也。」㊴皇尸：代表神靈受祭的活人。皇，美稱。㊵諸宰：諸，眾也。宰，古官名，殷朝始置，西周沿用。如太宰、邑長、家臣等，通稱宰。此處指膳夫，由上士二人、中士四人、下士八人任膳夫，故云「諸宰」。㊶廢：去。即撤去祭品。徹：即「撤」。㊷樂：樂隊。具：俱。凡祭在前廟，廟後有寢，即開宴、藏衣冠的場所，或稱後殿。㊸綏：安。后祿：祭后的酒餚。㊹將：美好。㊺大小：長幼。稽首：即叩頭。㊻惠：順利，合禮。時：適時。㊼其：主祭人。盡：守禮合禮又盡孝。㊽替：廢除。引：長久。

信南山

周王室從農業中獲得財富後祀祖求福。詩旨與《楚茨》略同。

信彼南山❶
維禹甸之❷
畇畇原隰❸
曾孫田之❹
我疆我理❺
南東其畝❻
上天同雲❼
雨雪雰雰
益之以霢霂❽

延伸無際南山坡，
大禹治水治過它。
平整田土除草萊。
曾孫也曾耕種它。
我畫經界我治田，
田畝向東向南多。
天上一色是烏雲，
瑞雪飄灑落紛紛。
再加一場絲絲雨，

既優既渥⑨
既沾既足⑩
生我百穀
疆場翼翼⑪
黍稷彧彧⑫
曾孫之穡
以為酒食
畀我尸賓⑬
壽考萬年
中田有廬⑭
疆場有瓜
是剝是菹⑮
獻之皇祖

水多土沾便耘耕。
土地沾濕水充足，
生長百穀有收成。
田間阡陌劃分明，
黍稷長得極茂盛。
曾孫把它來收獲，
美酒佳餚可做成。
給我神屍和賓客，
神靈保我萬年青。
田中種得有萊菔，
田畔瓜兒也種熟。
就剝萊菔就腌瓜，
奉獻給予我皇祖。

曾孫壽考
受天之祜

祭以清酒
從以騂牡⑯
享于祖考
執其鸞刀⑰
以啟其毛⑱
取其血膋⑲

是烝是享⑳
苾苾芬芬㉑
祀事孔明
先祖是皇㉒
報以介福

曾孫因此壽得長，
是受上天的保佑。

祭祀使用那清酒，
加上一隻紅毛牛，
拿去獻祭我祖考。
一手握著鸞刀頭，
剝開犧牲的皮毛，
取下它的血和油。

進行冬祭來獻上，
苾苾芬芬極馨香。
祭祀工作很完備，
先祖神靈得安享。
報你用那大福澤，

萬壽無疆

賜你萬壽永無疆。

【注釋】

❶信：通「伸」。伸，引申為遠長貌。❷甸：治理。❸畇畇：平坦整齊貌。形容開墾過。❹曾孫：主祭者對祖先神靈的自稱。❺疆：井田中的疆界。作動詞用，劃分田界。理：治理土地。又《毛詩傳箋通釋》：「理對疆言，疆謂定其大界，理則細分其地脈也。」姚氏《詩經通論》：「蓋『我疆』二句，此初制為徹法也。」（徹法：周朝的租賦制度，如耕百畝者，徹取十畝以為賦。徹，即「取」。）❻南東：田或南或東。指順地勢、河流之所宜開墾田土。❼同雲：天上雲色同，指黑雲下雨或下雪說。❽益：加上。霢霂：小雨。❾優：《說文》引「優」作「沈」。云：「沈，澤多也。」指雨水說。渥：濕潤。❿沾：沾濕。足：「浞」的假借字。潤濕貌。⓫場：田界。翼翼：整飭貌。⓬彧彧：茂盛貌。⓭畀：給予。⓮廬：一說農民住房；一說為「蘆」之假借字，即萊菔。郭沫若云：「廬、瓜對文，廬應是植物。」⓯菹：腌菜。⓰騂牡：赤黃色公牛。⓱鸞刀：有鈴的刀。⓲啟：開啟。指剝開牛的皮毛。⓳膋：脂膏。⓴烝：冬祭。享：獻。指冬祭進獻言。㉑苾苾芬芬：香氣濃郁。㉒皇：往，歸往。

甫田

周王室祈年、祭神的樂歌。

倬彼甫田❶
歲取十千

極為開闊那大田，
每年收糧收十千。

我取其陳
食我農人
自古有年❷
今適南畝❸
或耘或耔❹
黍稷薿薿❺
攸介攸止❻
烝我髦士❼
以我齊明❽
與我犧羊❾
以社以方❿
我田既臧⓫
農夫之慶

我去取出那陳穀，
養活我們的農夫，
從古以來多豐年。
如今農人到南郊，
或是除草或培苗，
黍稷茂盛長得好。
青苗長大穀滿田，
由那田官來進獻。
祭器盛滿擺上來，
又把我的牛羊帶，
祭社祭方不懈怠。
我的田畝種得好，
農夫辛苦受犒勞。

琴瑟擊鼓⑫
以御田祖⑬
以祈甘雨
以介我稷黍
以穀我士女⑭
曾孫來止
以其婦子⑮
饁彼南畝⑯
田畯至喜⑰
攘其左右⑱
嘗其旨否
禾易長畝⑲
終善且有⑳

彈琴鼓瑟又敲鼓，
用來迎祭那田祖，
用來祈求降甘露，
用來助長稷和黍，
用來教養我男女。
曾孫來到田間時，
伴著他的妻和子。
送酒送飯到南郊，
田官老爺吃酒餚。
先讓左右共享受，
嘗嘗酒餚香與否？
禾苗長滿了田畝，
既好也多得豐收。

曾孫不怒
農夫克敏㉑
曾孫之稼
如茨如梁㉒
曾孫之庾㉓
如坻如京㉔
乃求千斯倉
乃求萬斯箱㉕
黍稷稻粱
農夫之慶
報以介福
萬壽無疆

曾孫喜歡不發怒，
農夫種糧好又速。
曾孫所有的稻穰，
多如屋蓋高如梁。
曾孫所有的露倉，
多如沙堆高如岡。
就去準備千個倉，
就去準備萬個箱。
有黍有稷有稻粱。
就把農夫功來賞。
神靈報答以大福，
祈求萬壽而無疆。

【注釋】

❶倬：開闊貌。甫田：大田。❷有年：豐收年。❸今適南畝：南畝指向陽的田。一說為現在（奴隸主）去南畝（巡視）；另一說為現在（農夫）去南畝（耕作）。❹耘：除草。耔：壅土，以土培苗根。❺薿薿：茂盛貌。❻介：長大。攸：乃。止：至，至於得穀。❼烝：進。髦士：英俊之士，指田畯。❽齊：即粢盛，祭器中的祭物。明：言其清潔。❾犧：指用於祭祀的毛色齊一的牛，或其他牲畜。❿以社以方：社，土神。方，四方之神。此二字由名詞轉作動詞用。整句意為：用來祭祀土神，用來祭祀四方諸神。⓫臧：善。指收成好。⓬琴瑟擊鼓：琴、瑟、擊、鼓為四種樂器。此處轉義作動詞，乃彈琴、奏瑟、搖擊、敲鼓之意。擊是一種鼓，竹筒兩頭蒙皮，中部繫小槌，搖則槌擊鼓面發出響聲。又擊僅作動詞。⓭御：迎接。田祖：最早教百姓耕作的人。傳說即后稷，後世奉以為神，稱田祖、先農、或神農。⓮穀：養。士女：貴族男女。⓯以其婦子：有二解。一云：以，即與，言曾孫（即周王）與他的王妃王子。一云：以為語助詞，其指農夫，即農夫的妻和子。⓰饁：給種田人送飯。⓱喜：《箋》解為「酒食」，作動詞用。⓲攘：讓。一說取。左右：《詩集傳》：「乃取其左右之饋而嘗其旨否。」指飯食說。⓳易：禾苗茂盛貌。長：滿。⓴終：既。有：豐。㉑克：能。敏：敏捷，指農夫幹農活又快又好。㉒茨：屋蓋。梁：橋梁。㉓庾：露倉，糧囤。㉔坻：水中小丘。京：高丘。㉕箱：指車箱說。

大田

西周王室豐收祭神的詩。可從中了解當時的社會經濟形態。

大（ㄉㄚˋ）田（ㄊㄧㄢˊ）多（ㄉㄨㄛ）稼（ㄐㄧㄚˋ）

大田土肥宜多種，

既種既戒❶
既備乃事
以我覃耜❷
俶載南畝❸
播厥百穀
既庭且碩❹
曾孫是若❺
既方既皂❻
既堅既好
不稂不莠❼
去其螟螣❽
及其蟊賊
無害我田稚❾

既備農具又選種。
各種田事已周備，
用我鋒利耜田器。
開始耕作到南畝。
播種百穀在田疇，
秧苗既直又肥大，
曾孫善理耕與稼！
稻子抽穗又灌漿，
既已飽滿又漸黃。
沒那空殼與害草，
把那螟螣也殺掉。
根節蟊賊也要除，
莫使傷害我幼苗。

田祖有神
秉畀炎火⑩
有渰萋萋⑪
興雨祁祁⑫
雨我公田
遂及我私⑬
彼有不獲稚
此有不斂穧⑭
彼有遺秉⑮
此有滯穗⑯
伊寡婦之利⑰
曾孫來止
以其婦子

祈求田祖顯神靈！
放火把蟲統統燒！
烏雲漸漸布天上，
春雨落得把禾養。
好雨落到公田裡，
同時也落私人地。
那裡嫩穀沒割的。
這裡禾束沒收的。
那裡禾把掉下的，
這裡禾穗漏落的，
都歸寡婦來收去。
曾孫來到田間時，
伴著他的妻和子，

饁彼南畝
田畯至喜
來方禋祀
以其騂黑⑱
與其黍稷
以享以祀
以介景福

送酒送飯到南畝，
田官老爺來享受。
曾孫到來祭四方，
用的黃牛、黑豕、羊，
和著新熟黍稷糧。
用來獻神作祭祀，
用來祈神把福賜。

【注釋】

❶種：選種籽，作動詞用。戒：同「械」。也作動詞修理，指修理耒耜等農具說。❷覃：鋒利。「剡」的假借字。耜：古代耕田農具的部件。耒耜猶如後世之犁。耜是裝在耒尖端的尖齒。靠它翻掘泥土。❸俶：開始。載：《釋文》：「事也。」即從事農活。❹庭：同「挺」，挺立。碩：大。指禾苗茁壯。❺若：順心意。又解為善。曾孫是若可能為「莊稼長得好曾孫很順心」；或「曾孫善於農事」。❻方：通「房」，言穀粒生嫩殼。皂：《傳》：「實未堅者曰皂。」❼稂：空而無實的穀殼。莠：與禾相類似的草，俗名狗尾草。❽螟螣、蟊賊：乃四種害蟲。螟，螟蛾的幼蟲，蛀食禾心。螣，即蝗蟲。蟊，一種食禾根的害蟲，即螻蛄。賊，一種專食禾桿禾節的害蟲。❾稚：幼禾。❿秉：執持。畀：給。炎火：大火。⓫渰：陰雲密布貌。萋萋：雲行貌。⓬興雨：落雨。祁祁：緩慢。言小雨徐徐降。⓭私：指私田。⓮斂：收。穧：禾捆。⓯秉：禾把。指漏掉的禾束。⓰滯穗：遺留未收的禾穗。⓱伊：是。⓲騂：毛色黃的牛。黑：指毛色黑的豬、羊。

瞻彼洛矣

周王集諸侯講武於洛水，諸侯歌頌周王。

瞻彼洛矣❶
維水泱泱❷
君子至止
福祿如茨❸
韎韐有奭❹
以作六師❺

瞻彼洛矣
維水泱泱
君子至止

看那宗周洛水長，
又深又廣滿泱泱。
君子來到了這裡，
福祿多比屋蓋強。
穿的蔽膝朱紅色，
率領六師講武忙。

看那宗周洛水長，
又深又廣滿泱泱。
君子來到了這裡，

鞞琫有珌❻
君子萬年
保其家室

瞻彼洛矣
維水泱泱
君子至止
福祿既同❼
君子萬年
保其家邦❽

上琫下珌刀鞘亮。
君子長壽活萬年，
能夠長保家室昌。

看那宗周洛水長，
又深又廣滿泱泱。
君子來到了這裡，
和他先人福一樣。
君子長壽活萬年，
能夠保國保家邦。

【注釋】

❶洛：水名，源出陝西，經河南洛陽入黃河。❷泱泱：水深廣貌。❸茨：屋蓋。古人以茅蓋屋頂，積草極厚，所以用以喻福祿之多。❹韎韐：用茅蒐草染成赤黃色的皮製蔽膝。奭：赤色。❺作：起，振作奮起。六師：即六軍。《周禮‧夏官》：「凡制軍，萬有二千五百人為軍。王六軍。」《穀梁傳》：「古者天子六師。」❻鞞：刀鞘。琫：刀鞘口的裝飾物，稱為上飾。珌：刀鞘末端的飾物，稱為下飾。《說文》：「琫，佩刀上飾。天子以玉，諸侯以金。」又云：「珌，佩刀下飾，天子以玉。」❼既同：既，猶盡；同，猶聚。言福祿盡聚。❽家邦：即國家。

裳裳者華

天子美譽諸侯，以答「瞻彼洛矣」。

裳裳者華❶
其葉湑兮❷
我覯之子❸
我心寫兮❹
我心寫兮
是以有譽處兮❺
裳裳者華
芸其黃矣❻
我覯之子

堂堂華麗的鮮花，
葉兒茂盛襯托它。
我看見了那個人，
我的憂愁瀉盡呀。
我的憂愁瀉盡呀，
同處安樂之中呀！
堂堂華麗的鮮花，
金黃燦燦又光華。
我看見的那個人，

維其有章矣❼
維其有章矣
是以有慶矣
裳裳者華
或黃或白
我覯之子
乘其四駱❽
乘其四駱
六轡沃若❾
左之左之❿
君子宜之
右之右之
君子有之⓫

只因他有文章呀。
只因他有文章呀，
也就得到福慶呀！
堂堂華麗的鮮花，
有黃有白真不差。
我看見的那個人，
車駕四匹好駱馬。
車駕四匹好駱馬，
六根韁繩柔又滑。
左輔君王位在左，
君子在左無不可。
右弼君王位在右，
君子在右也常有。

維其有之　　惟其才德都具備，
是以似之⑫　　君子續嗣無不宜。

【注　釋】

❶裳裳：同「堂堂」，花盛貌。華：同「花」。❷湑：盛貌。❸覯：見。之子：指諸侯言。❹寫：通「瀉」，宣瀉，消除憂慮心舒暢。❺譽：有二解。一云「美名」。《詩集傳》：「譽，善聲也。」故「譽處」言常處此聲譽之美中。一云猶「豫」也。即安，樂。譽處為安處。❻芸：《傳》：「黃盛也。」謂極黃貌。❼章：文章。指文彩、才華說。❽駱：黑鬣，黑尾，身白的馬。❾六轡：古人四馬駕車，有六根韁繩稱為六轡。兩旁兩馬四轡，中間兩驂馬各一轡，共為六轡。沃若：柔軟光潔貌。❿左之、右之：陳奐《詩毛氏傳疏》云：「《說苑・脩文篇》詩曰：『左之左之，君子宜之；右之右之，君子有之。』《傳》曰：『君子者，無所不宜也』……言朝、祀、喪、戎，無不得宜。」⓫有：具有。陳奐云：「蓋有者，有此宜也。」⓬似：通「嗣」，繼承。

【賞　析】

這首詩，舊說是「刺幽王」，也有說是天子讚美諸侯的。從詩意來看，是一首情詩，應是一個婦女讚美碰見的一個貴族男子。

本篇詩中有「我覯之子」句，「之子」在《詩經》中常為男女雙方之間的暱稱。「裳裳者華，其葉湑兮」、「裳裳者華，芸其黃矣」、「裳裳者華，或黃或白」都是稱讚這位貴族男子車上帷裳花紋的漂亮。朱熹說，這首詩「與《蓼蕭》首章文勢全相似。」〈蓼蕭〉說的什麼呢？說的是貴族間的會見。如果參照來看，顯然這首詩並不僅是讚揚碰見的一位貴族，它帶有男女間的愛慕。

「左之左之……右之右之」，是對這男子的讚美。它是雙關語，既指往左走，往右走；也指做事左右咸宜。

桑扈

周天子春宴諸侯，讚美屬臣。

交交桑扈❶
有鶯其羽❷
君子樂胥❸
受天之祜
交交桑扈
有鶯其領❹
君子樂胥
萬邦之屏❺
之屏之翰❻

飛來飛去桑扈鳥，
它的羽毛花紋好。
君子真是很快樂，
受到上天賜福早。
飛來飛去桑扈鳥，
它的頸項花紋好。
君子真是很快樂，
屏障萬邦制侵擾。
楨干、屏藩就是他，

百辟為憲❼
不戢不難❽
受福不那❾
兕觥其觩❿
旨酒思柔⓫
彼交匪敖⓬
萬福來求⓭

諸侯以他為楷模。
又和平來又恭敬，
受福真是那麼多。
牛角杯兒曲角口，
美酒味兒真和柔。
不存僥倖不傲慢，
萬種福澤反來求。

【注釋】

❶交交：飛往來貌。一說小貌。桑扈：鳥名。❷鶯：形容鳥羽的花紋色彩。❸君子：指諸侯。胥：猶兮，語氣詞。❹領：頸項。❺屏：屏障，比喻保衛國家的重臣。❻翰：幹，主幹，即築牆的支柱，意同上。❼辟：君主。百辟：周所封的諸侯。❽不戢不難：馬瑞辰云：「戢當讀為濈，……難當讀為戁。」《說文》：「濈，和也；難，敬也。」不戢不難，言和且敬也。兩不字皆語詞。❾那：多。❿兕觥：有蓋的酒器，蓋為獸頭形或整器為獸頭形。另一說為犀牛角製的酒器。觩：獸角彎曲貌。⓫思：此處為語詞。柔：柔和，善。⓬彼交匪敖：交即姣，輕侮、倨傲之意。彼為匪之借。通句意為不侮慢不驕傲。另一說，交同「徼」，僥倖。⓭求：聚合，同逑。《說文》：「逑，斂聚也。」

鴛鴦

士大夫頌古取物有道，自奉有節，以刺暴君。

鴛鴦于飛❶
畢之羅之❷
君子萬年
福祿宜之❸

鴛鴦在梁❹
戢其左翼❺
君子萬年
宜其遐福❻

乘馬在廄❼

鴛鴦往來雙雙飛，
安放網羅去捕它。
君子長壽活萬年，
天賜福祿應給他。

鴛鴦息在河梁上，
收斂他的左翅膀。
君子長壽活萬年，
天永賜福給他享。

乘馬拴在馬廄裡，

摧之秣之❽

君子萬年

福祿艾之❾

乘馬在廄

秣之摧之

君子萬年

福祿綏之

用芻用糧飼養它。

君子長壽活萬年，

福祿永遠養著他。

乘馬拴在馬廄裡，

用糧用芻飼養它。

君子長壽活萬年，

福祿永遠安賜他。

【注釋】

❶于：語助詞。❷畢：有長柄的捕鳥小網。羅：捕鳥的大網。在這裡都作動詞用。❸宜：適宜給予。❹梁：橋梁，攔魚的水壩。❺戢：斂也。《詩集傳》：「張子曰：『禽鳥並棲，一正一倒，戢其左翼，以相依於內；舒其右翼，以防患於外。』蓋左不用而右便故也。」另一說，馬瑞辰《毛詩傳箋通釋》云：「《釋文》引《韓詩》曰：『戢者，捷也，捷其噣於左也。』捷有『插』訓。毛西河引《考工記·廬人》注：『於所捷也。捷即插也。鳥之棲息，恆捷其噣於左翼。』胡承珙曰：『戢與捷雙聲，故捷可假借作「戢」。』」❻遐：遠，久。❼乘馬：四馬。一車駕四馬為一乘，故乘可表「四」之數。廄：馬棚。❽摧：通「莝」，鍘碎的草，作動詞為鍘草。秣：餵馬穀，作動詞用。❾艾：《傳》：「艾，養也。」言自作奉養。

【賞析】

這首詩有說為親迎婚娶之詩。姚際恆《通論》認為此說始於鄒肇敏，「謂詠成王初婚」；何玄子解詩「因以為幽王」。姚引何說，「以〈白華〉之詩證之，其第十章曰：『鴛、鴦在梁，戢其左翼。之子無良，二三其德。』

是詩亦有「在梁」二語，詞旨昭然。詩人追美其初昏……。〈乘馬〉二章，皆詠親迎之事而因以致其禱頌之意。〈漢廣〉之詩曰，『之子于歸，言秣其馬』亦同。」聞一多說，〈國風〉中凡言魚，皆兩性間互稱其對方之廋語。」不僅言魚，言「梁」（魚梁），「笱」（魚簍）等，均有婚姻戀愛之意。何氏此說，亦為聞說的佐證。

頍弁

周幽王豪華享樂，宴飲兄弟親戚。

有頍者弁❶
實維伊何❷
爾酒既旨
爾餚既嘉
豈伊異人❸
兄弟匪他
蔦與女蘿❹

頭上戴的是皮冠，
究竟為的是哪般？
你的酒味既美好，
你的餚饈是好餐。
難道伊是那異姓？
乃是兄弟非他人。
桑寄生和菟絲子，

施于松柏❺
未見君子
憂心奕奕❻
既見君子
庶幾說懌❼

有頍者弁
實維何期❽
爾酒既旨
爾餚既時❾
豈伊異人
兄弟具來❿
蔦與女蘿
施于松上

攀著松柏來生存。
未曾看見那君子，
心裡苦悶憂難止。
已經看見那君子，
心裡快樂在此時。

頭上戴的是皮冠，
究竟為的是哪般？
你的酒味既美好，
你的時鮮是好餐。
敢說伊是異姓人？
兄弟全都來相親。
桑寄生和菟絲子，
攀著青松往上升。

未見君子
憂心怲怲⑪
既見君子
庶幾有臧⑫
有頍者弁
實維在首
爾酒既旨
爾餚既阜⑬
豈伊異人
兄弟甥舅
如彼雨雪
先集維霰⑭
死喪無日⑮

未曾看見那君子，
滿腹苦悶憂不止。
已經看到那君子，
心裡感到是好事。
頭上戴的是皮冠，
戴在頭上很自然。
你酒味兒既美好，
你菜豐富多如山。
難道伊是異姓人？
乃是兄弟和舅甥，
好比快要落大雪。
雪珠降落作先行。
死喪日期無法選，

無幾相見⑯
樂酒今夕
君子維宴

沒有多時來相見。
今夜快樂來共飲，
君子只有開筵宴。

【注釋】

❶頍：方玉潤《詩經原始》云：「張氏彩曰，許氏曰，頍即古規字，規為員者，弁之貌也。」弁：皮帽。❷實：是。維：為。伊：語詞。❸豈：難道。伊：是。異人：他人，外姓人。❹蔦、女蘿：兩種寄生攀緣植物。❺施：延生，蔓延，攀附。❻奕奕：心神不安貌。❼庶幾：差不多。說：同「悅」。懌：與喜悅同義。❽期：同「其」，語末助詞。❾時：善，嘉，美。❿具：同「俱」。⓫怲怲：憂愁盛滿貌。⓬臧：善。⓭阜：豐富。⓮霰：雪珠。大雪前先下雪珠，又稱雪米。⓯無日：不知何日。⓰無幾：沒有多少時間。

車舝

新婚宴飲。

間關車之舝兮❶
思孌季女逝兮❷

車行「間關」響聲作，
親迎美麗季子啊！

匪饑匪渴
德音來括❸
雖無好友
式燕且喜❹

依彼平林❺
有集維鷮❻
辰彼碩女❼
令德來教❽
式燕且譽❾
好爾無射❿

雖無旨酒
式飲庶幾
雖無嘉餚

不怕饑來不怕渴，
盼望好人來會合！
雖沒至交好朋友，
燕飲相慶且喜樂。

繁盛茂密那平林，
林中集有野雞群。
那是一個好女娃，
她帶給我好德行。
燕飲相慶樂融融，
愛你永無厭煩心！

我雖沒有那美酒，
可你還得喝點酒。
我雖沒有那佳餚，

式食庶幾⑪
雖無德與女⑫
式歌且舞

陟彼高岡⑬
析其柞薪⑭
析其柞薪
其葉湑兮⑮
鮮我覯爾⑯
我心寫兮⑰

高山仰止⑱
景行行止⑲
四牡騑騑⑳
六轡如琴㉑

可你還得把腹飽。
雖無恩德贈與汝，
可你還得歌且舞！

向那高岡去攀登，
砍些柞木作柴薪。
砍些柞木作薪柴，
它的葉兒很茂盛。
幸好我能看見你，
我的憂愁得瀉盡。

德如高山人仰敬，
行如大道人遵循。
四馬不停往前走，
六轡調和如彈琴。

覯爾新婚　現在新婚看到你，
以慰我心　從此安慰我的心。

【注釋】

❶間關：象聲詞，狀車行時摩擦聲。舝：同「轄」，車軸兩頭的金屬鍵。插入軸端，使輪在軸上而不滑脫。❷思：語詞。孌：美好。季女：少女。逝：往。指季女前來結婚。❸德音：美譽，令聞。括：同「佸」，會合。❹式：發語詞。燕：通「宴」。❺依：茂木貌，「殷」之假借。殷，盛也。平林：平原上的大樹林。❻鷮：雉之長尾者。❼辰：《傳》：「辰，時也。」時，可作「是」解。碩女：美女。❽令德：美德。教：教育。令德來教：（自小父母就）用美德來教育她。❾譽：稱譽。一說同「豫」，歡樂。❿好：愛。射：厭棄。⓫庶幾：幸，表示希望之詞。⓬與：給與。女：通「汝」，即「你」。⓭陟：升，登。⓮析：砍伐。柞：樹名。薪：柴薪。⓯湑：茂盛。⓰鮮：善。覯：遇見。⓱寫：同「瀉」，宣洩，消除。⓲仰：仰望。止：之。⓳景行：大路。景，大；行，路。⓴騑騑：行不止貌。㉑如琴：形容六根馬韁繩猶如琴弦那樣整齊，調協得很有節奏。《詩切》云：「六轡執在手，緩急如琴調。」

青蠅

諷刺幽王聽信讒言。

營營青蠅❶　飛來飛去大蒼蠅，

止于樊❷　　飛在藩籬上面停。
豈弟君子❸　　快樂平易的君子，
無信讒言　　莫信讒言要思忖。

營營青蠅　　飛來飛去大蒼蠅，
止于棘❹　　飛在棗林上面停。
讒人罔極❺　　讒人哪有好話講，
交亂四國❻　　只把四國來攪渾！

營營青蠅　　飛來飛去大蒼蠅，
止于榛❼　　飛在榛樹上面停。
讒人罔極　　讒人哪有好話講，
構我二人❽　　羅織罪過害我們。

【注　釋】

❶營營：《傳》：「往來貌。」一說蒼蠅來回飛的聲音。青蠅：綠頭大蠅。❷樊：籬笆。❸豈弟：和易近人。

君子：指有道德學問的正派人。❹棘：酸棗樹，可作籬笆做圍牆。❺罔極：陳奐《詩毛氏傳疏》：「極，中也。」罔極，指不中正。即讒人所言，都是挑撥不正的話。❻交：俱，都。四國：四方諸侯國。❼榛：樹名，可作藩籬，果實叫榛子。❽構：陷害。即羅織罪過，讒言害人。

賓之初筵

衛武公刺周幽王荒淫縱酒，酒後失儀。

賓之初筵❶
左右秩秩❷
籩豆有楚❸
餚核維旅❹
酒既和旨❺
飲酒孔偕❻
鐘鼓既設

賓客初到各就席，
左右揖讓不失禮。
籩豆成行已擺設，
魚肉果蔬也陳列。
酒味既醇又甘美，
眾賓遍飲禮不悖。
鐘鼓既設掛室內，

舉醻逸逸❼
大侯既抗❽
弓矢斯張❾
射夫既同❿
獻爾發功⓫
發彼有的⓬
以祈爾爵⓭

籥舞笙鼓⓮
樂既和奏
烝衎烈祖⓯
以洽百禮⓰
百禮既至
有壬有林⓱

絡繹不絕來舉杯。
大射箭靶已豎起，
弓箭一起都備齊。
射箭對手配合好，
你獻射功真高妙。
發矢對的若射準，
願我射中你來飲。

執笛起舞笙鼓和，
音節相應齊奏樂。
進獻有功先祖去，
用來配合這百禮。
百禮已經陳於庭，
規模宏大禮繁盛。

錫爾純嘏⑱
子孫其湛⑲
其湛曰樂
各奏爾能⑳
賓載手仇㉑
室人入又㉒
酌彼康爵㉓
以奏爾時㉔

賓之初筵
溫溫其恭
其未醉止
威儀反反㉕
曰既醉止

神靈賜你大福澤，
子子孫孫都喜悅。
全都喜悅又快樂，
各獻所能技藝高。
賓客比箭找對手，
主人加入行列後。
把那空杯來斟下，
以獻你所尊敬者。

賓客初到各就席，
溫和恭敬不失禮。
當著他們還沒醉，
舉止莊重有威儀。
一到已經喝醉了，

威儀幡幡㉖
舍其坐遷㉗
屢舞僊僊㉘
其未醉止
威儀抑抑㉙
曰既醉止
威儀怭怭㉚
是曰既醉
不知其秩㉛
賓既醉止
載號載呶㉜
亂我籩豆
屢舞僛僛㉝

威儀立即就失掉。
起坐無時沒禮節，
屢次翩翩舞不歇。
有人喝酒還沒醉，
威儀莊重禮不悖。
一到已經喝醉啦，
威儀狎邪成笑話。
當他已經喝醉了，
普通禮節也不曉。
賓客已經吃醉了，
有的呼號有的叫。
籩豆亂得不成行，
屢次歪倒舞態狂。

是曰既醉
不知其郵㉞
側弁之俄㉟
屢舞傞傞㊱
既醉而出
並受其福㊲
醉而不出
是謂伐德㊳
飲酒孔嘉
維其令儀㊴

凡此飲酒
或醉或否
既立之監㊵

當他既已喝醉了，
自有過失不知道。
皮帽歪戴在頭上，
屢舞不停狂又蕩。
已經醉了把門出，
賓主得安受其福。
已經醉了不出門，
這就叫做敗德行。
飲酒本來是好事，
可要禮儀來維持。
凡是飲酒的人們，
有的易醉有的醒。
既要設立一酒監，

或佐之史㊶　或者再把酒史添。
彼醉不臧　醉漢醜態不自知，
不醉反恥　未醉的人為之恥。
式勿從謂㊷　不要勸他再多飲，
無俾大怠　不要使他更失禮。
匪言勿言㊸　不該問的莫問他，
匪由勿語㊹　不該做的莫說他。
由醉之言㊺　你若順他醉言講，
俾出童羖㊻　叫你牽出無角羊。
三爵不識㊼　飲過三杯就糊塗，
矧敢多又㊽　怎敢勸他再執壺。

【注釋】

❶初筵：初即席位，初入座。❷左右秩秩：古禮，主席東，賓席西。左右指東西說。秩秩，恭敬而有秩序貌。❸籩豆：古食器名。籩豆有楚：食器陳列整齊有序貌。❹餚：指盛在盤裡的肉魚。核：指果品之類。維：是。旅：陳列，擺設。❺和旨：味醇甘美。❻孔：甚。偕：遍。孔偕：指主賓情感融洽、和諧。❼舉酬：主人向賓客

敬灑。逸逸：同「繹繹」，往來不斷貌。❽抗：古代皮製箭靶，張掛在木架上叫「抗」，其中心加圓或方形的布塊為「的」，即靶心。又叫質、鵠，正。射中「的」時為勝。大侯：周王大射時的箭靶。以虎、熊、豹三種獸皮製成。《鄭箋》：「射禮有三，有大射、有賓射、有燕射。」❾斯：語詞。張：矢張設在弓弦上。❿射夫：射者。同：會齊。射夫既同：《詩集傳》：「射夫既同，比其耦也。射禮，選群臣為三耦，三耦之外，其餘各自取匹，謂之眾耦。」⓫發功：發矢中的之功。獻爾發功：報告你射箭的成績。⓬有：語詞。的：靶心。⓭祈：求。爾：指同射對手。爵：酒器。以祈爾爵：以我射中靶心來罰你飲酒。⓮籥：古樂器名。籥舞：執籥而舞，以笙、鼓伴奏。⓯烝：進，言進樂。衎：娛樂。烈祖：創業的祖先。⓰洽：合於，配合。百禮：指禮儀完備。⓱王、林：《詩集傳》：「王，大。林，盛也。言禮之盛大也。」⓲錫：賜。純嘏：大福。⓳湛：喜樂。⓴奏：獻也。㉑載：則，就。手：取。仇：匹。言時各選對手。㉒室人：主人。入又：進入射場和賓客同射。㉓酌：斟酒或飲酒。康爵：康，通「荒」，即空也。爵，酒器，三足鼎立，以青銅或陶製成。酌彼康爵：將那酒杯斟滿。㉔時：中的者。以奏爾時：斟滿的酒獻給射中的人以示祝賀。蓋不中者飲為受罰。中者飲為致慶耳。㉕反反：莊重而謹慎貌。㉖幡幡：輕佻無禮貌。㉗舍其坐遷：遷，通指飲酒時之禮節。如坐飲、立飲、升降、興拜、復席、復位諸禮。捨其坐遷言失其坐當遷之禮。㉘仙仙：同「躚躚」，輕盈舞貌。㉙抑抑：謹慎莊重貌。㉚怭怭：輕薄褻慢貌。㉛秩：常規，規則。㉜呶：喧嘩。㉝僛僛：醉舞時歪斜不中節貌。㉞郵：通「尤」，過錯。㉟側弁：歪戴帽子。俄：傾斜貌。㊱傞傞：醉舞回旋不止貌。㊲並：全部，指主、客說。其：指醉出之人。㊳伐：敗。伐德：敗壞道德，缺德。㊴令儀：好禮節，好威儀。㊵監：亦名司正。「燕禮鄉射，恐有懈倦失禮者，立司正以監之，察儀法也。」說見《詩集傳》。㊶史：記載宴飲進行情況的史官。㊷式勿從謂：馬瑞辰《毛詩傳箋通釋》：「式，發聲詞……式勿從謂，即『勿從謂』也。勿從而勸勤之，使之更飲也。」《爾雅・釋詁》：「謂，勤也。」即是勿再勸醉人飲酒。㊸匪：非。㊹由：式也。式，法式。㊺由醉之言：聽從酒醉者的話。㊻俾：使。童羖：沒角的黑色大公羊。童，指無角。㊼三爵：古代君臣小宴，以三爵為度。不識：不知三爵為度之禮。㊽矧：況且，怎麼。又，「侑」的假借，勸酒。

魚藻

頌古以諷周幽王。

魚在在藻，
有頒其首❶。
王在在鎬，
豈樂飲酒❷。
魚在在藻，
有莘其尾❸。
王在在鎬，
飲酒樂豈。
魚在在藻，

魚在水草之中遊，
只見擺動那大頭。
武王住在那鎬京，
快樂和平來飲酒。
魚在水草之中過，
只見飄動長尾喲。
武王住在那鎬京，
和平飲酒又快樂。
魚在水草之中竄，

依于其蒲❹
王在在鎬
有那其居❺

竄入菖蒲去遊玩。
武王住在那鎬京，
居處舒服又安然。

【注釋】

❶有：語詞。頒：頭大貌。❷豈：與「愷」通，康樂。豈樂：歡樂。❸莘：長貌。❹蒲：蒲草，水生植物。❺有那：安貌。

采菽

讚美諸侯來朝，以刺周幽王無禮無信於諸侯。

采菽采菽❶
筐之筥之
君子來朝
何錫予之

摘下豆呀豆摘下，
用筐用筥來盛它。
諸侯遠道來朝見，
用些什麼贈送他。

雖無予之
路車乘馬
又何予之
玄袞及黼❷

觱沸檻泉❸
言采其芹
君子來朝
言觀其旂❹
其旂淠淠❺
鸞聲嘒嘒❻
載驂載駟❼
君子所屆❽
赤芾在股❾

雖沒什麼把它贈，
給予路車和駟馬。
再拿什麼贈送他？
龍衣繡裳贈給他。

沸騰噴湧泉水濱，
我去泉邊摘香芹。
諸侯遠道來朝見。
就去觀看他旗旂。
各色旂旗風中舞，
鈴鸞聲響節奏勻，
四馬驂乘陸續馳，
就知君子已來臨。
赤色蔽膝不歪斜，

邪幅在下⑩
彼交匪紓⑪
天子所予
樂只君子
天子命之⑫
樂只君子
福祿申之⑬
維柞之枝
其葉蓬蓬
樂只君子
殿天子之邦⑭
樂只君子
萬福攸同⑮

綁腿纏裹到膝下。
不驕不躁不怠緩，
天子因此賞賜他。
和樂安順眾君子，
天子命令贈予他。
用那禮樂娛君子，
再把福祿重賞他。
柞木枝條極蔥蘢，
它的葉兒更茂榮。
和樂安順眾君子，
鎮撫邦國王所重。
和樂安順眾君子，
聚而歸之福萬種。

平平左右⑯
亦是率從
汎汎楊舟⑰
紼纚維之⑱
樂只君子
天子葵之⑲
樂只君子
福祿膍之⑳
優哉游哉㉑
亦是戾矣㉒

從容明慧治天下，
四方相率來順從。
柏舟泛泛浮於水，
竹索大繩來繫累。
用那禮樂娛君子，
天子量才賜以位。
和樂安順眾君子，
厚賜福祿又一回。
優哉遊哉很自得，
就是做到這樣美。

【注釋】

❶菽：大豆。❷玄袞：畫或繡有卷龍的黑色禮服。黼：有白黑相間斧形花紋的禮服。❸觱沸：泉水湧出翻騰的聲和貌。觱，水響聲。檻泉：正湧出水之泉。❹言：我。或作語助詞。旂：旌旗。周制：上公建旂九旒、侯伯七旒、子男五旒。觀其所建旌旂，則諸侯之尊卑等級判焉。❺淠淠：旗幟飄動貌。❻嘒嘒：有節奏。指鈴聲。❼驂：一車駕三馬。駟：一車駕四馬。❽屆：到來。❾芾：蔽膝。❿邪幅：即今之綁腿，自足至膝叫「在下」。⓫

彼：同「匪」，不是。交：馬瑞辰《毛詩傳箋通釋》謂「僥」之假借。又《詩毛氏傳疏》：「交，古絞字。絞、傲一義。」紓：緩，怠緩。彼交匪紓，即「不傲不怠」。謂既不傲慢、急躁，也不怠緩、遲鈍。亟言「君子」（即諸侯）之舉止、儀態、言辭均得宜也。（故天子喜而賜之）⑫命之：天子以禮物爵位賜給臣下時，頒詔書曰「命」，故命之即下詔賞賜他。⑬申：重複。此謂重複多次賞賜君子。⑭殿：鎮撫。⑮攸：所。同：聚。⑯平平：《毛傳》：「辯治也。」《釋文》引《韓詩》作「便便」，云：「閑雅之貌。」《廣雅・釋詁》：「辯，慧也。」平平，即明慧之意。⑰泛泛：飄流貌。⑱紼：繫船的麻繩。纚：拴船的竹索。⑲葵：通「揆」，揆度，估量。指量才使用。⑳膍：厚。指厚賜福祿。㉑優、遊：安閑自得。㉒戾：至也；或安定，安居。

角弓

士大夫諷刺周王遠骨肉親佞人。

騂騂角弓❶
翩其反矣❷
兄弟昏姻
無胥遠矣❸
爾之遠矣

騂騂調好的角弓，
反弦是不善用喲。
兄弟乃是親骨肉，
不要互相疏遠喲。
你如和他疏遠喲，

民胥然矣❹
爾之教矣
民胥傚矣
此令兄弟
綽綽有裕❺
不令兄弟❻
交相為瘉❼
民之無良❽
相怨一方
受爵不讓
至于己斯亡❾
老馬反為駒❿

百姓都是如此喲。
你是這樣教他喲，
百姓定然仿效喲。
彼此相好的兄弟，
感情深厚而有餘。
彼此不和的兄弟，
互相之間只猜忌。
人們秉性不善良，
徒然相怨在一方。
為爭爵祿不相讓，
自己過錯反遺忘。
老馬當如馬駒教，

不顧其後
如食宜饇⑪
如酌孔取⑫
毋教猱升木⑬
如塗塗附⑭
君子有徽猷⑮
小人與屬⑯
雨雪瀌瀌⑰
見晛曰消⑱
莫肯下遺⑲
式居婁驕⑳
雨雪浮浮㉑

不念自己也會老。
如給飯吃要他飽，
如給酒飲量多少。
猿猴不教會爬樹，
好比稀泥易沾著。
君子如果有美德，
小人也要來依附。
大雪落得滿天飄，
遇見陽光就化了。
不肯去惡自謙下，
用此自處斂驕傲。
雪花遍地落得久，

見晛曰流　　遇見陽光化水流。
如蠻如髦㉒　　蠻夷之性不改變，
我是用憂　　我正因此而心憂。

【注釋】

❶騂騂：弓調和貌。角弓：以牛角鑲弓叫角弓。即以角飾弓。❷翩：《詩集傳》：「翩，反貌。弓之為物，張之，則內向而來，馳之，則外反而去，有似兄弟婚姻，親疏遠近之意。」❸胥：相互。❹胥：皆也。與上「胥」字意思不同。❺綽綽：寬裕舒緩貌。陳奐《詩毛氏傳疏》：「寬裕者，能讓之謂也。」❻令：善也。❼瘉：病。指詬病，嫉恨，責怨。❽民：人。指人民與貴族說。❾至于己：臨到自己。斯：語詞。亡：《傳》：「求安而身愈危。」即「至於己身，以此而致滅亡」。一說同「忘」。❿駒：小馬。⓫饇：飽。⓬酌：酌酒而飲。孔取：多取。⓭毋：語詞，同「而」，無實義。猱：猿一類。⓮如：助詞。塗：泥。塗附：塗上泥漿。泥漿易沾，喻小人易教從善。⓯徽：美，善。猷：同「猶」，道。⓰與屬：從屬，依附。⓱雨雪：雨作動詞用，下。瀌瀌：雪盛貌。⓲晛：日氣。曰：語助詞。⓳莫肯下遺：《孔疏》：「小人皆為惡行，莫肯自卑下而遺去其惡心者。」⓴式：發語詞。居：同「倨」，傲慢。婁：同「屢」，多次。又《箋》：「婁，斂也。」㉑浮浮：同「瀌瀌」。㉒蠻：南蠻。髦：又作「髳」，古稱西夷。

菀柳

士大夫諷刺反覆無常，使人不敢親近的暴君。

有菀者柳❶
不尚息焉❷
上帝甚蹈❸
無自暱焉❹
俾予靖之❺
後予極焉❻
有菀者柳
不尚愒焉❼
上帝甚蹈

那株柳樹很茂盛，
行人能不樹下停？
上帝的心變化大，
和他不要太親近。
如使我去謀政事，
後必殺我用大刑。
那株柳樹葉兒多，
行人能不樹下坐？
上帝的心變化大，

無自瘵焉❽　不要自去接近他。
俾予靖之　如使我去謀政事，
後予邁焉❾　以後他會放逐我。
有鳥高飛　鳥兒高飛往上去，
亦傅于天❿　一直飛到那天際。
彼人之心　那人的心反覆大，
于何其臻⓫　沒個止境出人意。
曷予靖之　國事我何為之治，
居以凶矜⓬　他必置我於險地。

【注釋】

❶菀：木茂盛。❷尚：庶幾。❸上帝：指王說。蹈：動，變動，即喜怒無常變動大之意。❹暱：《傳》：「近也。」親近。❺俾：使。靖：謀劃。之：指國事。❻極：「殛」之假借。《箋》云：「誅也。」❼愒：休息。❽瘵：病。或作接近。❾邁：行。指放逐說。❿傅：至。⓫臻：至。⓬居以凶矜：《箋》云：「王何為使我謀之，隨而罪我，居我以凶危之地。」

都人士

周大夫經離亂之後，緬懷舊日都邑人物。

彼都人士❶
狐裘黃黃❷
其容不改❸
出言有章
行歸于周❹
萬民所望
彼都人士
薹笠緇撮❺
彼君子女

那個都城的人士，
狐裘黃黃閃閃亮。
儀容動作不改常，
說出話來像文章。
行為都合乎忠信，
被那萬民所瞻望。
那些都城的人士，
戴的草笠緇布冠。
那些貴族的女兒，

綢直如髮❻
我不見兮
我心不說❼
彼都人士
充耳琇實❽
彼君子女
謂之尹吉❾
我不見兮
我心苑結❿
彼都人士
垂帶而厲⓫
彼君子女
卷髮如蠆⓬

絲直如髮不紊亂。
今天看不到他們，
我的心兒很不歡。
那些都城的人士，
寶石兩旁做耳飾。
那些貴族的女兒，
姓的尹氏和吉氏，
如今看不到他們，
我心憂鬱難停止。
那些都城的人士，
衣帶下垂飄左右。
那些貴族的女兒，
髮如蠆尾翅在首。

我不見兮
言從之邁⑬
匪伊垂之⑭
帶則有餘
匪伊卷之
髮則有旟⑮
我不見兮
云何盱矣⑯

今天看不到她們，
我願跟著她們走。
並非有意把帶垂，
那是飄帶有餘長。
並非有意把髮卷，
有的短髮豎頭上。
今天看不到她們，
怎麼這樣來盼望。

【注釋】

❶都：京都，指鎬京。❷黃黃：形容發亮的黃色狐裘。❸其容不改，出言有章：《鄭箋》：「其動作容貌既有常，吐口語言又有法度文章。」❹周：《傳》：「周，忠信也。」一說周京。❺臺：「苔」之省借，草名，可以製笠。緇撮：《詩集傳》：「緇布冠也。」即黑布製的小帽。❻綢直如髮：「髮如綢直」之倒文。《毛詩後箋》云：「綢，絲也。言綢直如其髮，倒文成義。」❼說：同「悅」。❽充耳：古代帽兩旁飾物，以玉、石製成，垂於耳際。琇：美石。實：馬瑞辰：「孟子充實之謂矣，是實有美意，猶《淇奧》詩：『充耳琇瑩。』」❾尹吉：《箋》云：「吉讀為姞。尹氏、姞氏，周室婚姻之舊姓也。人見都人之家女，咸謂之尹氏、姞氏之女。」❿苑：即鬱結。⓫厲：《傳》：「厲，帶之垂者。」又厲與裂，古同聲通用……《說文》：『裂，繒余也。』《玉篇》：『裂，帛余也。』」⓬蠆：蠍類毒蟲，尾有刺，曲而上翹，用以形容捲髮之美。⓭言：我。邁：行。⓮匪：非。

伊：是。⓯旟：揚起。⓰盱：《詩集傳》：「望也。」又《國風・卷耳》，《傳》：「盱，憂也。」故解作懸望，或作憂傷。

采綠

婦人思夫，期逝不至，刺周幽王政繁役重。

終朝采綠❶
不盈一匊❷
予髮曲局❸
薄言歸沐❹
終朝采藍❺
不盈一襜❻
五日為期

整個早晨去採綠，
採的不滿兩手掬。
我的頭髮曲又捲，
我要回家去沐浴。
整個早晨去採藍，
盛一衣兜也不滿。
約定五天就回家，

六日不詹❼	六天不回我難安。
之子于狩❽	他去打獵的那天，
言韔其弓❾	我去為他收弓箭。
之子于釣	如他是要去釣魚，
言綸之繩❿	我去幫理釣魚線。
其釣維何	他釣的魚是什麼？
維魴及鱮⓫	鰱魚鯿魚裝滿籮。
維魴及鱮	鰱魚鯿魚裝滿籮，
薄言觀者⓬	滿筐滿蘿釣得多！

【注釋】

❶綠：「菉」之假借字，草名。又名王芻或藎草，可以染黃色。又一說「綠，棫子也」，其實形如桐子，所染色亮麗佳美。❷匊：一捧。❸曲局：捲曲，彎曲。❹薄言：句首助詞。沐：洗髮。❺藍：可染青色的草。❻襜：衣服的前襟。❼詹：到。❽之子：指丈夫。狩：打獵。❾韔：弓袋。作動詞「收入」解。❿綸：釣繩。作動詞「整理」解。⓫魴：鯿魚。鱮：鰱魚。⓬觀：引申為眾多。《雅爾》郭注：「觀者，物多而后可觀，故觀含有多義。」

黍苗

讚美召伯（召穆公）經營謝邑。

芃芃黍苗❶
陰雨膏之❷
悠悠南行❸
召伯勞之❹

我任我輦❺
我車我牛❻
我行既集❼
蓋云歸哉❽
我徒我御❾

黍苗長得真長大，
天陰小雨潤澤它。
遠行隊伍往南遷，
事成召伯慰勞它。
我背器物我挽輦，
我扶車行我牽牛。
此行任務已完成，
召伯告訴可歸休。
我徒步行我駕車，

我師我旅，我行既集，蓋云歸處⑩。
肅肅謝功⑪，召伯營之，烈烈征師⑫，召伯成之。
原隰既平⑬，泉流既清，召伯有成，王心則寧。

我屬於師我屬旅。
此行任務已完成，
召伯告訴可歸去。
謝邑治得嚴又整，
那是召伯所經營。
師旅威武往前進，
那是召伯所集訓。
治平高原與低地，
山泉河流也掏清。
召伯治邑成功了，
周王的心得安寧。

【注釋】

❶芃芃：長大貌。❷膏：脂膏。這裡作動詞用，潤澤。❸悠悠：行貌。或作長遠解。❹召伯勞之：召伯指召穆

公。《詩集傳》：「宣王封申伯于謝，命召穆公往營城邑。」故「勞之」指城邑建成，召伯慰勞士眾。❺任：負荷。輦：車。作動詞「挽」用。❻車：作動詞。將車，扶車。❼集：猶成，完成。❽蓋：何不。❾徒：步行。御：駕駛車馬。❿歸去：返家安居。⓫肅肅：嚴正貌。或快速。謝：謝邑。⓬烈烈：威武貌。⓭原：高平地。隰：低濕地。平：治理。

隰桑

女子對愛人表達深厚情感。一說思賢人以刺周幽王遠賢近讒。

隰桑有阿❶
其葉有難❷
既見君子
其樂如何
隰桑有阿
其葉有沃❸

低地桑樹多麼美，
它的葉兒嫩又肥。
終於看見那人啊，
這份快樂怎麼說！
低地桑樹多麼美，
它的葉兒柔又肥。

既見君子　　終於看見那人啊，
云何不樂❹　　難道還說不快樂！
隰桑有阿　　低地桑樹多麼美，
其葉有幽❺　　它的葉兒黑又肥。
既見君子　　終於看見那人啊，
德音孔膠❻　　情意更加深厚囉！
心乎愛矣　　心呢真是愛極了，
遐不謂矣❼　　怎不娶我結姻好！
中心藏之❽　　熾烈愛情心中燒，
何日忘之　　什麼時候能忘掉！

【注　釋】

❶隰桑：低濕地裡的桑樹。阿：柔美貌。❷難：盛貌。❸沃：肥厚柔潤。❹云：語詞。❺幽：「黝」之古文假借，黑色也。❻德音：德行，聲譽。膠：固，指品德堅定，愛情專一。❼遐不：胡不，怎不。謂：與「舊」通，「舊」即「嫁」，或「嫁給他」的意思。❽藏：同「臧」。臧，善也，此指「愛」。

白華

棄婦的哀怨。一說申后自傷為周幽王所黜。

白華菅兮❶
白茅束兮
之子之遠
俾我獨兮

英英白雲❷
露彼菅茅
天步艱難❸
之子不猶❹

滮池北流❺

菅草遍地開白花，
白茅一束捆著它。
這人有意遠離我，
使我孤獨守在家。

朵朵白雲布滿天，
露潤菅茅心不偏。
天把苦難加給我，
這人背義將我拋！

滮水嘩嘩向北流，

浸彼稻田
嘯歌傷懷❻
念彼碩人

樵彼桑薪❼
卬烘于煁❽
維彼碩人❾
實勞我心

鼓鐘于宮
聲聞于外
念子懆懆❿
視我邁邁⓫
有鶖在梁⓬

無偏浸潤稻田畝。
傷心已極轉唱歌，
想念那人心發愁。

採那桑枝做柴禾，
我放灶裡當明火。
只要想起那個人，
痛心疾首受折磨。

在那宮室來敲鐘，
宮外聞鐘聲音洪。
念你想你心煩躁，
對我你可恨得凶。
禿鶖總停在魚梁，

有鶴在林
維彼碩人
實勞我心
鴛鴦在梁
戢其左翼
之子無良
二三其德⓭
有扁斯石⓮
履之卑兮⓯
之子之遠
俾我疷兮⓰

白鶴常在樹林上。
只要想起那個人，
我的心啊真憂傷！
鴛鴦歇息在魚梁，
斂著它的左翅膀。
這人真是無良心，
三心二意不像樣。
有片石頭矮又小，
人踏上它墊不高。
這人有意離開我，
使我染病病難好。

【注釋】

❶華：同「花」。菅：多年生草本植物。❷英英：白雲輕盈明潔貌。❸天步艱難：《傳》：「步，行。」《孔

疏》：「侯苞云：天行艱難于我身，不我可也。」❹猶：道，指人情倫理之道。不猶：背義棄道。❺滮池：古水名。在陝西西安西北。❻嘯歌：號哭。❼樵：動詞。砍伐，打柴。❽卬：我。烘：燒。煁：烓灶，即行灶。❾維：「惟」的假借，思。❿懆懆：《說文》：「愁不安也。」⓫邁邁：《傳》：「不悅也。」⓬鶖：水鳥名，似鶴而性貪殘好鬥。梁：魚梁，水壩。⓭二三其德：三心二意，指愛情不專一。⓮扁：平扁。斯：此。石：登車時的墊腳石。⓯履：踩，踏。⓰疧：憂病。

綿蠻

詩人地位低微而行役勞頓，設想誰能向自己伸出援助之手。

綿蠻黃鳥❶
止于丘阿❷
道之云遠❸
我勞如何
飲之食之
教之誨之

遍身黃毛小黃鳥，
畏人常息在山坳。
道路漫漫多遙遠，
徒步跋涉真疲勞。
誰給飯食誰供飲，
遇事有誰施誨教？

命彼後車❹
謂之載之❺

綿蠻黃鳥
止于丘隅
豈敢憚行❻
畏不能趨❼
飲之食之
教之誨之
命彼後車
謂之載之

綿蠻黃鳥
止于丘側
豈敢憚行

誰令副車稍停歇，
讓我坐上驅馬跑？

遍身黃毛小黃鳥，
畏人常息在山腰。
哪裡是怕徒步走，
只怕路遠難走到。
誰給飯食誰供飲，
遇事有誰施誨教？
誰令副車稍停歇，
讓我坐上驅馬跑？

小小鳥兒遍身黃，
畏人常息在山旁。
哪裡是怕徒步走，

畏不能極❽　只怕路長走不到。
飲之食之　誰給飯食誰供飲，
教之誨之　遇事有誰施誨教？
命彼後車　誰令副車稍停歇，
謂之載之　讓我坐上驅馬跑？

【注釋】

❶綿蠻：《傳》：「小鳥貌。」指黃鳥形小說。❷阿：曲阿，山坡凹處。❸云：語詞。❹後車：副車，主車後的從車。❺之：兩「之」字，前指御者，後指行役人。謂之載之：即告訴御者讓我坐上車，這裡的「我」，即「我勞如何」的「我」，指行役人。❻憚：畏懼。❼趨：疾走。❽極：至，達到目的地。

瓠葉

士大夫宴飲賓客。詩中記述主人之謙辭，言物雖薄而必與賓客共之也。

幡幡瓠葉❶　瓠瓜葉兒風翻動，

采之亨之❷
君子有酒❸
酌言嘗之❹
有兔斯首❺
炮之燔之❻
君子有酒
酌言獻之
有兔斯首
燔之炙之❼
君子有酒
酌言酢之❽
有兔斯首

採下它來烹煮它。
主人備有那水酒，
斟滿酒杯品嘗它。
有隻小兔是白頭，
裹上稀泥烤熟它。
主人備有那水酒，
對客斟滿獻給他。
有隻小兔是白頭，
加火燒它又烤它。
主人備有那水酒，
客人斟滿酬答他。
有隻小兔是白頭，

燔之炮之　加火燒它又烤它。
君子有酒　主人備有那水酒，
酌言酬之　斟滿酒杯再勸他。

【注釋】

❶幡幡：猶翩翩，反復翻動貌。指瓠葉經風吹動翻捲貌。❷亨：同「烹」，煮熟，烹調。❸君子：主人。❹酌言嘗之：言，為語詞。通句言主人斟酒自嘗，以便待客。❺斯：《箋》：「斯，白也。」或作語詞。首：一頭，一隻。❻炮：用稀泥糊雞、兔等連毛在火上燒，用以去皮。燔：燒烤。❼炙：將肉穿起來在火上熏熟。❽酢：回敬酒。

漸漸之石

出征將士嘆道途艱險，跋涉勞頓。

漸漸之石❶　艱險陡峭的崖石，
維其高矣❷　高得真難攀登喲。
山川悠遠　山川悠悠路遙遠，

維其勞矣❸
武人東征
不皇朝矣❹

漸漸之石
維其卒矣❺
山川悠遠
曷其沒矣❻
武人東征
不皇出矣❼

有豕白蹢❽
烝涉波矣❾
月離于畢❿
俾滂沱矣⓫

真是如此廣闊喲。
將帥受命往東征，
無暇計及幾朝喲！

艱險陡峭的崖石，
真是這樣高險喲。
山川悠悠路遙遠，
何時可以走完喲。
將帥受命往東征，
無暇謀及出險喲！

豬玀黑鬃兼白蹄，
成群涉過溪水喲。
月兒靠近那畢星，
大雨滂沱降落喲。

武人東征，不皇他矣⑫。

將帥受命往東征，無暇顧及他事喲！

【注釋】

❶漸漸：山石高峻貌。或作「嶄嶄」。❷維：是。❸勞：廣闊。「遼」的假借字。❹皇：通「遑」，閑暇。朝：早晨。作動詞用。❺卒：「崒」的假借。指山高峻而危險。❻沒：盡也。言登山歷險何時可盡也。❼不皇出：《詩集傳》：「謂但知深入，不暇謀出也。」❽蹢：蹄子，同「蹄」。❾烝：眾。涉波：涉水。❿月離于畢：離，通「麗」，靠近。畢，星名。月靠近畢星，指天象，是有雨的徵兆。⓫滂沱：大雨貌。⓬不皇他矣：無暇顧及其他。

苕之華

饑民描述荒年饑饉，人民困頓的情況。

苕之華❶，芸其黃矣❷。
心之憂矣，

凌霄花開藤上多，將落花色發黃喲。
我心充滿憂愁喲，

維其傷矣　　真是無限傷心喲。

苕之華　　凌霄花兒開滿藤，

其葉青青❸　　花落只見葉兒青。

知我如此　　早知活著是這樣，

不如無生❹　　那就不如不要生！

牂羊墳首❺　　母羊瘦成大頭腦，

三星在罶❻　　籠中無魚星光照。

人可以食❼　　苦難百姓吃什麼，

鮮可以飽　　飯食太少誰能飽！

【注釋】

❶苕：蔓生植物名，即凌霄，開黃花。華：同「花」。❷黃：《傳》：「將落則黃。」❸青青：同「菁」，茂盛貌。❹無生：不要出生。無，同「勿」，不。❺牂：母綿羊。墳首：大頭。羊困飢餓，就顯得身小頭大。❻三星：星宿名，又叫參星。罶：魚簍。全句言星光照簍，簍中無魚。❼人可以食，鮮可以飽：可，通「何」，即「人何以食，鮮何以飽！」意為饑民以什麼為食，食物這麼少怎麼能吃飽！

何草不黃

刺西周末征役不息，人民受難不若野獸。

何草不黃
何日不行
何人不將❶
經營四方
何草不玄❷
何人不矜❸
哀我征夫
獨為匪民❹
匪兕匪虎❺

哪種草兒不枯黃？
哪些日子不奔忙？
哪個人兒不出征？
經營奔走遍四方。
哪種草兒不凋零？
哪種人不打單身？
可憐我們士兵們，
偏把我們不當人！
不是野牛不是虎，

率彼曠野❻
哀我征夫
朝夕不暇
有芃者狐❼
率彼幽草
有棧之車❽
行彼周道

老在曠野中勞苦。
可憐我們士兵們，
早晚奔跑沒停住。
尾兒蓬鬆小狐狸，
總在深草中藏起。
又高又大的役車，
奔跑在那大道裡。

【注釋】

❶將：即行。《傳》云：「將，行也。何人不將，言人人行也。」說明從役之人眾多。❷玄：赤黑色，草枯後腐爛的顏色。❸矜：通「鰥」，無妻曰鰥。何人不矜：言行役者個個單身，有如鰥夫。❹匪：非。匪民：不是人。❺兕：野牛。❻率：循，沿著。❼芃：獸毛蓬鬆貌。❽有棧：役車高大貌。棧，通作「嶘」。《說文》：「嶘，尤高也。從山，棧聲。」

大雅

文王

周代祭祀時頌美文王。

文王在上❶
於昭于天❷
周雖舊邦❸
其命維新
有周不顯❹
帝命不時❺
文王陟降❻
在帝左右
亹亹文王❼

文王為民做領袖，
啊！德昭天下天所佑。
岐周雖是舊邦國，
天命更新已革舊。
周朝前景很光明，
上帝恰是把命授。
文王神靈升和降，
都在上帝的左右。
勤勉不倦的文王，

令聞不已
陳錫哉周❽
侯文王孫子❾
文王孫子
本支百世❿
凡周之士⓫
不顯亦世⓬
世之不顯
厥猶翼翼⓭
思皇多士⓮
生此王國
王國克生⓯
維周之楨⓰

聲譽流傳名遠揚。
廣施恩惠創周業，
文王子孫作君王。
文王子子孫孫們，
本支相傳百代強。
凡是周室有德臣，
不都累世得盛昌？
不都累世得昌盛？
恭謹黽勉王事勤。
願天多生賢良臣，
就在這個王國生。
王國裡面能夠生，
就是國家楨幹臣。

濟濟多士⑰
文王以寧
穆穆文王⑱
於緝熙敬止⑲
假哉天命⑳
有商孫子
商之孫子
其麗不億㉑
上帝既命
侯于周服㉒
侯服于周
天命靡常㉓
殷士膚敏㉔

楨幹之臣多又多，
文王因此得安寧。
穆穆和美文王身，
真光明啊又恭謹。
真偉大啊那天命，
臣服商殷的子孫。
商朝雖亡子孫在，
成千上億數不盡。
上帝既命興周朝，
臣服周室要恭順。
他們臣服於周廷，
天命棄取沒一定。
殷臣壯美而敏捷，

裸將于京㉕
厥作裸將
常服黼冔㉖
王之藎臣㉗
無念爾祖㉘
無念爾祖
聿修厥德㉙
永言配命㉚
自求多福
殷之未喪師㉛
宜鑑于殷㉜
駿命不易㉝
克配上帝

灌酒助祭於周京。
他們助祭灌酒時，
服殷衣冠未變更。
今王進用那諸臣，
念到先祖德服人！
念到先祖德服人！
還要繼續修德行。
永遠修德配天命，
以求多種好福分。
當殷還沒喪天下。
行事尚能配天命。
應該以殷為鑑戒，
保持大命不易更。

命之不易　　保持大命不易更，
無遏爾躬㉞　　不要停頓在你身。
宣昭義問㉟　　遍布善聲於天下，
有虞殷自天㊱　　殷商由天亡和興。
上天之載㊲　　上天所欲做的事，
無聲無臭㊳　　沒有味也沒有聲。
儀刑文王㊴　　只要效法於文王，
萬邦作孚㊵　　萬邦對你會信任。

【注　釋】

❶文王在上：周文王。《傳》：「在上，在民上也。」《詩集傳》：「言文王既沒，而其神在上，昭明于天。」兩說都通。❷於：嘆詞，讚嘆聲。昭：昭明。❸周雖舊邦，其命維新：全句意為，周作為商的屬國，已有悠久的歷史，但是周受天命討伐商朝，推翻殷紂王，所建立的卻是強大的新周朝。❹有周不顯：《傳》：「有周，周也。不顯，顯也。顯，光也。」有、不，都是語詞。❺帝命：上帝命令，指天命說。不：語詞。時：是也。❻陟：升。❼亹亹：勤勉自強貌。❽陳錫：猶言申錫。申，一再，重複。錫，賜。哉：通「載」。《左傳》宣十五年及《周語》並引作「陳錫載周」。載，造。載周，即創造周業之意。❾侯：同「維」，乃，是。❿本支：本宗和庶支。百世：指文王後人本宗世作天子，庶支世作諸侯，如樹有幹有枝。⓫士：指周室百官群臣。⓬不顯亦世：不、亦，語詞。顯、世，世代顯貴。⓭厥：其。猶：謀。翼翼：恭謹貌。⓮思：語詞。皇：美。多士：多賢

士。⑮克：能。⑯楨：楨幹，即骨幹、支柱。⑰濟濟：眾多貌。⑱穆穆：美好，指儀表、態度莊嚴恭敬。⑲緝熙：光明正大。⑳假：大。《爾雅》：「假，大也。」㉑其麗不億：麗，數也。不，語詞。億，周制十萬為億。通句意為：其數上億，謂人數極多。㉒侯于周服：「侯服于周」的倒文。侯，乃。服，臣服。㉓天命靡常：即天命無常。言天之無常予，亦無常奪；無常棄，亦無常取。善則就之，惡則棄之。意為殷臣從善臣周者取之，為惡助逆者去之。㉔殷士膚敏：殷士，殷侯。膚，美。敏，敏捷。《箋》：「殷之臣壯美而敏。」一說殷士指微子。㉕祼：祼，即灌祭，古代祭禮中的一種，又叫灌鬯禮。將：舉行。㉖常：通「尚」，還是。服：穿。黼：殷代衣服，上有白黑相間的花紋。《傳》：「白與黑也。」引申為黼裳。冔：殷商的禮帽。㉗王之藎臣：藎臣，忠臣。周王之忠臣。㉘無念：念也。無，語詞。㉙聿：猶以。修厥德：修其德。㉚言：語助詞。配命：配合天命。㉛師：眾，指軍隊。喪師：打敗仗，引申為失去天下。㉜鑑：鏡子。作動詞，借鑑。㉝駿命：大命，指天命。不易：不容易。即保持大命不容易。㉞遏：停止，中斷。㉟宣昭：宣明。義問：義，善。問，通「聞」。義問，好名譽。㊱有：同「又」。虞：度，審察。殷：《孔疏》：「又度殷之所以順天，言殷王行不順天，為天所棄。當度此事，終當順天也。」《詩集傳》：「又度殷之所以廢、興者，而折之于天。」㊲載：事。㊳臭：氣味。㊴刑：法。儀刑：效法。㊵孚：信任。

大明

周人稱述文、武從開國到滅商得天之助。

明明在下①
赫赫在上②

文武明德天下揚，
赫赫顯應在天上。

天難忱斯❸
不易維王
天位殷適❹
使不挾四方❺
摯仲氏任❻
自彼殷商
來嫁于周
曰嬪于京❼
乃及王季❽
維德之行❾
大任有身❿
生此文王
維此文王

天意莫測難相信，
不易做的是君王。
天位本屬殷嫡子，
威命卻難達四方。
摯國次女她姓任，
來自那個殷商城。
來到出嫁給周家，
做了新婦在周京。
就和王季她丈夫，
有德的事才施行。
太任不久懷了孕，
生下文王這個人。
自從文王生長後，

小心翼翼
昭事上帝
聿懷多福⑪
厥德不回⑫
以受方國⑬

天監在下
有命既集⑭
文王初載⑮
天作之合
在洽之陽⑯
在渭之涘⑰
文王嘉止⑱
大邦有子

為人小心而謹慎。
明白怎樣事上帝，
獲得福澤把國興。
他從不把德行違，
受到各國的信任。

上天向下來監察，
天命既集於周家。
文王即位那當初，
上天作合他成家。
在那洽水的北面，
在那渭水的邊上。
文王嘉禮已在望，
大邦有個好姑娘。

大邦有子⑲
俔天之妹⑳
文定厥祥㉑
親迎于渭
造舟為梁㉒
不顯其光㉓

有命自天
命此文王
于周于京
纘女維莘
長子維行㉔
篤生武王㉕
保右命爾

大邦有個好姑娘，
就和神女一個樣，
擇吉納幣定了婚，
文王親迎渭水旁。
聚集船兒做浮橋，
真是光耀又堂皇。

有個命令從天降，
命令這個周文王。
改號為周定京都，
莘女繼配那文王。
長子有德已亡故，
天報厚德生武王。
上天命你保佑你，

燮伐大商㉖
殷商之旅㉗
其會如林㉘
矢于牧野㉙
維予侯興㉚
上帝臨女㉛
無貳爾心

牧野洋洋㉜
檀車煌煌㉝
駟騵彭彭㉞
維師尚父㉟
時維鷹揚㊱
涼彼武王㊲

協和諸侯伐殷商。
殷商軍隊很強盛，
木石兵器多如林。
武王陳兵在牧野，
該我周君合當興。
上帝接近監護你，
你們不要有二心。

牧野地方極寬廣，
兵車鮮明又堂皇。
四匹騵馬很威武，
太師尚父是呂望。
真如蒼鷹在飛揚，
竭忠盡智輔武王。

肆伐大商㊳（ㄙˋ ㄈㄚ ㄉㄚˋ ㄕㄤ）
會朝清明㊴（ㄏㄨㄟˋ ㄓㄠ ㄑㄧㄥ ㄇㄧㄥ）

疾馳往伐大殷商，
一朝會師天下亮。

【注釋】

❶明明：《箋》：「明明者，文王、武王施明德于天下。」❷赫赫：顯赫。《傳》：「赫赫然著見于天。」❸忱：《傳》：「忱，信也。」《漢書‧貢禹傳》作「諶」。忱、諶，古字通。難忱：難以相信。斯：語詞。❹適：通「嫡」，指長子。殷適：指紂王。❺挾：《傳》：「達也。」❻摯：國民。仲：次女。任：姓，指太任，王季之妻，文王之母。❼嬪：婦。作動詞，嫁作新娘。❽王季：太王之子，文王之父。太王即古公亶父。❾維：只。❿有身：懷孕。⓫聿：語助詞。懷：招來。《時邁‧傳》云：「懷，來也。」⓬回：《傳》：「違也。」一說邪僻之意。⓭方國：《箋》：「四方來附者」，指諸侯國。⓮有：語詞。命：天命。集：就也。意為「落在」。⓯初載：言文王即位的初年。⓰洽：河水名，在今陝西合陽縣西北。陽：河的北面，即古莘國所在地。⓱渭：渭水。涘：水涯，水邊。⓲嘉：美。止：語氣詞。嘉止：嘉禮。⓳大邦：指莘國。子：指莘君的女兒。⓴俔天之妹：俔，譬如，好比。妹，即少女。通句云好比上天之女。極言其尊貴。此女即太姒。㉑文定厥祥：《詩集傳》：「文，禮。祥，吉也。言卜得吉而以納幣之禮定其祥也。」㉒梁：橋也。全句言排列舟船搭成浮橋，渡水去親迎太姒。㉓不：通「丕」，大也。或作語詞。㉔纘女維莘，長子維行：此句之解，眾說紛紜。今擇其二。其一，纘女即淑女，長子指王季之長子，即文王。維行，德行相稱。通句云淑女是莘國的太姒，她與文王德行相稱。其二，纘者繼也，纘女即繼妃。長子指文王與太姒之長子伯邑考，早年英逝。維行，有德行。通句云：莘女太姒繼為王妃，長子有德行。譯文從後說。㉕篤：厚。全句言太姒有厚德生了武王。㉖燮：《傳》：「和也。」聯合。㉗旅：軍隊。㉘會：馬瑞辰《毛詩傳箋通釋》：「會，借為『旝』（音ㄎㄨㄞˋ）。」《說文》引正作「旝」，旝旗也。如林：言殷兵旗多如密林。言殷兵多。㉙矢：通「誓」，誓師。或作「陳」，陳兵。㉚維：語詞。予：武王自稱。侯：是。興：興起。㉛臨女：監視著你們。女指武王軍隊。㉜洋洋：廣大貌。㉝檀車：檀木做的車。煌煌：鮮明光耀。㉞騵：赤毛白腹的馬。彭彭：強壯貌。㉟師：太師，官名。尚父：對呂望的尊稱，即姜子牙的號，俗稱姜太公。㊱時：是。㊲涼：輔佐。㊳肆：《傳》：「肆，疾也。」肆伐：進擊。㊴會朝：一朝，一個早晨。《傳》：「會，甲也，不崇朝而天下清明。」陳奐《詩毛氏傳疏》：「甲朝，猶《彤弓》云一朝耳。甲者十之首，一者數之始。」清明：要不了一個早上而天下出現清明氣象。

綿

周人自述太王遷岐，創業興國，文王繼昌的開國歷史。

綿綿瓜瓞❶
民之初生❷
自土沮漆❸
古公亶父❹
陶復陶穴❺
未有家室
古公亶父
來朝走馬
率西水滸❻

綿綿不絕瓞和瓜，
好比周初人生涯。
從沮直到漆水旁，
古公亶父停留下。
累土挖穴修窯洞，
尚無房舍無室家。
古公亶父要立家，
一大清早騎著馬。
順著邠西水邊走，

至于岐下⑦
爰及姜女⑧
聿來胥宇⑨

周原膴膴⑩
堇荼如飴⑪
爰始爰謀⑫
爰契我龜⑬
曰止曰時⑭
築室于茲

迺慰迺止⑮
迺左迺右⑯
迺疆迺理⑰
迺宣迺畝⑱

東行來到岐山下。
和著妃子姜姓女，
為找居地細觀察。

沮漆之間平原美，
堇荼也有甜滋味。
又研究來又策劃，
於是問卦火灼龜。
卦說地好可居停，
築室於此不遲疑。

就得安心就定居，
就分左右和東西。
就劃經界就治土，
就疏溝渠就整地。

自西徂東
周爰執事⑲
乃召司空⑳
乃召司徒㉑
俾立室家㉒
其繩則直㉓
縮版以載㉔
作廟翼翼
捄之陾陾㉕
度之薨薨㉖
築之登登㉗
削屢馮馮㉘
百堵皆興㉙

從西到東分阡陌，
都為家園把事理。
就召司空來經營，
就召司徒聚眾丁。
命令他們建宮室，
施工繩索直又正。
牆版相承用繩捆，
建座大廟很嚴整。
挖土裝簍人紛紛，
投土版內一群群。
用力築牆聲登登。
將牆削平聲平平。
百堵高牆平地起，

鼛鼓弗勝㉚
迺立皋門㉛
皋門有伉㉜
迺立應門㉝
應門將將㉞
迺立冢土㉟
戎醜攸行㊱

肆不殄厥慍㊲
亦不隕厥問㊳
柞棫拔矣㊴
行道兌矣㊵
混夷駾矣㊶
維其喙矣㊷

大鼓敲動總不停。
於是建立郭外門，
郭門聳立高入雲。
於是建立宮正門，
正門立得真嚴整。
於是修建大祭壇，
大眾有事把祭行。

今雖未絕對敵恨，
不廢鄰國的聘問。
柞棫已經拔盡喲，
道路已經修通喲，
混夷已經駭跑喲，
只有喘息的分喲。

虞芮質厥成㊸
文王蹶厥生㊹
予曰有疏附㊺
予曰有先後㊻
予曰有奔奏㊼
予曰有禦侮㊽

虞芮解怨息紛爭，
文王高德感人深。
我想附眾有賢臣，
我想相導有賢臣。
我想奔走有賢臣，
我想御敵有賢臣。

【注釋】

❶綿綿：連綿不絕。瓞：小瓜。《詩集傳》：「大曰瓜，小曰瓞。瓜之近本初生者常小，其蔓不絕，至末而后大也。」❷民：指周民族。❸土：《齊詩》作「杜」。杜、沮、漆皆水名。其水都在今陝西旬邑縣西。❹古公亶父：公劉十世孫，文王的祖父。古公是號，亶父是名。武王統一天下，追封為太王。❺陶：挖掘。《傳》：「掏其土而復之，陶其壤而穴之。」復：指窯洞。穴：指地洞。❻率：沿著。西：邠之西面。滸：水邊。❼岐下：岐山之下，在今陝西岐山縣東北。❽爰：乃。姜女：古公妻，亦稱太姜。❾聿：發語詞。胥：相，觀察。宇：居地。指勘察將建房屋的地址。❿周原：周地平原。周，地名。膴膴：肥美。⓫堇：野生植物名，味苦，又名苦堇。荼：苦菜。飴：飴糖，即麥芽糖。⓬爰：於是。始：與「謀」同，計畫，始謀曰始。⓭契：刻也。馬瑞辰《毛詩傳箋通釋》：「爰契我龜，言刻開之，灼而卜之。」古人用龜甲占卜，先鑽刻龜甲一個小孔，再用火燒，小孔處裂成紋，從裂紋來斷吉凶。⓮曰：說。指龜兆說。時：住下，定居。時、止同義。一說兩曰字都作語詞。⓯慰：安心。止：居住。⓰左右：劃定左右區域。⓱疆：劃田土疆界。理：整理地界。《詩集傳》：「疆，謂畫其大界；理，謂別其條理也。」⓲宣：疏異溝洫。畝：整治田土。⓳周：普遍。爰：語助詞。執事：從事工作。指各種農活。⓴司空：掌建造工程的官。㉑司徒：掌徒役的官。㉒俾：使。立：建立。室家：宮室。㉓繩：墨繩。量地基正經界時用的工具。㉔縮版以載：《詩集傳》：「縮，束也。載，上下相承也。言已索束版，投土築

訖，則升下而上以相承載也。」㉕捄：音ㄐㄧㄡ，又音ㄐㄩ，鏟土進筐。陾陾：鏟土聲。又《詩集傳》：「陾陾：眾也。」㉖度：通「⿰土叟」。《廣雅》：「⿰土叟，塞也。」即將土塞填入版內。薨薨：填土聲。㉗登登：搗土聲。㉘屢：古同「婁」。婁、隆雙聲通用。削屢：削平牆隆起部分。馮馮：削牆土聲。㉙百堵：極言築牆之多。興：起。㉚鼛鼓：大鼓。長一丈二尺。弗勝：不能勝過（或掩蓋）勞動聲。寫勞動人多又熱烈的情況。㉛皋門：《傳》：「王之郭門曰皋門。」㉜有伉：門高大貌。㉝應門：《傳》：「王之正門曰應門。」即宮門。㉞將將：莊嚴雄偉貌。㉟冢土：大社。指祭土神的壇。《箋》：「大社者，出大眾，將所告出行也。」㊱戎：大。丑：眾，即大眾。攸：所。行：往祭。㊲肆：故。殄：斷絕。厥：其。慍：憤怒。㊳隕：失去。問：《箋》：「小聘曰問」，「亦不廢其聘問鄰國之禮」。㊴柞：樹名，灌木叢生有刺。棫：叢生小木。㊵行道：道路。兌：暢通。㊶混：即昆夷，西戎之一種，或稱犬戎。駾：退。《說文》：「馬疾行也。」即受驚逃跑。㊷喙：本為鳥嘴，借為人口張開喘息之意。形容奔竄時喘息之狀。㊸虞、芮：二國名。質：評斷。《傳》：「虞、芮之君，相與爭田，久而不平。乃相謂曰：『西伯，仁人也，盍往質焉？』乃相與朝周。入其境，則耕者讓畔，行者讓路；入其邑，男女異路，斑白不提挈；入其朝，士讓為大夫，大夫讓為君。二國之君，感而相謂曰，『我等小人，不可以履君子之庭。』乃相讓，以其所爭田為閑田而退。天下聞之而歸者四十餘國。」㊹蹶：動，感動。生：與「性」通用。㊺予：詩人自稱。曰：語詞。有疏附：言有能力召賢人歸附的賢臣。《傳》：「率下親上曰疏附。」㊻先後：指在王前後輔佐之臣。㊼奔奏：指奔忙於四方的使者。㊽禦侮：指衛國抗敵之臣。

棫樸

頌周文王樂育賢才，盛德服人，四方歸附。

芃芃棫樸❶，
薪之槱這❷。

棫樸茂盛叢生多，
砍它做柴堆起它。

濟濟辟王❸
左右趣之❹

濟濟辟王
左右奉璋❺
奉璋峨峨❻
髦士攸宜❼

淠彼涇舟❽
烝徒楫之❾
周王于邁❿
六師及之⓫

倬彼雲漢⓬
為章于天⓭

儀容肅敬的文王，
左右以善趨助他。

儀容肅敬的文王，
助祭群臣捧圭璋。
捧璋群臣儀容盛，
俊美賢士個個強。

船兒順水流涇河，
眾人用槳划著它。
周王出師去征伐，
六軍踴躍追隨他。

浩渺雲河萬里連，
明亮燦爛布滿天。

周王壽考，遐不作人⑭。
追琢其章⑮，金玉其相⑯。
勉勉我王，綱紀四方⑰。

文王九十享高壽，
培育人材往善遷。
雕琢成章是表象。
如金如玉是質量。
勤勉不倦我文王，
張綱立紀教四方。

【注釋】

❶芃芃：木盛貌。棫樸：兩種叢生灌木。❷槱：《傳》：「積也。」古人祭天神堆積木材用火燒，成為一種禮儀。❸濟濟：莊嚴恭敬貌。辟：君。❹右右：指諸臣。趣：同「趨」，疾走。❺奉：同「捧」。璋：古人祭祀時用的一種酒器，用玉製成。《傳》：「半圭曰璋。」❻峨峨：莊嚴貌。❼髦士：英俊之士，指助祭的諸侯及卿相。攸：所。宜：適合。❽淠：舟行貌。涇：水名。❾烝：眾也。徒：船夫。❿于：往。邁：行。⓫師：古二千五百人為一師。天子六師。⓬倬：廣大。雲漢：天河。⓭章：花紋。⓮遐：通「何」。作人：培養人才。⓯追：雕。《傳》：「金曰雕，玉曰琢。」⓰相：《傳》：「質也。」指本質說。⓱綱紀：《箋》：「以罔罟喻為政，張之為綱，理之為紀。」言治理國家。

旱麓

贊周文王能修祖先后稷、公劉、大王、王季之德以受福。

瞻彼旱麓❶
榛楛濟濟❷
豈弟君子❸
干祿豈弟❹

瑟彼玉瓚❺
黃流在中❻
豈弟君子
福祿攸降❼

鳶飛戾天

遠望那個旱山腳，
茂盛榛楛長得多。
快樂平易的君子，
求福得福真快樂。

鮮明淨麗那玉瓚，
黃色美酒裝得滿。
快樂平易的君子，
福祿下賜萬萬千。

老鷹飛翔上青天，

魚躍于淵
豈弟君子
遐不作人
清酒既載❽
騂牡既備❾
以享以祀
以介景福❿
瑟彼柞棫⓫
民所燎矣
豈弟君子
神所勞矣⓬
莫莫葛藟⓭

遊魚跳躍在深淵。
快樂平易的君子，
培育人材往善遷。
清酒已經裝滿樽，
黃牛已備作犧牲。
用來獻神用祭祖，
以求大福賜我們。
柞棫又多又茂盛，
人把雜草都燒盡。
快樂平易的君子，
保佑賜福仗神靈。
葛藟藤兒牽得長，

施于條枚⓮
豈弟君子
求福不回⓯

攀緣樹幹向上長。
快樂平易的君子，
不違祖德求福享。

【注釋】

❶旱：山名，在今陝西省南鄭縣。麓：山腳。❷榛：木名，結實如栗而小，俗稱榛子。楛：木名，葉如荊而赤。二者皆叢生灌木。❸豈弟：樂易，即和樂近人。又作「愷悌」。❹干：求也。干祿：求福。一說是「千」字誤寫。❺瑟：潔鮮貌。玉瓚：圭瓚，古代天子祭祀所用以圭為柄的酒器。❻黃流：用鬱金草釀秬黍為酒（秬黍即黑黍）以祭祀，又叫秬鬯。《正義》：「草名鬱金，則黃如金色，酒在器流動，故謂之黃流。」又陳奐《詩毛氏傳疏》：「黃即勺，流即酒，『黃流在中』，言秬鬯之酒自勺中流出也。」❼攸：所。❽既載：《箋》：「謂已在尊中也。」❾騂牡：赤紅色的雄牛，作祭祀之禮牲。❿介：求。景：大。⓫瑟：《傳》：「眾貌。」柞棫：兩種叢生的樹木。⓬勞：《箋》：「勞來，猶言佑助。」⓭莫：《傳》：「施貌。」延長。一說茂密。葛：多年生藤本植物，枝蔓可作器用，塊根可食。藟：即藤。⓮施：蔓延。條枚：樹枝、樹幹。⓯不回：《箋》：「不回者，不違祖先之道。」

思齊

頌周文王之所以英明，是有聖母賢妻之故。

思齊大任❶

存心莊敬的太任，

文王之母
思媚周姜❷
京室之婦❸
大姒嗣徽音❹
則百斯男❺
惠于宗公❻
神罔時怨
神罔時恫❼
刑于寡妻❽
至于兄弟
以御于家邦❾
雝雝在宮❿
肅肅在廟⓫

就是文王的母親。
她常思慕那大姜，
做了主婦在周京。
太姒繼承太任德，
貴子必能多多生。
文王敬祖祀先人，
神明從不有怨忿。
神明從不降凶訊，
家人妻子先守法，
至於兄弟也執行，
推廣以治天下人。
文王在宮極和順，
宗廟祭祀又肅敬。

不顯亦臨
無射亦保⑫
肆戎疾不殄⑬
烈假不瑕⑭
不聞亦式⑮
不諫亦入⑯
肆成人有德⑰
小子有造⑱
古之人無斁⑲
譽髦斯士⑳

雖賢不達得覲禮，
雖無射才也引進。
故爾災難已終絕，
瘟疫蠱疾亦除盡。
但聞善言即採用，
每有諫諍就聽從。
故爾成人有道德，
弟子造就習德業。
古聖誨人不厭倦，
這些俊士譽滿國。

【注釋】

❶思齊大任：思，語助詞。齊，恭謹端莊。大任，即太任。❷媚：愛。周姜：即太姜，周太王婦，王季之母，文王祖母。❸京室：周室。❹太姒：文王之妻。嗣：繼續。徽音：美譽，美德。❺則百斯男：《傳》：「太姒十子，眾妾則宜百子也。」百男，言子多。百，形容語，誇張之言。❻惠：順。宗公：先公。❼神：祖宗之神。

罔：無。時：猶所。《毛詩傳箋通釋》：「時與所，古同義通用。」恫：傷痛。❽刑：法也。寡妻：嫡妻，正配。❾御：治理。一說「御」為「推廣」。❿雍雍：諧和貌。宮：家。⓫肅肅：恭敬貌。⓬不顯亦臨，無射亦保：有二解。其一云：不、無均語詞；顯，即明；臨，即審視；射，通「夜」，即暗處；保，指保守。通句意為：文王在明處（指白天）能省察自己，在暗處（或夜間）亦能保持其美德而不稍懈怠。其二云：顯，明也，明達也；臨，親臨；射，指射才；保，為保舉、任用。全句意為：有賢才之質而欠明達者，亦得臨廟觀禮；有德藝之美而無射才者，亦得居於位。言文王之寬厚待人。譯文從後說。⓭肆：故今，所以。戎：大也。戎疾：凶災，或指混夷入犯之難。不：語詞。殄：斷絕。⓮烈假：《毛詩傳箋通釋》：「烈，即『癘』之假借；假，即『瘕』之假借。」癘瘕，皆病也。癘指瘟疫，瘕指蠱疾。⓯不、亦：都是語詞。聞：聽。式：用。⓰入：採納。⓱成人：成年人。⓲小子：青少年。有造：有造就，即有成就。⓳古之人：指文王。斁：厭倦。⓴譽：有聲譽。髦：俊秀。斯：這些。

皇矣

周人陳述祖德，頌揚文王伐密伐崇克敵致勝之豐功偉績。

皇(ㄏㄨㄤˊ)矣(ㄧˇ)上(ㄕㄤˋ)帝(ㄉㄧˋ)❶
臨(ㄌㄧㄣˊ)下(ㄒㄧㄚˋ)有(ㄧㄡˇ)赫(ㄏㄜˋ)❷
監(ㄐㄧㄢ)觀(ㄍㄨㄢ)四(ㄙˋ)方(ㄈㄤ)❸
求(ㄑㄧㄡˊ)民(ㄇㄧㄣˊ)之(ㄓ)莫(ㄇㄛˋ)❹

偉大喲上帝！
觀察天下很分明。
監視四方的情形，
以求人民得安定。

維此二國❺
其政不獲❻
維彼四國❼
爰究爰度❽
上帝耆之❾
憎其式廓❿
乃眷西顧⓫
此維與宅⓬

作之屏之⓭
其菑其翳⓮
修之平之⓯
其灌其栵⓰
啟之辟之⓱

想到邰豳發源地，
那時政教不得行。
想到天下那四方，
怎樣謀劃來安身？
上帝要想成全他，
他的疆域要大增。
屬意歧地乃西顧，
這裡定居可經營。

拔除它來摒棄它，
那些枯木和死樹。
修剪它來平整它，
那些叢生再生樹。
芟除它來砍掉它，

其檉其椐⑱
攘之剔之⑲
其檿其柘⑳
帝遷明德㉑
串夷載路㉒
天立厥配
受命既固㉓
帝省其山㉔
柞棫斯拔㉕
松柏斯兌㉖
帝作邦作對㉗
自大伯王季㉘
維此王季

那些河柳和椐樹。
攘除它來剔掉它，
那些山桑和柘樹。
上帝遷就明德者，
混夷瘠困而逃去。
上天配以賢妃子，
太王受命得鞏固。
上帝察看那山林，
柞棫枝椏都拔盡，
松柏樹幹往直長。
上帝立國又立君，
自從太伯讓王季，
這個王季是好人。

因心則友㉙
則友其兄
則篤其慶㉚
載錫之光㉛
受祿無喪
奄有四方㉜

維此王季
帝度其心㉝
貊其德音㉞
其德克明㉟
克明克類㊱
克長克君㊲
王此大邦

他的心胸能友愛，
就愛兄弟把兄敬。
就能增福增吉慶，
上帝賜他以光榮。
受賜福祿不失喪，
廣有四方的臣民。

這個王季是好人，
上帝能知他的心。
靜修他的好道德，
能察是非美德行。
能明是非分善惡，
能為人師能為君。
在這大邦為君王，

克順克比㊳
比于文王㊴
其德靡悔㊵
既受帝祉㊶
施于孫子㊷
帝謂文王
無然畔援㊸
無然歆羨㊹
誕先登于岸㊺
密人不恭㊻
敢距大邦㊼
侵阮徂共㊽
王赫斯怒

能順民情從善行。
他可比擬於文王，
其德昭昭無終盡。
既受上帝賜給福，
福澤綿延及子孫。
上帝對那文王云：
「不要跋扈妄出兵，
不要貪心侵人地，
應該先把獄訟平。」
密人不恭事侵略，
敢把大邦當敵人。
侵略阮國又征共，
文王赫然怒氣生。

爰整其旅㊾
以按徂旅㊿
以篤于周祜(51)
以對于天下(52)

依其在京(53)
侵自阮疆(54)
陟我高岡
無矢我陵(55)
我陵我阿
無飲我泉
我泉我池
度其鮮原(56)
居岐之陽

於是整頓了兵旅，
以阻密人往莒進。
以厚周家的國運，
以遂天下的民心。

屯駐周京兵馬強，
征討歸來自阮疆。
登我高山四面望，
沒敢陳兵我山岡。
是我山陵是我阿，
沒人敢飲我泉旁，
是我泉井是我池。
查度小山和平原，
選居岐山的南面，

在渭之將(57)
萬邦之方(58)
下民之王
帝謂文王
予懷明德(59)
不大聲以色(60)
不長夏以革(61)
不識不知
順帝之則(62)
帝謂文王
詢爾仇方(63)
同爾兄弟(64)
以爾鉤援(65)

就在渭水的側方。
為那萬邦所效法，
天下民心所歸向。
上帝對那文王說：
「我把大命歸明德，
不發怒聲和怒色，
不用刑罰和鞭革，
好像不識和不知，
卻順上天的法則！」
上帝又對文王說：
「考慮誰是你盟國，
同著你的弟和兄，
用你那些鉤援梯，

與爾臨衝 66
以伐崇墉 67
臨衝閑閑 68
崇墉言言 69
執訊連連 70
攸馘安安 71
是類是禡 72
是致是附 73
四方以無侮
臨衝茀茀 74
崇墉仡仡 75
是伐是肆 76
是絕是忽 77

和著你的臨衝車，
去伐崇都那殘賊。」
臨衝戰車緩緩動，
崇侯城池高又雄。
所獲俘虜慢慢問，
割耳獻功也從容，
於是作了類、禡祭，
於是還土撫民眾，
四方諸國不敢侮。
強盛戰車臨和衝，
崇侯城池高高聳，
於是攻打又衝鋒，
強敵斬絕又殺盡，

四（ㄙˋ）方（ㄈㄤ）以（ㄧˇ）無（ㄨˊ）拂（ㄈㄨˊ）(78)

四方不叛都順從。

【注釋】

❶皇：偉大。❷臨：視。有赫：即赫赫，明亮貌。《箋》：「天之視下，赫然甚明。」❸監：視察。❹莫：《傳》：「莫，定也。」安定。❺維：想到。二國：郘與邠。邠，同「豳」。❻不獲：不得。指不得民心，政令難於施行。❼四國：四方。❽爰：於是。究：謀劃。度：估計。❾耆：音ㄑㄧˊ，又音ㄓˇ，致，致使。❿憎：通「增」。式廓：猶言疆圉，規模。⓫眷：念。西顧：指向西看望岐周。⓬此：指岐周地方。宅：居住。⓭作：通「斫」，砍伐樹木。屏：除去。⓮菑：直立未倒的枯樹。翳：同「殪」，倒地枯木。⓯修：修剪。平：治理，平整。⓰灌：灌木。栵：從老樹根株上又發出再生的枝叉。⓱啟：開發。辟：芟除。《詩集傳》：「啟、辟，芟除也。」⓲檉：木名，又稱西河柳或觀音柳。椐：木名，又名靈壽木，可以作手杖、馬鞭。⓳攘：除去。剔：剔除繁冗叉枝。⓴檿：即山桑樹。柘：黃桑樹。㉑遷：遷就。明德：美德。指太王說。㉒串夷：即昆夷、犬戎。路：《箋》：「路，瘠也。」指疲困失敗言。㉓固：指政權鞏固。㉔省：視察。其山：指岐山。㉕柞、棫：二木名。斯：語助詞。㉖兌：直立。㉗作邦：建立周邦。作對：立君。對，配，言天配的君王。㉘大伯：太王長子，讓位給兄弟季歷。㉙因心：陳奐《詩毛氏傳疏》：「因，古姻字……因訓親，親心即仁心。」友：友愛。㉚篤：厚；多。慶：福。㉛載：猶「則」。錫：賜。光：光榮。指王位。㉜奄：覆蓋，包括，廣有。㉝度：裁斷。昭公二十八年《左傳》：「心能制義曰度。」言上帝使王季能作出正確的裁斷。㉞貊：《傳》：「貊，靜也。」《箋》：「德政應和曰貊。」德音：令聞，美譽。言靜修其美德、美譽。㉟克：能。明：明辨是非。㊱克類：朱熹《詩集傳》：「克類，能分善惡也。」㊲克長：能為人師。《箋》：「教悔不倦曰長。」克君：能作人君。㊳克順：能使人心順服。克比：能聽從善言。㊴比於：至於。㊵靡悔：悔，通「晦」。晦，猶終猶盡。靡悔，即無終無盡。㊶祉：福。㊷施：延續。㊸畔援：跋扈。㊹歆羨：羨慕。㊺誕：語助詞。岸：高位。姚際恆《詩經通論》：「謂先據高以制下也。」《箋》：「當先平獄訟，正曲直也。」㊻密：即密須，古國名。《尚書大傳》：「文王受命三年，伐密須。」㊼距：通「拒」，抗拒。大邦：指文王周國。㊽阮：古國名。徂：到。共：古國名。㊾爰：於是。旅：古軍隊五百人為旅。㊿按：通「遏」，阻止。旅：通「莒」，古國名。(51)篤：厚。祜：福。(52)對：遂也，安。(53)依其：猶「依依」，盛貌。言文王兵眾駐在京地。(54)侵：「寑」的假借字，息兵。(55)矢：陳，陳兵。(56)度：計畫。鮮：《傳》：「小山別大山曰鮮。」鮮原：小山及平原。鮮，猶巘，小山。(57)將：《毛詩傳箋通釋》：「將、則二字雙聲，側從則聲，故將訓側。」(58)方：法則，榜樣。(59)懷：歸向。明德：指文王說。(60)以：與。色：怒色。(61)不長夏以革：《毛詩傳箋通釋》：「汪氏德鉞曰：不長夏以革者，不齊之以刑也。夏謂夏楚，

樸作教刑也；革謂鞭革，鞭作官刑也。」按夏與楚，二木名，古人用以作教刑，稱為夏楚。62不識不知，順帝之則：言文王性與天合。《詩集傳》：「又能不作聰明，以循天理。」63詢：謀劃。仇方：仇，匹也。仇方，友邦，盟國，與國。64兄弟：指同姓諸侯國。65鉤援：古人用以攻城的器具。《傳》：「鉤，鉤梯也，所以鉤引上城，所謂雲梯也。」能援引上城，故稱鉤援。66臨沖：可以居高臨下攻城的戰車叫臨，從旁衝破城垣的車叫沖。《孔疏》：「臨者，在上臨下之名；衝者，從旁衝突之稱。兵書有作臨車、衝車之法。」67崇：古國名，在今西安灃水西。崇是商朝西部的同姓國。墉：城牆。68閑閑：《傳》：「閑閑，動搖也。」69言言：高大貌。70執：捉。訊：西周時稱俘虜為訊。連連：《傳》：「徐也。」一說，連連屬續狀。71攸：所。馘：割下敵人左耳用以計功曰馘。安安：舒徐，從容貌。72類：祭祀名，出師祭天。禡：古代出師後軍中祭祀名。73附：同「拊」，安撫。74茀茀：強盛貌。75仡仡：同「屹屹」，高大貌。76肆：縱兵攻擊。77忽：《傳》：「滅也。」消滅。78拂：違抗，叛逆。四方以無拂：言四方之國因而無不畏服。

靈臺

歌頌文王有鐘鼓魚鳥與民同樂。

經始靈臺1
經之營之
庶民攻之2
不日成之

開始建築那靈臺，
規劃測量定地界。
百姓齊來建造它，
不到幾天落成快。

經始勿亟❸
庶民子來❹

王在靈囿❺
麀鹿攸伏❻
麀鹿濯濯❼
白鳥翯翯❽
王在靈沼❾
於牣魚躍❿

虡業維樅⓫
賁鼓維鏞⓬
於論鼓鐘⓭
於樂辟廱⓮

始建本不須急成，
百姓如子自動來。

文王來在靈囿中，
母鹿悠游多從容。
母鹿肥碩毛色好，
白鶴潔白毛羽豐。
文王來在沼池旁，
啊！滿池魚兒歡跳動！

鐘鼓木架崇牙聳，
掛上大鼓與大鐘。
啊！合於節奏擊鐘鼓，
啊！君民同樂在辟廱。

於論鼓鐘
於樂辟廱
鼉鼓逢逢⓯
矇瞍奏公⓰

啊！合於節奏擊鼓鐘，
啊！君民同樂在辟廱。
君鼓蓬蓬聲調和，
樂師奏樂頌豐功。

【注釋】

❶經始：開始經營建造。靈臺：臺名，故址在今陝西西安西北。❷攻：營造。❸亟：同「急」。❹庶民：眾人。子來：如子對父般前來。《詩集傳》：「雖文王心恐煩民，戒令勿急，而民心樂之，如子趣（急行以赴曰趣）父事，不召自來也。」❺囿：古帝王養禽獸供遊玩的園林。❻麀：母鹿。攸：語助詞。❼濯濯：《毛傳》：「娛游也。」《詩集傳》：「肥澤貌。」❽翯翯：潔白貌。❾靈沼：池名。❿於：嘆美聲。牣：滿。⓫虡：懸掛鐘、磬的木架。兩側木柱叫虡，上面的橫梁叫栒。業：栒上有大板，刻如鋸齒狀以掛鐘磬。樅：又名崇牙，即大板上一排彩色鋸齒，用以懸掛鐘磬者。⓬賁：大鼓。鏞：大鐘。⓭論：《詩集傳》：「論，倫也。」倫，次序，指鐘鼓等樂音配合得節奏協調。⓮辟廱：又作「辟雍」。文王離宮之名，與漢儒所謂天子之學，大射行禮之處的辟雍不同。⓯鼉：又名揚子鱷。生活於沼澤地區，長二、三米。用其皮以蒙鼓，名曰鼉鼓。逢逢：鼓聲。⓰矇瞍：《傳》：「有眸子而無見曰矇，無眸子曰瞍。」《詩集傳》：「古者樂師，皆以瞽者為之，以其善聽而審于音也。」奏公：《傳》：「公，事也。」《毛詩傳箋通釋》云：「按《史記‧屈原傳集解》、《呂覽‧達鬱篇》高注引詩，並作『奏功』。公、功，古同聲相通。此詩奏公，亦謂奏厥成功，此王者所謂功成作樂也。」

下武

讚美武王能繼太王王季及文王之德以昭後嗣。

下武維周❶
世有哲王
三后在天❷
王配于京❸

王配于京
世德作求❹
永言配命❺
成王之孚❻

成王之孚

能繼祖先是周人，
世代王侯都英明。
三代祖宗在天上，
王配世德於周京。

王配世德於周京，
世世積德王業成。
永遠順應天之命。
王德取信天下人。

王德取信於天下，

下土之式⑦
永言孝思⑧
孝思維則⑨
媚茲一人⑩
應侯順德⑪
永言孝思
昭哉嗣服⑫
昭茲來許⑬
繩其祖武⑭
於萬斯年⑮
受天之祜⑯
受天之祜

天下之人以為法。
王永不忘孝先君，
孝親就要法先人。
愛戴武王一個人，
應以美德是百姓。
王永不忘孝先君，
昭明後進繼先人。
真昭明呀那後進，
繼承祖先事業行。
從此享國萬萬年，
受到天賜好福分。
受到天賜福分多，

四方來賀
於萬斯年
不遐有佐⑰

四方諸侯來朝賀。
從此享國萬萬年，
豈會無人相輔佐。

【注釋】

❶下武維周：下，後世，後人。武，步武繼承。句謂：下世而能繼承前人者維周也。❷三后：后即君王，三后指太王、王季及文王。❸王配於京：武王配行先王之道於周京。❹求：馬瑞辰《毛詩傳箋通釋》：「按求當讀為逑。逑，匹也，配也……言王所以配于京者，由其可與世德配合耳。」❺永言配命：永，長也。言，語助詞。命即天命。陳奐《詩毛氏傳疏》：「言武王配天命，更光大也。」❻成王之孚：成，促成；樹立。孚，威信。句謂：促成（或樹立）君王的威信。❼式：法式，法則。❽永：長。言：語助詞。❾則：法則。❿媚：愛。茲：此。一人：指武王。⓫應侯順德：應，順應。侯，猶「乃」，又猶「維」。言順應其先人之心，成其祖考之德。⓬昭：昭明，宣揚。嗣服：後進，即後繼者。一說為繼承祖宗事業。⓭茲：與「哉」通。來許：後進。⓮繩：繼續。武：事跡，功業。⓯于萬斯年：應是「於斯萬年」的倒句。⓰祜：福。⓱不遐：即「遐不」的倒文。遐不，即何不。佐：輔佐。

文王有聲

歌頌文王遷豐武王遷鎬而周興。

文王有聲❶

文王為政有善聲，

遹駿有聲❷
遹求厥寧❸
遹觀厥成
文王烝哉❹

文王受命❺
有此武功
既伐于崇❻
作邑于豐
文王烝哉

築城伊淢❼
作豐伊匹
匪棘其欲❽
遹追來孝❾

繼行大德有令聞。
謀求太平民終安，
具有美德功多成。
美哉文王君道行！

文王接受了天命，
有這武功必得勝。
既已討伐了崇侯，
又遷都城在豐境。
偉哉文王君道行！

築城要挖護城河，
豐邑大小相配合。
不是急於逞私心，
而是追繼賢先君。

王后烝哉⑩
王公伊濯⑪
維豐之垣⑫
四方攸同⑬
王后維翰⑭
王后烝哉
豐水東注⑮
維禹之績
四方攸同
皇王維辟⑯
皇王烝哉
鎬京辟廱⑰

偉哉文王君道行！
文王建國事大端，
建築豐城又修垣。
四方同心齊歸附，
都以君王為楨幹。
王得君道實可嘆！
豐永滔滔向東流，
乃是大禹決治謀。
四方同心齊歸附，
武王為君民無憂。
美哉武王行君道！
鎬京建立了離宮。

自西自東
自南自北
無思不服⑱
皇王烝哉

考卜維王⑲
宅是鎬京⑳
武王成之
武王烝哉
維龜正之㉑

豐水有芑㉒
武王豈不仕㉓
詒厥孫謀㉔
以燕翼子㉕

從那西邊又到東，
從那南邊又到北，
沒有哪個不服從。
偉哉武王得一統！

占卜稽考王施行，
卜居定宅在鎬京。
灼龜問卦得吉兆，
武王王都終建成。
偉哉武王君道行！

豐水之旁芑草生。
王豈不為功業興？
為順民心傳後嗣，
安護陰庇子和孫。

武王烝哉　偉哉武王君道行！

【注釋】

❶聲：善政名聲。❷遹：發語詞。同「聿」、「曰」。駿：大。❸厥：其。指人民。下句「厥」，指周室。❹烝：《傳》：「烝，君也。」作動詞用，即施行君道。❺受命：受紂封西伯之命。一說受天命。❻于崇：崇，殷紂所封諸侯國，其末代君為崇侯虎。於：語詞。一說同「邘」，國名。❼伊：語助。淢：通「洫」，護城河。❽棘：同「亟」，急也。❾追孝：追祖先而孝順。來：語詞。❿王后：君王。指文王說。⓫王公：公，同「功」。王公，即王事。濯：《傳》：「大」，指王業光大。⓬維：是。垣：牆。⓭攸：語助詞。同：言四方諸侯同心歸附。⓮翰：楨幹。⓯豐：灃水，源出陝西西安西南秦嶺。⓰皇：大。皇王：指武王。辟：君王。⓱鎬京：武王所遷都城，在今陝西西安西南豐水東岸。辟廱：離宮或講學之所。⓲思：語詞。⓳考：完成。卜：占卦。王：武王。⓴宅：定居。㉑龜：龜兆。正：決斷。㉒芑：《傳》：「芑，草也。」又木名，即杞柳。㉓仕：通「事」。《晏子春秋》引作「武王豈不事」。㉔詒：同「貽」，留下。孫：同「遜」，順。㉕燕：安定。翼：庇護。《毛詩傳箋通釋》：「燕，安也，以安翼其子也。」子：指成王。

生民

周人陳述周始祖后稷誕生經過及播種五穀的成就。

厥初生民❶　開初周族的起源，
時維姜嫄　是由有邰氏姜嫄。

生民如何
克禋克祀❷
以弗無子❸
履帝武敏歆❹
攸介攸止❺
載震載夙❻
載生載育
時維后稷
誕彌厥月❼
先生如達❽
不坼不副❾
無菑無害❿
以赫厥靈⓫

怎樣生下那周人？
升煙以祭敬神誠。
以求不會無子嗣，
欣然踐帝足拇指。
自居別室而獨處，
懷胎震動可嚴肅。
誕生貴子育成器，
乃周祖先名后稷。
足足十月把孕懷，
頭生容易如羊胎。
不裂胎衣不難產，
母體無病又無災。
這樣顯示那異靈，

上帝不寧
不康禋祀⑫
居然生子
誕寘之隘巷
牛羊腓字之⑬
誕寘之平林
會伐平林⑭
誕寘之寒冰
鳥覆翼之
鳥乃去矣
后稷呱矣⑮
實覃實訏⑯
厥聲載路⑰

足踐拇印帝不寧，
姜嫄不安來祭祀，
居然無恙生兒子。
把他放在小巷裡，
羊牛前來愛護他。
把他放在樹林裡，
樵夫砍柴救了他。
把他放在寒冰上，
大鳥展翅暖著他。
等到大鳥一飛走，
后稷呱呱哭出口。
哭聲又長又宏亮，
聲滿路途人驚詫！

誕實匍匐⑱
克岐克嶷⑲
以就口食⑳
蓺之荏菽㉑
荏菽旆旆㉒
禾役穟穟㉓
麻麥幪幪㉔
瓜瓞唪唪㉕

誕后稷之穡
有相之道㉖
茀厥豐草㉗
種之黃茂㉘
實方實苞㉙

后稷剛剛會爬行，
知識智慧漸發生。
就去自己找口食，
栽種大豆很認真。
大豆豆莢大又長，
禾苗美好列成行。
麻麥長得極茂密，
累累瓜果嫩又黃。

后稷學會種莊稼，
觀地擇土有方法。
拔去茂密串根草，
種上良種十分好。
嫩芽初發又含苞，

實種實褎❸⓿
實發實秀❸❶
實堅實好
實穎實栗❸❷
即有邰家室❸❸
誕降嘉種❸❹
維秬維秠❸❺
維穈維芑❸❻
恆之秬秠❸❼
是穫是畝❸❽
恆之穈芑
是任是負❸❾
以歸肇祀❹⓿

禾苗抽莖又長高。
舒節拔稈再出穗，
粒粒堅實長得好。
禾粒累累穗垂下，
受封有邰立室家。
良種乃是上天降，
是秬是秠釀酒香。
是秠赤苗是芑白，
遍種秬秠長得旺，
於是收穫用畝計，
遍種赤穈和白芑。
於是手抱或背揹，
回家開始把神祭。

誕我祀如何
或舂或揄41
或簸或蹂42
釋之叟叟43
烝之浮浮44
載謀載惟45
取蕭祭脂46
取羝以軷47
載燔載烈
以興嗣歲48
卬盛于豆49
于豆于登50
其香始升

回家祭祀是怎樣？
或是舂米或舀上，
或是搓米或簸糠。
淘起米來聲叟叟，
蒸起飯來氣浮浮。
就去計畫就思考，
取蒿合油神前燒。
為祭路神殺牡羊，
就燒就烤神來享，
以求來年莊稼旺。
我把祭品裝木豆，
裝了木豆裝瓦登。
香氣開始往上升，

上帝居歆51
胡臭亶時52
后稷肇祀
庶無罪悔53
以迄于今

安然受享是天神。
香味又濃又好聞，
后稷開始祭神靈。
幾乎沒有大罪過，
自從那時直到今。

【注釋】

❶厥初：其初。❷克：能。禋：燒柴加牲體及玉帛，使濃煙上升以祭天神的一種祭禮。❸弗：同「祓」，除災去邪所行祭禮的一種儀式。一說同「不」。❹履：踐踏。帝：上帝。武：足跡。敏：通「拇」，指大拇指。歆：心有所感。傳說姜嫄踐履上帝足跡的拇趾印，感而有孕，生后稷。❺攸：語助詞。介：《毛詩傳箋通釋》：「介之言界，謂別居也。止，即處也。」❻載：則。震：通「娠」，懷孕。《爾雅》：「娠、震，動也。」夙：通「肅」，言生活嚴肅。❼誕：語詞。彌：滿，指懷胎足月。❽先生：頭胎。達：《箋》：「羊子也。」小羊連胞衣而下，指生時順當、容易。❾拆：裂開。副：破裂。❿菑：同「災」。⓫赫：顯示。厥：其，人稱代詞。⓬不康：不安。指姜嫄心不安而祭祀。⓭腓：庇護。字：《傳》：「字，愛也。」⓮會：恰好碰見。⓯呱：小兒哭聲。⓰實：是。覃：長。訏：大。⓱厥：其，指后稷。載：充滿。⓲匍匐：爬行。⓳岐、嶷：《傳》：「岐，知意也。嶷，識也。」⓴就：求，找。㉑蓺：同「藝」，種植。荏菽：大豆。㉒旆旆：茂盛貌。㉓禾：穀子。役：《說文》引詩作「穎」，禾穗。穟穟：穀穗下垂貌。㉔幪幪：茂密貌。㉕瓞：小瓜。唪唪：結實累累貌。㉖相：《爾雅·釋詁》：「相，視也。」即《周本紀》：「相地之宜，宜穀者稼穡焉」之意。㉗茀：拔除。㉘黃茂：《傳》：「黃，嘉穀也。茂，美也。」㉙方：始。言苗將吐芽。苞：苗剛出土，尚未舒展。㉚種、褎：《傳》：「種，雍種也。褎，長也。」《箋》：「褎，枝葉長也。」㉛發：禾莖發節。秀：結穗。㉜穎：禾穗下垂。栗：《傳》：「其實栗栗然。」眾多貌。㉝即：就也，往也。有邰：《傳》：「邰，姜嫄之國也。」在今陝西武功縣西南二十五里，后稷被堯封於此地。有：語詞。㉞降：上天賜給。㉟秬、秠：都是糧種，秬是黑黍，秠是雙子

（一殼中有二子）的黑黍。㊱穈、芑：同上，是穀類糧食。㊲恆：通「亙」，偏也。《詩集傳》：「謂遍種之也。」㊳畝：以畝計算產量。㊴任：挑，負，背。㊵肇祀：肇，始，開始郊祀。㊶揄：將米從臼中舀出。㊷簸：簸去米糠。蹂：通「揉」。㊸釋：淘米。叟叟：淘米聲。㊹烝：同「蒸」。浮浮：熱氣上升貌。㊺謀：計畫。惟：思考。㊻蕭：一種香蒿。脂：牛羊脂肪。㊼羝：公羊。軷：古代祭路神之名。㊽興：興旺，指豐收。嗣歲：來年。㊾卬：我。豆：古代一種高腳盤食器。㊿登：瓦製的盛湯碗。(51)居：語詞。歆：饗，即享受。(52)胡：大。臭：香氣。亶：確實。時：善。言香氣大而好聞。(53)庶：幾乎，差不多。

行葦

歌頌周先代，睦親敬老，仁及草木。

敦彼行葦❶
牛羊勿踐履❷
方苞方體❸
維葉泥泥❹
戚戚兄弟❺
莫遠具爾❻

蘆葦聚生在道旁，
別放牛羊來踩傷。
它剛出土剛成形，
葉兒嫩綠初生長。
兄弟骨肉要相親，
切莫疏遠要靠近。

或肆之筵⑦
或授之几⑧
肆筵設席⑨
授几有緝御⑩
或獻或酢⑪
洗爵奠斝⑫
醓醢以薦⑬
或燔或炙⑭
嘉殽脾臄⑮
或歌或咢⑯
敦弓既堅⑰
四鍭既鈞⑱
舍矢既均

或為他們擺座席，
或又設几安老人。
陳列筵席擺在家，
几旁有人侍候他。
或獻酒來或回敬，
洗杯換盞再酬答。
肉醬肉汁盛得滿，
或是燒肉或炙肝。
好菜還有脾或舌，
歌唱、擊鼓以助歡。
雕弓既已很堅韌，
四矢既已很均衡。
放箭既已中紅心，

序賓以賢⑲
敦弓既句⑳
既挾四鍭㉑
四鍭如樹㉒
序賓以不侮㉓

曾孫維主㉔
酒醴維醹㉕
酌以大斗㉖
以祈黃耇㉗
黃耇台背㉘
以引以翼
壽考維祺㉙
以介景福㉚

箭中多少次第分。
雕弓既已被引滿，
挾著四矢將靶穿。
四矢中的齊豎立，
為客排次沒侮慢。

成王依法做主人，
甜酒又香味又醇。
斟酒用那大酒杯，
以求老人把壽增。
年高壽長背長紋，
旁有人扶前牽引。
願他高壽又吉祥，
以求得福人常春。

【注釋】

❶敦：敦敦。猶言團團，蘆葦叢生團聚貌。行：道路。❷踐履：踐踏。❸方：開始。苞：蘆葦初生之芽。體：蘆葦之莖。方體：蘆葦開始長成芽、莖。❹維：語詞，或作「其」。泥泥：「苨苨」之假借，又作「柅柅」，嫩葉柔澤茂盛貌。❺戚戚：相親貌。❻遠：疏遠。具：俱。爾：同「邇」，近。❼肆：鋪陳。筵：竹席。古時席地而坐，以筵為坐具。❽几：矮腳桌子，可放東西，也可憑靠身體。❾設席：席地鋪一層竹席，再加一層叫重席。《禮記‧禮器》：「天子之席五重，諸侯之席三重，大夫再重。」❿緝御：《箋》：「緝，猶續也。御，侍也。」⓫獻：主敬客人酒。酢：客回敬主人。⓬洗爵奠斝：爵，三足青銅製的酒器。斝，與爵相類的酒器。洗，主人洗杯斟酒敬客。奠，停放。⓭醓：多汁肉醬。醢：魚、肉製成的醬。薦：獻。⓮燔：燒肉。炙：烤肉。⓯脾：牛胃。臄：牛舌。⓰咢：徒擊鼓，不唱歌。⓱敦弓：天子所用，畫五彩裝飾。⓲鍭：以金屬作箭頭的箭。鈞：調和，指箭頭與中、後段重量都能調和。⓳序：指排坐次。賢：指中箭最多者。⓴句：「彀」的假借字，張弓。㉑挾：《詩毛氏傳疏》：「方持弦矢曰挾。謂弓與矢成十字形也。」㉒樹：通「豎」。指箭中靶上如豎立一樣。㉓不侮：不輕慢，互相敬重。㉔曾孫：《傳》：「指成王。」應是泛指周家。㉕醴：甜酒。醹：酒味醇厚。㉖斗：古酒器。㉗黃耇：老年髮黃面垢貌。㉘臺背：臺，古鮐字。鮐魚背有黑紋，用以言人老背有斑如鮐紋。㉙祺：吉祥。㉚介：祈求。景：大。

既醉

周成王祭後飲宴。

既醉以酒

既已請我喝醉酒，

既飽以德❶
君子萬年
介爾景福
既醉以酒
爾餚既將❷
君子萬年
介爾昭明
昭明有融❸
高朗令終❹
令終有俶❺
公尸嘉告❻
其靠維何

身教又示我以德。
君子享壽萬萬年，
上天助爾大福澤。
既已請我喝醉酒，
你的餚菜又很精。
君子享壽萬萬年，
祈天助你得光明。
光明又長而又盛，
高明是以善名終。
善終本有善開始，
神用善言來相頌。
他的頌詞講什麼？

籩豆靜嘉❼
朋友攸攝❽
攝以威儀
威儀孔時❾
君子有孝子❿
孝子不匱⓫
永錫爾類⓬
其類維何
室家之壼⓭
君子萬年
永錫祚胤⓮
其胤維何

籩豆清潔美得奇。
群臣朋友都助祭，
助祭都很有威儀。
威儀表現很得宜，
君子又都有孝行。
孝子之善永不竭，
賜爾族類長繼承。
他的法程是什麼？
治家推廣到治國。
君子享壽萬萬年，
賜你子孫把福得。
賜給子孫什麼福？

天被爾祿⑮
君子萬年
景命有僕⑯
其僕維何
釐爾女士⑰
釐爾女士
從以孫子⑱

天賜爾等享厚祿。
君子享壽萬萬年，
天將大命附於汝。
天附大命是什麼？
給你有德好女子。
給你有德好女子，
隨賜賢明孫和子。

【注釋】

❶既飽以德：一說，身教又示我以德；一說，「德」乃「食」之誤，謂飽以食。譯文從前說。❷將：美好。❸昭明：昭，光大。明，明德。有融：《箋》：「有，又。」《傳》：「融，長。」句謂光大其明德，使之綿延亙長。❹高朗：高明。令：善。終：竟，終身。全句言高明之善美聲譽，將終身都具有。❺俶：始。❻公尸：公，猶君。尸，古代祭祀，以人扮神受祭。公尸，指代神受祭者。嘉告：善言，即嘏辭。公尸對主祭者致福之辭。❼靜嘉：美好。❽攸：語助詞。攝：輔佐。朋友：群臣。❾時：善。孔時：很善美。❿有：又。君子有孝子：即君子又都是孝子。⓫匱：竭。⓬錫：賜。類：法則。一說同「類」，德類。⓭壼：古時宮中巷道。作動詞用，引申為廣。廣，擴充。王肅云：「其善道施于室家，而廣及天下。」⓮祚：福。胤：嗣，後嗣，子孫。⓯被：予，賜予。⓰景命：大命，指天命。有：猶「是」。僕：附。《箋》：「天之大命，又附著于女，謂使為政教也。」⓱釐：通「賚」，賜給。女士：女有士行者，賢女。⓲從：《爾雅‧釋詁》：「從，重也。」重有「增益」之意。孫子：指子孫。

鳧鷖

周初宗廟再祭公屍之詩。

鳧鷖在涇❶
公尸來燕來寧❷
爾酒既清❸
爾餚既馨❹
公尸燕飲
福祿來成

鳧鷖在沙❺
公尸來燕來宜❻
爾酒既多

野鴨群鷗聚水中，
神來燕飲態從容。
你的美酒醇又清，
你的餚菜香氣濃。
神赴筵宴來飲酒，
賜給福祿有幾重。

野鴨群鷖聚水旁，
神來燕飲事不忘。
你的美酒已很多，

爾餚既嘉
公尸燕飲
福祿來為❼

鳧鷖在渚❽
公尸來燕來處❾
爾酒既湑❿
爾餚伊脯⓫
公尸燕飲
福祿來下

鳧鷖在潀⓬
公尸來燕來宗⓭
既燕于宗⓮
福祿攸降

你的餚菜又極香。
公尸赴宴來飲酒，
賜你福祿得久長。

野鴨群鷖聚在渚，
神靈燕飲來安處。
你酒去渣濾得清，
你餚是那乾肉脯。
公尸燕樂來飲酒，
天將福祿賜與汝。

鴨鷖群聚水涯旁，
神來燕飲被敬仰。
既已飲宴於宗廟，
祖考又把福祿降。

公尸燕飲，福祿來崇⓯。
鳧鷖在亹⓰，公尸來止熏熏⓱。
旨酒欣欣⓲，燔炙芬芬。
公尸燕飲，無有後艱⓳。

公尸燕樂來飲酒，
福祿多多賜與王。
野鴨群鷺聚水門，
公尸來到喜欣欣。
好酒味兒香又美，
燒肉芬芳香氣噴。
公尸燕樂來飲酒，
今後災難消滅盡。

【注釋】

❶鳧：野鴨。鷖：沙鷗。涇：河水名。❷來：即「是」。來燕來寧，即是燕是寧。燕：通「宴」，即宴飲。寧：安寧，安享。❸爾：指周王。❹馨：香氣。❺沙：水旁或水中沙灘。❻宜：宜其事，相宜，與寧義近。❼為：助。❽渚：水中小洲。❾處：止，居處。❿湑：濾過糟的酒，引申為清。⓫脯：乾肉。⓬潀：小水入大水，眾水交會處。⓭宗：尊敬。⓮于宗：在宗廟。⓯崇：重。指重迭多的福祿。⓰亹：山峽中流水，兩岸對峙如門的地方叫亹。⓱熏熏：「薰」之假借，香草。此處作形容詞用。⓲欣欣：樂也。⓳艱：艱難，災難。指國家說。

假樂

歌頌周成王能循舊章，善於安民，使用賢臣，為人愛戴。詩在讚美中兼有規戒之意。

假樂君子❶
顯顯令德❷
宜民宜人❸
受祿于天
保右命之❹
自天申之❺
干祿百福❻
子孫千億
穆穆皇皇❼

上天喜愛那成王，
美德顯耀著輝光。
善於安民善用人，
受到天賜福祿長。
上天保佑賜天命，
重將福祿賜成王。
祈求福祿有百樣，
子孫眾多千億強。
美哉穆穆復皇皇，

宜君宜王
不愆不忘❽
率由舊章❾

威儀抑抑❿
德音秩秩⓫
無怨無惡
率由群匹⓬
受福無疆

四方之綱⓭
之綱之紀⓮
燕及朋友
百辟卿士⓯
媚于天子⓰

令德宜乎作君王。
沒有過失沒忘祖，
一切都循舊規章。

威儀端莊有美名，
教令道德典常存。
沒人怨尤沒人恨，
善從眾賢服群臣。
受福從來無止境，

統領四方綱紀明。
這個綱紀很分明，
燕樂飲酒有群臣。
文武群臣眾諸侯，
愛戴天子具真心。

不解于位⑰　　都不懈怠其職守，
民之攸塈⑱　　因而人民得安寧。

【注釋】

❶假：《傳》：「嘉也。」《爾雅‧釋詁》：「假、嘉雙聲故通用。」嘉許，讚美之意。樂：喜愛。❷顯顯：顯耀，光輝。令德：美德。❸宜：適宜。民：百姓。人：賢臣。❹右：同「佑」，助。❺申：重複。一說申敕。❻干：求。一說「千」字誤為「干」。❼穆穆：肅敬貌，光明貌。❽愆：過失。❾率由：遵循。舊章：祖先所行的典章制度。❿威儀：儀表風度。抑抑：同「懿懿」，莊美貌。⓫德音：指法令政教。秩秩：《傳》：「有常也。」指有常典。⓬率由群匹：群匹，指群賢。句謂能從眾賢。⓭綱：綱紀，法則。⓮之：此。⓯百辟：眾諸侯。卿士：文武群臣。⓰媚：愛戴。⓱解：同「懈」，怠惰。⓲攸：所。塈：《傳》：「息。」民之攸塈：猶言民之所以得息。

公劉

周人自述公劉自邰遷豳，初步定居並發展農業，為周代的開國歷史。

篤公劉❶　　誠實忠厚的公劉，

匪居匪康
迺埸迺疆❷
迺積迺倉❸
迺裹餱糧❹
于橐于囊❺
思輯用光❻
弓矢斯張❼
干戈戚揚❽
爰方啟行❾

篤公劉
于胥斯原❿
既庶既繁⓫
既順迺宣⓬

不圖安居治業忙。
就劃地界就修疆，
就理露屯就清倉。
就把乾糧包裹好，
裝進小袋和大囊。
周人和睦顯輝光，
弓箭張設把敵防。
執著干戈與斧鉞，
開始啟程向前方。

誠實忠厚的公劉，
前去查看這平川。
從者眾多人如雲，
既順民情心就寬，

而無永嘆
陟則在巘⑬
復降在原
何以舟之⑭
維玉及瑤
鞞琫容刀⑮
篤公劉
逝彼百泉⑯
瞻彼溥原⑰
迺陟南岡
迺覯于京⑱
京師之野⑲
于時處處

沒人埋怨沒長嘆。
往前登上那小山，
又下小山到平川。
他佩帶的是什麼？
佩有美玉和寶石，
玉飾刀鞘腰間攀。
誠實忠厚的公劉，
去看上百的流泉，
看那寬廣的平原。
登上南面的山丘，
就見可居的京地，
在那京師野地頭。
周民於是得處所，

于時廬旅⑳
于時言言
于時語語㉑

篤公劉
于京斯依
蹌蹌濟濟㉒
俾筵俾几㉓
既登迺依
迺造其曹㉔
執豕于牢
酌之用匏㉕
食之飲之
君之宗之㉖

周民於是就安居，
於是歡笑語喧嘩，
於是喧嘩盡笑語。

誠實忠厚的公劉，
定居生息於京周。
蹌蹌濟濟有威儀，
大集群臣設筵几。
入席憑几就坐畢，
乃祭豬神禮如儀。
牢中捉豕做嘉餚，
酌酒用那瓠瓜瓢。
公劉勸食又勸飲，
推他為君眾人朝。

篤公劉
既溥既長
既景迺岡㉗
相其陰陽㉘
觀其流泉
其君三單㉙
度其隰原㉚
徹田為糧㉛
度其夕陽㉜
豳居允荒㉝

篤公劉
于豳斯館㉞
涉渭為亂㉟

誠實忠厚的公劉，
開疆拓土寬又廣。
測定日影在山崗，
勘察南北和陰陽，
又看流泉的方向。
三丁輪值軍旅旺。
量好那些低平地，
整治田土好種糧。
測量西山夕照處，
豳地真是寬又廣。

誠實忠厚的公劉，
在豳興建周宮室。
橫涉渭河把工施，

取厲取鍛㊱
止基迺理㊲
爰眾爰有㊳
夾其皇澗㊴
溯其過澗㊵
止旅迺密㊶
芮鞫之即㊷

採取厲石和鍛石。
宮室修好理田野，
人口增多物豐實。
皇澗兩岸是住宅，
面對過澗建新居。
安居樂業人稠密，
水涯河灣房迤邐。

【注 釋】

❶篤：忠實，仁厚。公劉：公，爵；劉，人名，即后稷三世孫。見《釋文》引《尚書大傳》。❷乃：於是。埸：田界。❸積：露天糧屯。❹餱糧：乾糧。❺橐：糧袋，不縫口，兩頭用繩捆住。❻思：語詞。輯：和睦。《傳》：「思輯用光，言民相與和睦以顯于時也。」❼斯：語詞。張：張設；準備。❽干：盾。戚：斧。揚：大斧，又名鉞。❾爰：於是。方：開始。啟行：動身。❿於：在。胥：相，察看。斯：此。⓫庶：眾多。⓬順：指民心歸順。宣：暢，指民心舒暢，或言公劉見民心歸順而自心舒暢。⓭陟：登。巘：小山。⓮舟：佩帶，動詞。⓯鞞：刀鞘。琫：刀鞘口上的玉飾。姚際恆《詩經通論》云：「鞞琫容刀，言佩刀也。鞞，刀鞘也。琫，刀上玉飾。容刀，謂鞞之容此刀也。」按容，作形容詞用。⓰逝：往。百泉：泉多的誇張。⓱溥：廣大。⓲覯：見。京：豳之地名。⓳京師：都邑。後世作為首都的專稱。⓴于時處處，于時廬旅：時，是，於時即於是。處處，得到安居的處所。廬旅，二字古同聲通用，即寄居。通句云：於是得其處所，於是寄居此處。㉑于時言言，于時語語：言言、語語乃形容周人得安居之所，於是額手稱慶，笑語喧嘩笑鬧不休之狀。㉒蹌蹌：步趨有節奏貌。濟濟：莊嚴恭敬貌。㉓俾：使。筵：席位，古人鋪在地上坐。几：小桌，可放食物，可依憑而坐。㉔造：馬瑞辰

《毛詩傳箋通釋》：「祰」之假借。《說文》：『祰，告祭也。』曹者，『禮』之省借。《玉篇》：『禮，豕祭也。』」即祭豬神。㉕匏：葫蘆。㉖君：作君主。宗：作族長。君之宗之：推他作君主，推他作族長。㉗景：日影。景為影之古體。㉘相：觀察。陰陽：山北水南曰陰，山南水北曰陽。㉙三單：《傳》：「三單，相襲也。」《毛詩后箋》云：「相襲，猶言相代，三單之中，尚有更休迭上之法，其不盡民力如此，此公劉之所以為厚也。」一說單，猶禪，番替之意。即一軍服役，二軍輪流代替。㉚度，測量。隰原：低平地。㉛徹：治。徹田：言開墾荒地作田。㉜度：測量。夕陽：山西面曰夕陽。㉝允：確實。荒：廣大。㉞館：作動詞用，建築房屋。㉟為：猶而。亂：橫渡。㊱厲：「礪」的本字，磨刀石。鍛：《傳》：「石也。」搥東西的大石，如礦石塊之類。㊲止基乃理：《箋》：「作宮室之功止，而後疆理其田野。」㊳眾：言人口增多。有：言物產豐富。爰：語詞。㊴皇澗：澗水名。㊵溯：向著，面對。過：澗名。㊶止旅乃密：馬瑞辰《毛詩傳箋通釋》：「謂民既寄廬于此，乃見其繁密也。」㊷芮：水涯內凹處。鞫：《箋》：「水之外曰鞫。」《毛詩傳箋通釋》云：「按《爾雅・釋言》鞫，究窮也。鞫、究同義，故《傳》以究釋鞫。鞫究為水涯，即。窮處也。」

泂酌

周召康公誡成王息民。

泂酌彼行潦❶
挹彼注茲❷
可以餴饎❸

遠去汲水到溪澗，
溪裡舀水注小盞，
可以用它蒸酒飯。

豈弟君子❹
民之父母

洞酌彼行潦
挹彼注兹
可以濯罍❺
豈弟君子
民之攸歸

洞酌彼行潦
挹彼注兹
可以濯溉❻
豈弟君子
民之攸塈❼

快樂平易的君子，
人民當他父母看。

遠去汲水溪澗行，
溪裡舀水注大鼎，
用它可把罍洗淨。
快樂平易的君子，
人民統統來歸順。

遠去溪澗把水汲，
這裡舀水注那裡，
可把漆尊來洗滌。
快樂平易的君子，
可使人民得養息。

【注釋】

❶洞：遠。行潦：路旁流水。❷挹：舀，汲取。彼：指行潦。茲：指盛水器。❸饙：蒸飯。饎：酒食。❹豈弟：和易近人。《呂氏春秋》解作「德行高大」。二者可以兼用。❺濯：洗。罍：古酒器。❻濯溉：《孔疏》云：「《傳》云：『溉，清也。』謂洗之使清潔。」一說同「概」。概，漆尊，酒器。❼塈：休息。

卷阿

周召康公誡成王求賢用賢。

有卷者阿❶
飄風自南
豈弟君子
來游來歌
以矢其音❷
伴奐爾游矣❸

大陵卷曲成山阿，
疾風從南吹來多。
快樂平易的君子，
又遊玩來又唱歌，
歌陳盛德音相和。
逍遙閑散你遊樂喲，

優游爾休矣
豈弟君子
俾爾彌爾性❹
似先公酋矣❺
爾土宇昄章❻
亦孔之厚矣
豈弟君子
俾爾彌爾性
百神爾主矣❼
爾受命長矣
茀祿爾康矣❽
豈弟君子
俾爾彌爾性

優遊自得你休息喲，
快樂平易的君子，
發揚善性重賢能，
繼承先君功竟成喲。
你的領地疆界廣，
物產豐富人口多。
快樂平易的君子，
發揚善性重賢能，
山川百神你主宰喲。
你受天命久又長喲，
享受福祿得安康喲。
快樂平易的君子，
發揚善性重賢良，

純嘏爾常矣⑨
有馮有翼
有孝有德
以引以翼⑩
豈弟君子
四方為則
顒顒卬卬⑪
如圭如璋⑫
令聞令望
豈弟君子
四方為綱
鳳凰于飛

天賜大福你安享喲。
賢臣良將相輔翼，
孝行美德人人備。
導引扶持護周王，
周王快樂又平易，
奉為準則四方依。
溫和恭謙貌軒昂，
品格如圭又如璋，
美名遠揚有威望。
快樂平易的君子，
四方奉以為紀綱。
鳳凰高空正飛馳，

翽翽其羽⑬
亦集爰止
藹藹王多吉士⑭
維君子使⑮
媚于天子⑯

鳳凰于飛
翽翽其羽
亦傅于天⑰
藹藹王多吉人
維君子命
媚于庶人

鳳凰鳴矣
于彼高崗

群鳥來從盡展翅。
鳳凰棲處群鳥止，
濟濟王朝多賢士，
只供天子所驅使，
忠於家邦愛天子。

鳳凰高空正飛馳，
群鳥來從盡展翅，
高飛直到碧空上。
濟濟王朝多吉士，
惟聽天子所指使，
推愛民眾不失職。

鳳凰引頸和鳴喲，
聲音響在高崗上。

梧桐生矣
于彼朝陽⑱
菶菶萋萋⑲
雝雝喈喈⑳
君子之車
既庶且多
君子之馬
既閑且馳
矢詩不多㉑
維以遂歌㉒

梧桐挺拔生長喲，
全身披著那朝陽。
梧桐高大而茂盛，
鳳凰和鳴聲遠揚。
君子周王備車乘，
不可勝數多又多。
君子周王備駿馬，
馴順迅疾好乘坐。
群賢獻詩極為多，
惟此報王譜新歌。

【注釋】

❶卷：曲。阿：大陵曰阿。❷矢：陳。❸伴奐：吳闓生《詩意會通》：「優游閑暇之意。」❹俾：使。彌爾性：姚際恆《詩經通論》云：「彌爾性，謂充足其性，使無虧間也。」胡承珙《毛詩后箋》云：「彌，終也。終者，盡也。彌爾性者，盡爾性也。」意思是說人性本善，盡其善性，即修養其善性，使之不虧損，不間斷。又可稱天性、德行。❺似：嗣，繼承。似先公酋矣：《箋》云：「嗣先君之功而終成之。」《傳》：「酋，終也。」

❻土宇：陳奐《詩毛氏傳疏》：「土宇，猶言封畿也。」昄章：猶言版圖。昄，音義同「版」。❼主：指主祭者。❽茀祿：福祿。❾純：大。嘏：福。❿引：引導。翼：翼蔽，庇護。⓫顒顒：溫和恭敬貌。卬卬：同「昂昂」，氣概軒昂貌。⓬圭璋：古代祭禮所用玉製禮器。⓭翽翽：羽眾多貌。或解為眾鳥飛翔振翅之聲。羽：指眾鳥之羽，不單指鳳凰。⓮藹藹：《傳》：「猶濟濟也。」眾多貌。⓯維：通「惟」。君子：即天子。⓰媚：愛戴。⓱傅：至。⓲朝陽：指朝陽所照之地。也指樹為朝陽照射。⓳菶菶、萋萋：梧桐茂盛貌。⓴雝雝、喈喈：鳳凰和鳴聲。㉑不多：《傳》：「不多，多也。」不，語詞。㉒遂：《傳》云：「明王使公卿獻詩以陳其志，遂為工師之歌焉。」

民勞

穆召公規勸暴君厲王，勿聽信奸宄，勿縱容小人，勿施行暴虐，勿勞民禍國。

民亦勞止❶　人民勞苦苦夠了，
汔可小康❷　要求稍微得安康。
惠此中國❸　撫慰愛護京師人，
以綏四方❹　以此安定撫四方。
無縱詭隨❺　不要聽從奸佞臣，

以謹無良❻
式遏寇虐❼
憯不畏明❽
柔遠能邇❾
以定我王

民亦勞止
汔可小休
惠此中國
以為民逑❿
無縱詭隨
以謹惛怓⓫
式遏寇虐
無俾民憂

不善之人要提防。
制止暴虐與搶奪，
不要畏懼豪勢強。
安撫遠方親近鄰，
鞏固國基保周王。
人民勞苦苦夠了，
要求稍微得休息。
撫慰愛護京師人，
以使人民得聚居。
不要縱容陰謀家，
謹防嘩變中詭計。
制止暴虐與搶奪，
別使人民常憂慮。

無棄爾勞⑫
以為王休⑬
民亦勞止
汔可小息
惠此京師
以綏四國
無縱詭隨
以謹罔極⑭
式遏寇虐
無俾作慝⑮
敬慎威儀
以近有德
民亦勞止

不要拋棄你前功，
用來增進王美譽。
人民勞苦苦夠了，
要求稍微得喘息。
撫慰愛護京師人，
以此安撫定諸國。
不要縱容奸佞臣，
謹防朝政亂又昏。
制止暴虐與搶奪，
別使惡人行詭計。
謹慎保持你威儀，
親近好人把邪避。
人民勞苦苦夠了，

汔可小愒⑯
惠此中國
俾民憂泄⑰
無縱詭隨
以謹醜厲⑱
式遏寇虐
無俾正敗⑲
戎雖小子⑳
而式弘大㉑

民亦勞止
汔可小安
惠此中國
國無有殘㉒

要求稍微得息歇。
撫慰愛護京師人，
使民憂憤可消泄。
勿使奸佞受縱容，
慎防醜類得逞凶。
制止暴虐與搶奪，
別使國政被分裂。
你雖還是年輕人，
可是作用大又闊。

人民勞苦苦夠了，
要求稍微得安閑。
撫慰愛護京師人，
國無殘酷少禍亂。

無縱詭隨，以謹繾綣㉓。式遏寇虐，無俾正反㉔。王欲玉女㉕，是用大諫㉖。

不要縱容奸與佞，謹防纏你糖衣彈。
制止暴虐與搶奪，別使政治有變亂。
王呀！因為我愛你，特此向你來規勸。

【注釋】

❶亦、止：二字都是語助詞。❷汔：《箋》：「幾也。」庶幾，希望。又，「迄」之假借，「乞」本字，乞求。小康：稍得安康，休息。❸惠：愛。中國：《傳》：「中國，京師也。」❹綏：安。四方：四方諸侯國。❺縱：作「從」。聽從；縱容。詭隨：狡詐欺騙的壞人。❻謹：謹慎提防。不良：不善之人。❼式：發語詞。遏：制止。寇虐：掠奪殘害人民的奸人。❽憯：曾，乃。明：《箋》：「曾不畏敬明白之罪刑者，疾時有之。」《群經平議》云：「《尚書‧洪範篇》：『無虐煢獨，而畏高明。』《史記集解》引馬注曰，高明顯寵者，不枉法畏之。」據此，「不畏明」的意思，可解作寇虐奸人必加制止，不因其高明而畏之。❾柔：安撫。遠：指遠方諸侯國之民。能：《經義述聞》云：「古者謂相善為相能。」又陳奐《詩毛氏傳疏》：「能，讀為而，古如、而通用。」邇：近也。❿逑：聚合，即聚居之意。⓫惛怓：喧嘩爭吵，或指朝政昏亂。⓬爾：指執政者。勞：《箋》：「勞，猶功也。」⓭休：美。指美名譽。⓮罔極：思想言行無準則，反覆無常。極，讀為則。⓯憯：惡。即為非作歹。⓰愒：休息。⓱洩：消除。⓲醜厲：惡人。馬瑞辰《毛詩傳箋通釋》云：「按醜、厲二字同義，醜亦惡也。」⓳正：同「政」。⓴戎：你。小子：指周王年輕。㉑式：作「用」。弘：廣，宏大。㉒國無有殘：有，語詞，無實意。殘，殘害。國無有殘，即國無殘。㉓繾綣：固結不解之意。朱熹《詩集傳》：「小人之固結其君者。」㉔正反：政治有反復。反：反常越軌。㉕玉：寶愛之意。女：即「汝」。王欲玉女：即王啊！我要愛護

你。

㉖是用：因此。大諫：特別深切勸告。

板

周大夫諷勸同僚以刺暴君。從中反映當時政治的腐敗，要求統治者挽救西周搖搖欲墜的統治。

上帝板板❶
下民卒癉❷
出話不然❸
為猶不遠❹
靡聖管管❺
不實于亶❻
猶之未遠

上帝反常又反常，
下面庶民都遭難。
好話說了不兌現，
你的國策沒遠見。
不循聖法恣意行，
不忠諾言不照辦。
國策既是沒遠見，

是用大諫
天之方難
無然憲憲❼
天之方蹶❽
無然泄泄❾
辭之輯矣❿
民之洽矣⓫
辭之懌矣⓬
民之莫矣⓭

我雖異事⓮
及爾同僚⓯
我即爾謀⓰
聽我囂囂⓱

因此向你來規勸。
老天就要降災難，
不要這樣瞎喜歡。
老天就要降動亂，
不要饒舌來多言。
你的政教緩和喲，
民心就會安定喲，
你的政教敗壞喲，
人民就會遭害喲。

我們職務雖不同，
你我卻都是同僚。
我來就你共商議，
不聽善言你驕傲。

我言維服⑱
勿以為笑
先民有言⑲
詢于芻蕘⑳
天之方虐㉑
無然謔謔㉒
老夫灌灌㉓
小子蹻蹻㉔
匪我言耄㉕
爾用憂謔㉖
多將熇熇㉗
不可救藥
天之方懠㉘

我說的是正經事，
切莫當玩來耍笑。
古聖先賢有名言：
「凡事請教那老樵。」
老天正在行暴虐，
不要這樣瞎喜樂。
老夫諄諄將你勸，
你卻驕傲意輕薄。
非我老耄言不當，
是你有意來戲謔。
熾如烈火錯誤多，
真是不可再救藥。
老天正在發脾氣，

無為夸毗㉙
威儀卒迷㉚
善人載尸㉛
民之方殿屎㉜
則莫我敢葵㉝
喪亂蔑資㉞
曾莫惠我師㉟

天之牖民㊱
如壎如篪㊲
如璋如圭㊳
如取如攜
攜無曰益㊴
牖民孔易

莫要諂媚又屈膝。
君臣禮儀盡迷亂，
正人無言神屍般。
人民極苦正呻吟，
沒人揆度我民難。
死喪禍亂財物盡，
曾不施恩解困難。

上天誘導老百姓，
相和如壎又如篪，
又如圭璋結合緊，
如提如攜容易事。
提攜不要說有阻，
誘導人民是易事。

民之多辟[40]
無自立辟[41]

价人維藩[42]
大師維垣[43]
大邦維屏[44]
大宗維翰[45]
懷德維寧[46]
宗子維城[47]
無俾城壞
無獨斯畏[48]

敬天之怒[49]
無敢戲豫[50]
敬天之渝[51]

今人行事多邪辟，
莫用邪法惑民志。

善人就是國藩籬，
大眾就是國圍牆，
大邦就是國屏障，
同姓就是國棟梁。
施德就使國安寧，
宗子就是國城疆。
莫使城疆遭損壞，
莫使孤立而彷徨。

敬畏上天之震怒，
不敢大膽當兒戲，
敬畏上天之歡愉，

無敢馳驅52
昊天曰明53
及爾出王54
昊天曰旦55
及爾游衍56

不敢放縱去馳驅。
老天那麼的明朗，
和你一道同來去。
老天剛剛才明亮，
和你一道同遊憩。

【注釋】

❶板板：反常，乖戾。《鄭箋》：「王為政，反先王與天之道。」❷癉：病。卒：盡。又通「瘁」。❸出話不然：《傳》：「話，善言也。」全句是說了好話卻不兌現，或聽了好話不以為然。❹猶：同「猷」，謀；政策。不遠：無遠見。❺靡聖：心目中沒有聖人。管管：《傳》：「無所依也。」《箋》：「王無聖人之法度，管管然以心自恣。」朱熹《詩集傳》：「其心以為無復聖人，但恣己妄行，而無所依據。」❻不實：不實踐，不履行。亶：誠信。❼無然：不要這樣。憲憲：《傳》：「猶欣欣也。」❽蹶：《傳》：「動也。」❾泄泄：《傳》：「猶沓沓也。」多言貌。❿辭：即政教。輯：和緩。⓫洽：合洽。⓬懌：讀為殬，敗壞。⓭莫：通「瘼」，疾苦。⓮異事：職務不同。⓯同僚：同事，又稱同列。⓰即：往就。謀：商談。⓱囂囂：傲慢不聽善言之貌。⓲維：是。服：馬瑞辰《毛詩傳箋通釋》：「按服者，『艮』之假借。《說文》：『艮，治也。』我言維服，猶云我言維治。」治與亂對言。⓳先民：古人。⓴芻蕘：樵夫。芻是草，蕘指柴。㉑虐：暴虐，指災禍說。㉒謔謔：喜樂嬉笑貌。㉓老夫：七十以上老人自稱老夫，詩人自稱。灌灌：同「款款」，誠懇貌。㉔小子：指厲王。蹻蹻：驕傲貌。㉕耄：八十曰耄。意謂年老糊塗。㉖憂：俞樾《古書疑義舉例》：「憂當為優……優，調戲也。」憂謔，意相同。㉗熇熇：火勢熾盛貌。多將熇熇：錯誤犯得多，將如火勢熾盛難於撲滅。㉘懠：怒。㉙夸毗：《傳》：「體柔人也。」言屈身卑下，諂媚逢迎。㉚威儀：指君臣間的禮貌。卒：盡。迷：迷亂。㉛善人載尸：《箋》：「賢人君子則如尸矣，不復言語。」㉜殿屎：呻吟。㉝葵：通「揆」，猜，忖度。㉞蔑：無。資：財物。㉟惠：施恩。師：眾，指民眾。㊱牖：通「誘」，誘導。㊲壎：古陶製吹奏樂器。篪：古竹製管樂器。如壎

如篪：言相和也。㊳圭、璋：玉製禮器。《孔疏》：「半圭為璋，合二璋則成圭。」如璋如圭：言相合也。㊴攜：提。曰：語助詞。無益：沒有阻礙。益：通「隘」，阻礙。㊵辟：通「僻」，邪僻。㊶立辟：立法。辟，法。㊷价人：善人。《傳》：「价，善也。」藩：園囿之籬。㊸大師：大眾。垣：牆。㊹大邦：指諸侯國。㊺大宗：指同姓諸侯國。翰：楨幹。㊻懷德：以德存心，即有德行之意。寧：安寧，指國家說。㊼宗子：姚際恆云：「宗子，適子也。」即嫡子。㊽獨：孤立。斯：這。畏：可怕。㊾敬：敬畏，戒慎。㊿戲豫：嬉戲娛樂。(51)渝：《箋》云：「渝，變也。」指變異。馬瑞辰《毛詩傳箋通釋》云：「渝與怒對文，當讀為愉。《唐風》：『他人是愉。』《傳》：『愉，樂也。』喜、樂義近，猶云敬天之喜。作渝，假借字也。迅雷風烈為天之怒，則和風甘雨為天之喜。」(52)馳驅：放縱自恣。(53)曰：語助詞。明：光明。(54)王：陳奐《詩毛氏傳疏》：「王讀與往同，此謂假借也。」出王：進出來往。(55)旦：同「明」。(56)游衍：各處遊逛。馬瑞辰《毛詩傳箋通釋》：「游衍，即放散之義。」

蕩

周大夫用文王指責殷商的暴虐，以警周暴君。

蕩蕩上帝❶　敗壞法度的上帝，
下民之辟❷　就是下民的國君。
疾威上帝❸　嚴刑重斂的上帝，
其命多辟❹　他的政令多不正。

天生烝民❺
其命匪諶❻
靡不有初
鮮克有終❼
文王曰咨❽
咨女殷商
曾是強禦❾
曾是掊克❿
曾是在位
曾是在服⓫
天降滔德⓬
女興是力⓭
文王曰咨

老天生了眾百姓，
他的命令不真誠？
凡事莫不有開始，
可是結果少有成。
文王說：「唉！
可嘆息啊你殷商。
為何如此施暴強？
為何搜括把民傷？
為何小人居高位？
為何惡人把政當？
老天生下害人君，
你反用力來助長！」
文王說：「唉！

咨女殷商
而秉義類⑭
強禦多懟⑮
流言以對
寇攘式內⑯
侯作侯祝⑰
靡屆靡究⑱
文王曰咨
咨女殷商
女炰烋于中國⑲
斂怨以為德
不明爾德
時無背無側⑳

可嘆息啊你殷商。
你用的人是善良，
強梁的人就怨望。
流言蜚語得傳播，
寇盜攘奪愈猖狂。
他們又怨又咒罵，
無窮無盡來毀謗。」
文王說：「唉！
可嘆息啊你殷商。
你在國內咆哮狂，
招來怨恨以為當。
昏瞶不明爾本性，
後沒賢臣側少良。

爾德不明
以無陪無卿㉑
文王曰咨
咨女殷商
天不湎爾以酒㉒
不義從式㉓
既愆爾止㉔
靡明靡晦
式號式呼㉕
俾晝作夜
文王曰咨
咨女殷商
如蜩如螗㉖

昏聵不明爾本性，
誰作輔臣誰作相？」
文王說：「唉！
可嘆息啊你殷商，
天沒教你迷酒漿，
不該酗酒自恣狂。
容止威儀盡玷辱，
天晴天陰濫飲忙。
醜態畢呈號又呼，
白日作夜沉醉鄉。」
文王說：「唉！
可嘆息啊你殷商。
國家混亂如蟬唱，

如沸如羹
小大近喪㉗
人尚乎由行㉘
內奰于中國㉙
覃及鬼方㉚

文王曰咨
咨女殷商
匪上帝不時㉛
殷不用舊㉜
雖無老成人㉝
尚有典刑㉞
曾是莫聽
大命以傾㉟

社會動蕩如沸湯。
大政小事近喪亡，
有人還助暴政長！
國裡百姓被激怒，
憤怒擴大到遠方。」

文王說：「唉！
可嘆息啊你殷商。
並非上帝不善良，
是你不用那舊章。
雖然國無老成人，
還有典章可循仿。
為何不肯去聽從？
國家只好瀕喪亡。」

文王曰咨
咨女殷商
人亦有言
顛沛之揭㊱
枝葉未有害
本實先撥㊲
殷鑒不遠㊳
在夏后之世㊴

文王說：「唉！
可嘆息啊你殷商。
古人有話是這樣：
『樹木顛撲根出壞，
枝葉還沒受損害，
樹根卻先自受傷。』
以殷為戒事不遠，
就在夏代朝廷上。」

【注釋】

❶蕩蕩：《箋》：「法度廢壞之貌。」❷辟：君王。❸疾威：《箋》：「疾病人者，重賦斂也；威罪人者，峻刑法也。」即言君王貪暴。❹命：政令。辟：通「僻」，邪僻。❺烝：眾。❻諶：《傳》：「誠也。」匪：不。❼鮮：少。克：能。❽咨：嗟嘆。❾曾是：何楷《世本古義》云：「曰曾是者，怪詫之辭。上二句曾是，言何乃有是人？下二句曾是，言何乃用是人也？」《廣雅・釋言》：「曾，何也。」強御：強暴，凶殘。❿掊克：聚斂，指搜括人民的臣子說。⓫在服：馬瑞辰《毛詩傳箋通釋》：「在服，猶云在職，在任，在官。」⓬滔：《傳》：「滔，慢也。」滔德：陳奐《詩毛氏傳疏》：「慢德，言其德教之慢，即蕩蕩之意也。」指敗壞法度的奸佞之臣。⓭女：同「汝」。興：助長。力：用力。⓮而：通「爾」。秉：操持。義類：善類。⓯懟：怨恨。⓰寇攘：竊取，盜竊。⓱侯：於是。作、祝：《傳》：「作、祝，詛也。」馬瑞辰《毛詩傳箋通釋》：「作、祝古

同音……詛與咒，字異而義同。」⑱屆：極盡。究：窮。⑲炰烋：咆哮。⑳無背無側：《傳》：「背無臣，側無人也。」㉑陪：輔佐者。卿：公卿。㉒湎：沉迷於酒。㉓義：《傳》：「義，宜也。」從：讀為縱。式：用。㉔愆：喪失。止：儀容舉止。㉕式：語助詞。㉖蜩：《傳》：「蟬也。」螗：《傳》：「蝘也。」蝘，蟬之大者。㉗小大：指大小國政。㉘人：《箋》：「時人化之。」尚：還。由：從。行：道路。作動詞行走說。㉙奰：怒。㉚覃：延。鬼方：遠方。㉛不時：不善。㉜舊：指舊時好的典章制度。㉝老成：指舊時賢臣。㉞典刑：典，常也。刑，同「型」，指舊時成法常規。㉟大命：國家的命運。傾：覆亡。㊱顛沛之揭：《傳》：「顛，僕。沛，拔也。揭，見根貌。」㊲本：樹根。撥：馬瑞辰《毛詩傳箋通釋》：「撥，即『敗』之假借。」㊳鑑：鏡子；鑑戒。㊴夏后：指夏桀王。夏桀亡國，應是殷紂的一面鏡子，周亦應以殷為鑑。

抑

周大夫衛武公作以自儆並刺王室，後人以詩為箴銘之祖。

抑抑威儀❶　　縝密嚴肅的威儀，
維德之隅❷　　表示品德的方正。
人亦有言　　人們有過這樣話：
靡哲不愚　　「哲人無不像愚蠢。」

庶人之愚
亦職維疾
哲人之愚
亦維斯戾❸
無競維人❹
四方其訓之
有覺德行❺
四國順之
訏謨定命❻
遠猶辰告❼
敬慎威儀
維民之則
其在于今

普通人們的蠢笨，
恰是他們的毛病。
哲人表現的愚蠢，
就因害怕遭罪刑。
強國莫過得賢人，
各國早已有教訓。
有了正直的品德，
四方各國都歸順。
深謀遠慮定大計，
遠謀按時告國人。
舉動敬慎保威儀，
就是人民的典型。
可是時間到今天，

興迷亂于政❽
顛覆厥德
荒湛于酒
女雖湛樂從❾
弗念厥紹❿
罔敷求先王⓫
克共明刑⓬
肆皇天弗尚⓭
如彼泉流
無淪胥以亡⓮
夙興夜寐
灑掃廷內⓯
維民之章

昏迷攪亂了國政。
功德已被你傾敗，
沉湎酒中醉不醒。
追求快樂你好酒，
不念子孫怎繼承？
不去廣求先王策，
怎將明法去執行？
故今皇天不保佑，
好比泉水向下流，
不都沉淪而敗亡？
早早起床深夜休，
灑掃庭堂和室內，
做人表率稱優秀。

修爾車馬
弓矢戎兵
用戒戎作⑯
用逷蠻方⑰

質爾人民⑱
謹爾侯度
用戒不虞
慎爾出話
敬爾威儀
無不柔嘉⑲
白圭之玷
尚可磨也
斯言之玷

整好你的車和馬，
又把弓箭刀槍修，
用來戒備戰爭起，
用來治服蠻邦酋。

告誡你的人民們，
謹守為君那法度，
以備不測的事變。
謹慎你說的話語，
尊重你們的威儀，
沒有不妥不善處。
白圭上面有污點，
還可把它來磨去。
這話若是有錯誤，

不可為也
無易由言
無曰苟矣⑳
莫捫朕舌㉑
言不可逝矣㉒
無言不讎㉓
無德不報
惠于朋友
庶民小子
子孫繩繩㉔
萬民靡不承
視爾友君子
輯柔爾顏㉕

無法把它收得住。
不要隨便就發言，
莫說苟且如是喲！
沒人按住我舌頭，
語言滑出難回收！
無一善言無反應，
無一施德不報恩。
愛護屬下及群臣，
惠及民眾子弟們。
子孫繩繩承祖訓，
萬民無不來承順。
對待諸侯及公卿，
和顏悅色笑臉迎。

不遐有愆
相在爾室
尚不愧于屋漏㉖
無曰不顯
莫予云覯㉗
神之格思㉘
不可度思㉙
矧可射思㉚
辟爾為德㉛
俾臧俾嘉㉜
淑慎爾止㉝
不愆于儀
不僭不賊㉞

不免有些錯與過。
獨處暗室要剛正。
人在暗處心不愧，
莫說：「暗室可欺心，
無人能把我看清。」
神靈時時會來臨，
不可捉摸難預知，
怎能厭棄不敬神！
發揚你的好德行，
使它盡善又盡美。
談吐行為要謹慎，
切莫把那威儀失。
不犯過錯不害人，

鮮不為則
投我以桃
報之以李
彼童而角
實虹小子㉟
荏染柔木㊱
言緡之絲㊲
溫溫恭人
維德之基
其維哲人
告之話言㊳
順德之行
其維愚人

都當法則來遵行。
有人贈我以紅桃，
報他用那甜李子。
羊崽沒角裝有角，
實際敗壞你小子。
堅韌柔軟的木料，
可以佩弦來做弓。
性情和順的人們，
根基要以德為重。
他是一個明哲人。
告他嘉言或善語，
他就聽從去行動。
他是一個愚蠢人，

覆謂我僭
民各有心
於乎小子㊴
未知臧否㊵
匪手攜之㊶
言示之事
匪面命之㊷
言提其耳
借曰未知㊸
亦既抱子
民之靡盈㊹
誰夙知而莫成㊺
昊天孔昭

反說我言不可信，
這是人心各不同！
唉！他這年輕人！
不辨善惡和孬好，
非但用手牽著他，
還把事理向他告。
非但當面訓導他，
還提耳朵把他教。
假使說他還無知，
他已經把兒子抱。
人們若是不自滿，
誰會早知晚做好！
昊天非常能明察，

我生靡樂
視爾夢夢
我心慘慘 ㊻
誨爾諄諄 ㊼
聽我藐藐 ㊽
匪用為教
覆用為虐 ㊾
借曰未知
亦聿既耄 ㊿

於乎小子
告爾舊止 (51)
聽用我謀
庶無大悔

我的生活沒快樂，
瞧你懵懂又昏亂，
我心鬱悶真難過。
我總諄諄教導你，
你卻聽不進耳朵。
非但不當是忠信，
反而將它當戲謔。
假使說你是無知，
你已活到九十多！

唉！你這年輕人！
告你先王的舊章，
你若聽我的計謀，
可望無悔無憂傷。

天方艱難52
曰喪厥國53
取譬不遠
昊天不忒54
回遹其德55
俾民大棘56

形勢正當艱難時，
你的國家快喪亡。
比方打得並不遠，
懲過罰失天不爽。
你的品行仍邪辟，
就使人民遭禍殃。

【注釋】

❶抑抑：慎密。《箋》：「抑抑然，是其德必嚴正也。」❷隅：本義是屋之四角，借以喻品德方正。❸戾：罪。❹無競維人：競，強。言人君為政，無強於得賢人。❺覺：直，通「梏」。高大，正直。《禮記》引作「梏」。❻訏：大。謨：謀。❼猶：同「猷」，謀略。辰：時，按時。❽興：語詞。❾女：同「汝」。雖：惟。湛樂：吃喝玩樂。從：從事。❿紹：繼承者。⓫罔：不。敷：廣。先王：指先王治國之道。⓬克：能。共：通「拱」，執行。刑：法。⓭肆：於是，故今。尚：佑助。⓮無：王引之《經義述聞》：「發聲詞。」淪：率。胥：相。以：而。故無淪胥以亡，即相率而亡。⓯廷：庭院。內：室內。⓰戒：戒備。戎作：戎事。⓱逷：治服；剪除。⓲質：誡，安定。⓳柔嘉：柔和妥善。柔，安定和平。嘉，善美。⓴無曰苟矣：《箋》：「無曰苟且如是。」㉑捫：執持。朕：我。秦始皇開始用作帝王自稱。㉒逝：本作往，句中作「追回來」解。㉓讎：答，應驗。㉔繩繩：戒慎貌。㉕輯：《傳》：「和也。」輯柔爾顏：即和顏悅色。㉖屋漏：《傳》：「西北隅謂之屋漏。」室內西北角隱蔽處。㉗云：語助詞。覯：看見。㉘格：至。思：語詞。㉙度：揣測。㉚矧：況且。射：通「斁」，厭惡。㉛辟：明。馬瑞辰《毛詩傳箋通釋》：「辟爾為德，猶云明爾德也。」為：語詞。㉜臧：嘉，善。俾：使。㉝淑：善。止：容止，即行為。㉞僭：差錯，過失。賊：殘害。㉟彼童而角，實虹小子：童，無角羊。而角，以為有角。虹，即「訌」，潰亂。通句謂：那無角之羊自以為有角，實是幼稚無知，潰亂了小子自

己。㊱荏染：堅韌。柔大，指可做琴瑟的椅、桐、梓、漆等類木料。㊲言：句首助詞。緡：被，即安上。絲：絲弦。㊳話言：陳奐《詩毛氏傳疏》：「話當為詁字之誤……詁，故言也。」故言，即古老的善語嘉言。㊴於乎：同「嗚呼」，嘆詞。㊵臧：善。否：惡。㊶匪：非但。㊷命：教道。㊸借曰：假如說。未知：無知。㊹靡盈：不自滿，不自詡。㊺夙：早。夙知：早慧。莫：同「暮」。暮成：晚成。㊻慘慘：悲傷愁悶貌。㊼諄諄：教誨不倦貌。㊽藐藐：輕視聽不進貌。㊾虐：「謔」的借字，戲謔，耍笑。㊿聿：助詞。耄：八十或九十歲為耄。(51)舊：指舊典章制度，或先王的禮法制度。(52)艱難：災難。(53)曰：發語詞。(54)忒：偏差。昊天不忒：上天懲過罰罪不會有絲毫偏差。(55)回遹：邪僻。(56)棘：通「急」，危急。

桑柔

周大夫芮伯責周厲王用小人，行暴政，招外侮，禍人民的罪行，並陳述救國之道。

菀彼桑柔❶　茂盛桑樹葉兒嫩，
其下侯旬❷　樹下寬廣遍地蔭。
捋采其劉❸　摘去葉兒樹枝稀，
瘼此下民❹　炎熱曬苦樹下人。
不殄心憂❺　悲苦憂愁永不斷，

倉兄填兮⑥
倬彼昊天⑦
寧不我矜⑧
四牡騤騤⑨
旟旐有翩⑩
亂生不夷
靡國不泯⑪
民靡有黎⑫
具禍以燼⑬
於乎有哀
國步斯頻⑭
國步蔑資⑮
天不我將⑯

喪亡禍亂長滋生。
又明又大的昊天，
怎不哀憐我人民？
四馬不停往前跑，
鳥旗龜旗路上飄。
禍亂發生不平靜，
無一國家不紛擾。
老人遭罪難活命，
民眾被禍免者少。
真可嘆息真哀痛，
國運艱難真糟糕！
國家窮困民財盡，
老天不助我這人。

靡所止疑⑰
云徂何往
君子實維
秉心無競⑱
誰生厲階⑲
至今為梗⑳

憂心慇慇㉑
念我土宇㉒
我生不辰㉓
逢天僤怒㉔
自西徂東
靡所定處
多我覯痻㉕

沒有歸宿無定所，
前途茫茫哪方行？
諸侯大夫這樣幹，
存心不善還好爭。
是誰製造這禍根？
直到今天還害人！

心中隱隱感痛楚，
常常懷念我國土。
我生沒逢好時候，
恰遇老天在盛怒。
從那西方到東方，
完全沒有定居處。
我遭痛苦實在多，

孔棘我圉㉖
為謀為毖㉗
亂況斯削㉘
告爾憂恤㉙
誨爾序爵㉚
誰能執熱㉛
逝不以濯㉜
其何能淑
載胥及溺㉝

如彼溯風㉞
亦孔之僾㉟
民有肅心㊱
荓云不逮㊲

十分緊急我邊土！
為國善謀慎掌握，
亂情可能得減削？
告你如何恤國家，
教你如何封官爵。
誰能以手執紅炭，
不去找水來澆洗？
此輩怎能善國事，
只會相率自沉溺！

好比迎面疾風飄，
呼吸不暢喘又哮。
人民本有進取心，
使他卻退不及到。

好是稼穡
力民代食㊳
稼穡維寶
代食維好

天降喪亂
滅我立王
降此蟊賊㊴
稼穡卒痒㊵
哀恫中國㊶
具贅卒荒
靡有旅力㊷
以念穹蒼㊸
維此惠君㊹

有志難申從農事，
與民同耕代祿食。
耕種收割實是寶，
農耕代食就是好。

老天降下禍國殃，
意在毀我所立王。
降下這些害苗蟲，
莊稼盡都糟踏光。
真可哀痛我中國，
遍地災荒快滅亡。
大家幹活沒出力，
無法感動那上蒼。
只有順民的君王，

民人所瞻
秉心宣猶㊺
考慎其相㊻
維彼不順
自獨俾臧
自有肺腸
俾民卒狂

瞻彼中林
甡甡其鹿㊼
朋友已譖㊽
不胥以谷㊾
人亦有言
進退維谷㊿

才為人民所瞻仰！
存心遍謀於眾人，
慎擇賢臣與輔相。
不順民心的君王，
以為所用都善良。
別具心腸自主張，
使民迷惑如發狂！

看到那個森林中，
麌鹿成群多無窮。
同僚互相不信任，
不相友好不相容。
人們曾經這樣說：
「進退兩難路不通！」

維此聖人
瞻言百里 (51)
維彼愚人
覆狂以喜
匪言不能
胡斯畏忌 (52)
維此良人
弗求弗迪 (53)
維彼忍心
是顧是復
民之貪亂
寧為荼毒 (54)

只有這些明哲人，
目光高遠過百里。
只有那些愚蠢漢，
鼠目寸光還狂喜。
並非有話不能說，
為何畏忌加罪你？
只有這些善良人，
不去貪求不鑽營。
只有那些忍心者，
瞻顧反復私念存。
人民貪亂因暴政，
誰願作這壞事情？

大風有隧 (55)
有空大谷
維此良人
作為式穀
維彼不順
彼以中垢 (56)
大風有隧
貪人敗類 (57)
聽言則對
誦言如醉
匪用其良
覆俾我悖 (58)

大風吹時有來路，
來自空洞大谷中。
只有這些善良人，
行用善道好作風！
只有那些悖理者，
行為暗昧是孬種。
大風吹時有來路，
貪鄙的人是敗類！
聽見諛言就對答，
聽見諫語裝酒醉。
並不任用善良人，
反而視我為逆悖！

嗟爾朋友
予豈不知而作[59]
如彼飛蟲[60]
時亦弋獲
既之陰女[61]
反予來赫[62]
民之罔極[63]
職涼善背[64]
為民不利
如云不克
民之回遹[65]
職競用力

可嘆你們同僚友，
我豈不知你所行？
好比那些高飛鳥，
有時也被獵人擒。
我終對你來庇蔭，
你反用話拒絕人！
民之所以失中心，
是信善騙的小人。
為政暴虐不利民，
如恐害人不得勝。
民之所以行邪辟，
因用暴力來執政！

民之未戾(66)
職盜為寇(67)
涼曰不可(68)
復背善詈(69)
雖曰匪予
既作爾歌(70)

民亂至今沒安定，
由於朝廷有盜行！
說你行為不可以，
反而背我大罵人。
雖說「為虐不是我」，
終作此歌盼改正！

【注釋】

❶菀：茂盛貌。桑柔：即柔桑。❷侯：維。旬：《傳》：「旬，言陰均也。」指桑葉茂盛，樹蔭均布。❸劉：《傳》：「劉，爆爍而稀也。」爆爍，同「剝落」，指桑被採摘稀疏少葉。❹瘼：病，害。❺殄：斷絕。❻倉兄：同「愴怳」。《傳》：「倉，喪也。兄，滋也。填，久也。」《箋》：「喪亡之道滋長久。」❼倬：《箋》：「明大貌。」❽寧：乃，竟。矜：憐憫，同情。❾騤：《傳》：「不息也。」❿旟、旐：古代畫有鳥、隼、龜、蛇的軍旗。有翩：猶翩翩，旌旗飄動飛揚貌。⓫泯：亂也。⓬黎：《傳》訓齊，《詩集傳》訓黑，王引之《經義述聞》訓眾。齊、眾，同一義，黎又解為「老」，「老人。」民靡有黎，謂民眾中少有老人，因老人多轉死溝壑。⓭具：通「俱」。燼：餘燼，灰燼。⓮國步：朱熹《詩集傳》：「國步，猶言國運。」斯：是。頻：危急。⓯蔑資：無資財。蔑，無有。⓰將：助。⓱疑：定。止疑：定居，安身。⓲秉心：存心。無競：無爭。⓳厲階：禍端，禍根，罪惡之源。⓴梗：害，災難。㉑慇慇：憂傷貌。㉒土宇：土地房屋，指國家。㉓生不辰：生不逢時。辰，時。㉔僤：《傳》：「厚也。」僤怒：即重怒。㉕覯：遇。痻：病。指災禍。㉖棘：通「急」。圉：邊疆。㉗毖：謹慎。㉘亂況：亂狀。斯：乃。削：消除。㉙憂恤：憂心國事，恤憫人民。㉚序爵：按賢否次序授官。㉛執熱：朱《詩集傳》：「手持熱物也。」㉜逝：發語詞。濯：浴洗。㉝載：則。胥：皆。㉞溯：逆。㉟僾：窒息。㊱肅心：進取心。㊲荓：使。云：有。不逮：不及。㊳力民：使民用力耕種。代食：指官吏不勞坐

食。又（王肅說）指「以稼穡所獲代替祿食。」㊴蟊賊：《箋》：「蟲食苗根曰蟊，食節曰賊。」㊵卒：完全。痒：病。㊶恫：痛。㊷旅：同「膂」。旅力：體力。㊸念：感動。穹蒼：蒼天。㊹惠：順。惠君：通情達理，順體民心的君王。㊺宣：偏。猶：通「猷」。宣猶：《箋》：「宣，偏。猶，謀……維至德順民之君，為百姓所瞻仰者，乃執正心，舉事偏謀于眾。」㊻考慎：慎重考察。相：輔佐大臣。㊼甡甡：眾多貌，同「莘莘」。㊽譖：相欺不相信。㊾谷：善，友好。㊿維：是。谷：窮。(51)瞻言：言，作句中語助「焉」。瞻，看。(52)胡：何。畏忌：畏懼得罪。(53)迪：進，指鑽營。(54)荼毒：毒害、殘害。荼：苦菜，借以言人之苦。毒：蛇蟲有毒，借以喻人之苦。言民苦暴政，欲其亂亡，故寧為苦毒之行。(55)隧：《傳》：「道也。」(56)征：《箋》：「征，行也。」以：猶于也。姚際恆《詩經通論》云：「征以中垢，謂行以中藏之污穢也。」(57)貪人：貪財枉法者。敗類：殘害同類者。一說類，善。謂「貪人有惡行，敗於善道。」(58)悖：違理。(59)而：同「你」。而作：你的行為。(60)飛蟲：飛鳥。(61)陰：同「蔭」，庇護。(62)赫：《箋》：「口拒人謂之赫」。通「嚇」。(63)罔極：無法則，失中心，無準則。(64)職涼善背：善背，善於背叛、欺騙的小人。《箋》云：「職，主。涼（同諒），信也。主由為政者信用小人。」(65)回遹：邪辟。(66)戾：《傳》：「定也。」安定。(67)職盜為寇：《箋》：「為政者，主作盜賊，為寇害，令民心動搖，不安定也。」(68)涼：語詞。(69)覆：反而。背：背面。善：《箋》：「善猶大也。」(70)雖曰匪予，既作爾歌：《箋》：「予，我也。女雖抵距（拒），已言此政非我所為，我已作女所行之歌，女當受之而改悔。」

雲漢

周宣王遭受大旱，民喪國危，祭神求雨。

倬彼雲漢❶

昭回于天❷

那個浩大的天河，

光芒在天來轉運。

王曰於乎
何辜今之人❸
天降喪亂
饑饉薦臻❹
靡神不舉❺
靡愛斯牲❻
圭璧既卒❼
寧莫我聽❽
旱既大甚
蘊隆蟲蟲❾
不殄禋祀❿
自郊徂宮
上下奠瘞

王說：唉！
今人犯了啥罪行？
老天降下這禍災，
饑荒連年在發生。
無一神前不去祭，
並未愛惜那犧牲。
祭祀圭玉已用盡，
為何充耳如不聞？
旱情既然很嚴重，
酷暑乾雷人如蒸。
並未斷絕去祭祀，
從那郊區到宮廷。
奠酒埋玉祭天地，

靡神不宗⑪
后稷不克⑫
上帝不臨
耗斁下土⑬
寧丁我躬⑭
旱既大甚
則不可推⑮
兢兢業業⑯
如霆如雷
周餘黎民
靡有孑遺⑰
昊天上帝
則不我遺⑱

無一神明不尊敬。
先祖后稷不保佑，
上帝也不會來臨。
破壞下土的災難，
為何恰恰落我身？
旱情既然很嚴重，
災禍難除真可畏。
兢兢業業憂又怕，
好像霹靂像炸雷。
周朝留下的黎民，
沒有一人不受罪！
昊天上帝降大旱，
不對我們來慰問。

胡不相畏
先祖于摧⑲
旱既大甚
則不可沮⑳
赫赫炎炎㉑
云我無所㉒
大命近止㉓
靡瞻靡顧
群公先正㉔
則不我助
父母先祖
胡寧忍予
旱既大甚

怎不叫我畏旱災？
先祖之神何所歸！
旱情既然很嚴重，
無法可以給止住？
旱氣赫赫炎燻人，
要想遮蔭無去處！
死亡大限接近了，
天不瞻前不後顧！
百辟卿士諸公神，
就不前來把我助？
先祖父母文和武，
何能忍心不救苦？
旱情既然很嚴重，

滌滌山川㉕
旱魃為虐㉖
如惔如焚㉗
我心憚暑
憂心如熏
群公先正
則不我聞㉘
昊天上帝
寧俾我遯㉙
旱既大甚
黽勉畏去㉚
胡寧瘨我以旱㉛
憯不知其故㉜

川涸無水山無樹。
旱魃之神來為惡，
如燒如焚遍地枯。
我的心裡真怕熱，
憂心好比火焚住。
百辟卿士諸公神，
就不把我來關注，
昊天上帝降大旱，
為啥使我遭困苦？
旱情既然很嚴重，
勉力除去這痛苦。
為啥害我用旱災？
曾不知道是何故。

祈年孔夙㉝
方社不莫㉞
昊天上帝
則不我虞㉟
敬恭明神
宜無悔怒

旱既大甚
散無友紀㊱
鞫哉庶正㊲
疚哉冢宰㊳
趣馬師氏㊴
膳夫左右㊵
靡人不周㊶

祈年祭祀十分早，
祭方祭社不遲暮。
昊天上帝降大旱，
不把我心來忖度？
恭恭敬敬祭神明，
不該對我生恨怒！

旱情既然很嚴重，
沒有綱紀亂得久。
真窮困呀眾官累，
快病倒呀冢宰愁。
還有趣馬和師氏，
膳夫以及王左右。
沒有一人不待救，

無不能止㊷
瞻卬昊天㊸
云如何里㊹
瞻卬昊天
有嘒其星㊺
大夫君子
昭假無贏㊻
大命近止
無棄爾成
何求為我
以戾庶正㊼
瞻卬昊天
曷惠其寧㊽

民窮財盡災不拯，
仰頭看看那昊天，
為何使我如此憂？
仰首看看那昊天，
微光燦爛是眾星。
那些君子卿大夫，
請神不怠誠心迎。
死亡大限接近了，
不要放棄你功勛！
難道祈求為了我？
為的安定眾官心。
仰頭又看那昊天，
啥時賜我以安寧？

【注釋】

❶倬：大。雲漢：銀河，天河。❷昭：明亮，指天河之光。回：運轉。❸辜：罪。❹薦：再，多次。臻：至。❺舉：祭祀。❻愛：吝惜。牲：畜牲，指牛羊等。❼卒：用盡。❽寧：何。❾蘊隆蟲蟲：馬瑞辰《毛詩傳箋通釋》云：「蘊隆謂暑氣鬱積而隆盛，蟲蟲則熱氣熏蒸之狀也。《傳》分蘊隆為暑雷，似非詩義。」❿殄：斷絕。禋祀：祭祀。⓫宗：尊敬。⓬克：能，止，指制止旱災說。⓭耗：損耗。斁：敗壞。⓮丁：逢，遭遇。⓯推：除去，排開。⓰兢兢：恐懼。業業：危也。⓱孑遺：剩餘，遺留。⓲遺：贈送，問慰。⓳于：而。摧：《傳》：「至也。」言大旱，民餓死，先祖何所歸而至乎？⓴沮：止住。㉑赫赫炎炎：《傳》：「赫赫，旱氣也。炎炎，熱氣也。」㉒云：《毛詩傳箋通釋》：「云，為『雲』字古文，象回旋之形……有庇蔭之象。」㉓大命：生命。止：停止，死亡。㉔群公：陳奐《詩毛氏傳疏》：「群公即辟公，卿士謂先正……當祀先世之諸侯卿士。」㉕滌滌山川：《傳》：「滌滌，旱氣也。山無木，川無水。」㉖旱魃：古代傳說致旱災的鬼。㉗惔：燒。㉘聞：恤問。㉙遁：《毛詩傳箋通釋》：「按遁、屯古同聲，當讀如屯難之屯。又遁、困亦同聲……寧俾我遁，猶云乃使我困也。」㉚黽：勉力。畏去：《毛詩傳箋通釋》：「《廣雅》：『畏，惡也。』畏去，謂苦此旱而惡去之也。」㉛瘨：害。以：用。㉜憯：曾。㉝孔夙：很早。㉞方：祭四方之神。社：祭土神，兼作動詞用。莫：同「暮」。㉟虞：度，考慮。㊱友：「有」的假借。紀：法紀。㊲鞫：窮困。庶正：《箋》：「眾官之長也。」㊳疚：憂慮。冢宰：朱熹《詩集傳》：「眾長之長也。」㊴趣馬：掌馬政之官。師氏：《詩集傳》：「掌以兵守王門者。」㊵膳夫：掌飲食之官。左右：供使令之官。㊶周：「賙」字的假借，周濟。㊷無不能止：言諸臣無有自言不能賙救，因而停止的。又解：無，貧乏。通句云：窮困貧乏，無力竭止民眾之疾苦。㊸卬：通「仰」，仰望。㊹云：發語詞。里：通「悝」，憂愁。㊺嘒：《傳》：「眾群貌。」星多仍晴無雨貌。㊻昭假無贏：《詩集傳》：「昭，明。假，至也。」《毛詩傳箋通釋》：「《說文》、《廣雅》並曰：緢，緩也。《箋》訓贏為緩，義與緢同，但以文義求之，詩蓋勉群臣敬恭祀典之意。言誠能贏差者……猶言無差忒耳。」㊼戾：安定。㊽曷：何，何時。惠：賜給。

崧高

周卿士尹吉甫送申伯就封於謝以統帥南邦。

崧高維嶽❶
駿極于天❷
維嶽降神
生甫及申
維申及甫
維周之翰
四國于蕃
四方于宣❸
亹亹申伯❹

四嶽巍巍是名山，
高大可以頂到天。
嶽降神靈生和氣，
甫侯申伯來出現。
唯有申伯和甫侯，
乃是周室的中堅。
他們屏藩諸侯國，
還到四方把恩宣。
申伯勤勉為卿士，

王纘之事(5)
于邑于謝(6)
南國是式(7)
王命召伯(8)
定申伯之宅
登是南邦(9)
世執其功

王命申伯
式是南邦
因是謝人(10)
以作爾庸(11)
王命召伯
徹申伯土田(12)

王使申伯繼其事。
往修都邑在謝地，
把那南方來統治。
周王又命那召公，
申伯居宅你建置。
成為南方的邦國，
掌握政教傳世世。

王命申伯這大臣，
作為統治在南境。
依靠謝地的百姓，
建好你國的都城。
王又命令那召公，
申伯土田你治定。

王命傅御⑬
遷其私人⑭
申伯之功
召伯是營
有俶其城⑮
寢廟既成⑯
既成藐藐⑰
王錫申伯
四牡蹻蹻⑱
鉤膺濯濯⑲
王遣申伯
路車乘馬
我圖爾居

王又命令那家宰，
申伯家臣你遷申。
申伯遷謝的事情，
乃是召公去經營。
於是修繕那都邑，
宮室宗廟也建成。
寢廟修得很壯美，
王賜申伯有功臣，
又賜四馬極雄壯，
金鉤胸纓亮晶晶。
王遣申伯去南方，
賜予大車和四馬。
我考慮你居住處，

莫如南土
錫爾介圭[20]
以作爾寶
往近王舅[21]
南土是保
申伯信邁[22]
王餞于郿
申伯還南
射于誠歸[23]
王命召伯
徹申伯土疆
以峙其粻[24]
式遄其行[25]

莫如南土為最佳。
特別賜你大玉圭，
作你國寶手執它。
去吧我的好大舅，
南土你去安居吧！
申伯信宿回國邸，
王給餞行於郿地。
申伯從此還南土，
誠心要到謝邑去。
王又命令那召公，
你治申國的界地。
備好沿途用的糧，
加速申伯回國裡。

申伯番番㉖
既入于謝
徒御嘽嘽㉗
周邦咸喜㉘
戎有良翰㉙
不顯申伯㉚
王之元舅
文武是憲㉛

申伯之德
柔惠且直
揉此萬邦㉜
聞于四國
吉甫作誦

威武申伯回了國，
他既已經來到謝。
隨從徒御很歡欣，
邦內到處都喜悅。
你們得了好國君，
真是顯耀那申伯。
他是周王的大舅，
文武雙全為典則。

申伯有著好道德，
柔和溫順而正直。
以德去安那萬邦，
聲譽聞於諸侯國。
吉甫作了這篇頌，

其詩孔碩㉝
其風肆好㉞
以贈申伯

詩意深切很出色。
清風化育非常好，
頌詩讚詞贈申伯。

【注釋】

❶崧：《傳》：「高貌，山大而高曰崧。」又崧山是五嶽里的中嶽，在河南登封縣。❷駿：「峻」的假借字，高大曰峻。❸四國于蕃，四方于宣：陳奐《詩毛氏傳疏》：「于，為也。言為蕃四國，為宣四方。」作宣撫解。又馬瑞辰《毛詩傳箋通釋》：「宣與蕃對言，宣當為『垣』之假借。」都通。言為國與四方的圍牆。❹亹亹：勤勉貌。❺纘：繼承。❻于邑于謝：《孔疏》：「申伯先封于申，本國近謝。今命為州牧，故改邑于謝。」❼南國：謝在周之南，指周王朝南邊的國家。式：法式，榜樣。引申為統治。❽召伯：名虎，周宣王卿士，又稱召穆公。❾登：《傳》：「成也。」南邦：指謝邑。❿因：依靠。⓫庸：通「墉」，城。⓬徹：治理。⓭傅：太傅。御：治事之官。⓮私人：家臣等。⓯俶：作，修建。⓰廟畝：古代宗廟又稱寢廟。《月令》鄭注：「凡廟，前曰廟，后曰寢。」⓱藐藐：華美貌。⓲蹻蹻：強壯貌。⓳鉤膺：套在馬前頸上的帶飾。濯濯：光澤貌。⓴介：大。通「玠」，大圭。㉑近：語助詞。㉒信：再宿。邁：行。一說「信實欲行」。皆通。㉓謝于誠歸：誠心去謝邑。㉔峙：儲備。粻：行糧。㉕式：用。遄：迅速。㉖番番：勇武貌。㉗徒：步卒。御：駕車人。嘽嘽：眾多貌。㉘周：遍。邦：謝邑。㉙戎：猶汝。良翰：好屏障，好保障，引申為有了好國君。㉚不：同「丕」，大也。顯：顯赫。㉛憲：法則，模範。㉜揉：亦作「柔」，安撫。㉝孔：很。碩：大。指詩意深切。㉞風：曲調。肆好：極好。

烝民

尹吉甫送仲山甫往齊築城，贊美宣王使賢任能，兼贊仲山甫才德出眾。

天生烝民❶
有物有則❷
民之秉彝❸
好是懿德
天監有周
昭假于下❹
保茲天子
生仲山甫

仲山甫之德

老天生下眾人民，
有事物來有法則。
人民遵守有常道，
全都愛好這美德。
老天看到周政教，
感化百姓用明德。
為了保愛周天子，
生仲山甫這英哲！

仲山甫的好道德，

柔嘉維則
令儀令色❺
小心翼翼
古訓是式
威儀是力❻
天子是若❼
明命使賦❽
王命仲山甫
式是百辟
纘戎祖考❾
王躬是保
出納王命
王之喉舌❿

柔和良善是準則。
儀容好來風度好，
恭敬小心了不得。
先王遺典他效法，
君子威儀他勤習。
天子於是選擇他，
政令由他布於國。
周王命令仲山甫，
作為典範統百君。
繼續光大祖先業，
保護王的這一身。
傳達王頒的命令，
作為王的喉舌臣。

賦政于外
四方爰發⑪
肅肅王命⑫
仲山甫將之⑬
邦國若否⑭
仲山甫明之
既明且哲
以保其身
夙夜匪懈
以事一人
人亦有言
柔則茹之⑮
剛則吐之

布發政令於域外，
四方於是去施行。
周王政令威又嚴，
是仲山甫來執行。
畿外邦國的善惡，
惟仲山甫辨得清。
既有智慧又明哲，
能保國家保自身。
早晚勤勉不懈怠，
以事宣王家天下。
人們有過這樣話，
「軟的東西他吞下，
硬的東西他就吐」。

維仲山甫⑯
柔亦不茹
剛亦不吐
不侮矜寡⑰
不畏強禦⑱
人亦有言
德輶如毛⑲
民鮮克舉之
我儀圖之⑳
維仲山甫舉之
愛莫助之
袞職有闕㉑
維仲山甫補之

只有這個仲山甫，
軟的東西他不吞，
硬的東西他不吐。
不去侮辱孤苦人，
不怕強暴來嚇唬。
人們有過這樣話：
「道德品行輕如髮，
可少有人能舉它。」
我曾自己考慮過：
惟仲山甫能舉它，
可惜不能幫助他。
天子如果有缺點，
仲山甫能補救他。

仲山甫出祖㉒
四牡業業㉓
征夫捷捷㉔
每懷靡及㉕
四牡彭彭㉖
八鸞鏘鏘
王命仲山甫
城彼東方
四牡騤騤㉗
八鸞喈喈㉘
仲山甫徂齊㉙
式遄其歸㉚
吉甫作誦

仲山甫遠出行路祭！
四匹大馬高又壯，
從行人員喜洋洋，
惟恐懷私趕不上。
馬不停蹄聲彭彭，
八只鸞鈴響噹噹，
周王命令仲山甫，
前往築城在東方。
四馬齊奔聲騤騤，
八只鸞鈴響喈喈，
仲山甫到齊地去，
盼他加速回國來！
吉甫作了這篇誦，

穆如清風㉛
仲山甫永懷㉜
以慰其心

和如清風緩吹開。
遠行勞思仲山甫。
用詩安慰他胸懷！

【注釋】

❶烝：眾。❷物：事物。則：法則。有物有則：所有事物都有法則。❸秉：稟賦。彝：常理。❹昭假：昭，明；假，至。《詩集傳》：「天之監視有周，能以昭明之德感格于下。」一說精神上致乎神靈，即祈禱神靈。❺令：善。儀：儀容，風度。❻力：盡力去做。作動詞用。❼若：選擇。一說順從。❽明命：政令。賦：宣布。❾纘：繼承。戎：你。❿喉舌：指代言人說。⓫爰：於是。發：行使，執行。⓬肅肅：莊嚴貌。⓭將：奉行。⓮若否：《箋》：「若，順也。順否，猶藏否，謂善、惡也。」⓯茹：吃。⓰維：同「惟」，惟有。⓱矜寡：即「鰥寡」。矜，音義同「鰥」。⓲強禦：強悍。⓳輶：輕。⓴儀圖：《詩集傳》：「儀，度。圖，謀也。」㉑袞：天子所穿龍衣。袞職：王職也。闕：缺點，缺失。不敢直言王缺點。以袞職代天子。㉒出：出差。祖：祭路神。㉓業業：高大貌。㉔捷捷：《傳》：「言樂事也。」又疾貌。㉕每懷靡及：《箋》：「每人懷其私而相稽留，將無所及于事。」㉖彭彭：蹄聲。一說馬不停蹄貌。㉗騤騤：蹄聲。一說馬強壯貌。㉘八鸞：馬八鈴。一馬二鈴，四馬八鈴。喈喈：鈴聲。㉙徂：往。㉚遄：迅速。㉛穆：和美。㉜仲山甫永懷：《箋》：「仲山甫述職，多所思而勞。」嚴粲《詩緝》：「仲山甫心在王室，其在外多有所懷思。」

韓奕

尹吉甫贊周宣王任用賢能，並讚揚韓侯才能出眾。

奕奕梁山❶
維禹甸之❷
有倬其道❸
韓侯受命
王親命之
纘戎祖考❹
無廢朕命
夙夜匪解❺
虔共爾位❻
朕命不易

奕奕梁山高又高，
是禹把它來治好。
倬然顯明有道德，
韓侯受命為侯好。
周王親自命令他，
繼承你的先祖考。
別將我令來丟開，
早夜勤勉勿懈怠。
固守崗位勤職事，
我的命令不會改。

榦不庭方❼
以佐戎辟❽

四牡奕奕
孔修且張❾
韓侯入覲❿
以其介圭⓫
入覲于王
王錫韓侯
淑旂綏章⓬
簟茀錯衡⓭
玄袞赤舄⓮
鉤膺鏤鍚⓯
鞹鞃淺幭⓰

不來朝覲糾正它，
以助你君來主宰。

四馬奕奕高又大，
特別長來特別大。
韓侯要來朝周王，
捧那大圭獻王家。
入參周王行覲禮，
王賜車服更豪華。
秀美龍旂竿旄浮，
花席車蔽轅彩優。
黑色袞衣大紅靴，
鉤上刻金飾馬頭。
淺毛虎皮覆軾上，

鞗革金厄⑰
韓侯出祖⑱
出宿于屠⑲
顯父餞之
清酒百壺
其殽維何⑳
炰鱉鮮魚
其蔌維何
維筍及蒲
其贈維何
乘馬路車
籩豆有且
侯氏燕胥㉑

以金為環纏轡首。
韓侯遠出行路祭，
中途歇在那屠地。
顯父為他來餞行，
清酒百壺擺滿席。
席上佳餚是什麼？
火烹大鱉和鮮魚。
席上蔬菜又是啥？
新鮮竹筍嫩蒲芽。
用些什麼贈送他？
大車駕上那乘馬。
食器籩豆多又多，
餞行諸侯都參加。

韓侯取妻
汾王之甥
蹶父之子
韓侯迎止
于蹶之里
百兩彭彭㉒
八鸞鏘鏘
不顯其光㉓
諸娣從之㉔
祁祁如雲
韓侯顧之㉕
爛其盈門㉖
蹶父孔武㉗

韓侯娶妻要成婚，
妻是汾王的外甥。
又是蹶父的女兒，
韓侯前往去親迎。
在那蹶父的鄉里，
彩車百輛多得很。
車行鸞鈴響鏘鏘，
大大顯耀多榮光。
諸娣眾妾隨從她，
多如彩雲在飛翔。
韓侯回頭去看望，
燦爛滿門好堂皇！
蹶父為人很勇健，

靡國不到
為韓姞相攸㉘
莫如韓樂
孔樂韓土
川澤訏訏㉙
魴鱮甫甫㉚
麀鹿噳噳㉛
有熊有羆
有貓有虎㉜
慶既令居㉝
韓姞燕譽㉞
溥彼韓城㉟
燕師所完

出使各國都走遍。
為女韓姞看居處，
快樂地區把韓選。
富庶安樂那韓土，
大川大澤使人羨。
魴魚鱮魚都肥大，
麀鹿眾多聚林下。
有熊同時也有羆，
有貓有虎在郊野。
慶幸她有好居處，
韓姞在韓真幸福。
真是大呀那韓城，
它是燕人所經營，

以先祖受命㊱　　先祖因功得受命，
因時百蠻㊲　　統治百蠻掌權柄。
王錫韓侯　　王以此地賜韓侯，
其追其貊㊳　　懷柔西戎北狄人。
奄受北國㊴　　撫有各國在北方，
因以其伯㊵　　因而擁他作方伯。
實墉實壑㊶　　高城深池有氣魄，
實畝實籍㊷　　定田收稅和故常。
獻其貔皮㊸　　獻上白狐的毛皮，
赤豹黃羆㊹　　豹皮赤色熊皮黃。

【注釋】

①奕奕：高大貌。②甸：治。③有倬：《毛傳》：「有倬然之道者也。」倬：著，明。④纘：繼承。戎：你。⑤夙夜：早、晚。解：同「懈」。⑥虔：誠敬。共：奉行。⑦榦：匡正。不庭：不朝見王室。方：四方之國。⑧戎辟：你君，君王自稱。⑨修：長。張：大。⑩覲：朝見。⑪介圭：大圭，玉制。⑫淑：善，美。旂：畫龍的旗子。綏章：染鳥羽或牛尾綴在旗桿頂上。⑬簟茀：遮蔽車箱的竹席。錯衡：畫花紋或塗上金黃色的車轅前端的橫木。⑭玄袞：玄，黑色。袞，畫有龍紋的天子衣服。赤舄：貴族所穿的紅鞋。⑮鉤膺：套在馬前胸的飾物。鏤：

刻。鍚：馬眉上的金屬飾物。⑯鞹：去毛皮革。鞃：以革蓋車軾中供人所憑的橫木。淺：淺毛的獸皮。⑰鞗革：馬籠頭。金厄：以金為環，扼轡首。厄，通「軛」。⑱出祖：遠出祭道路之神。⑲屠：地名，即杜陵，在今陝西西安之東。⑳殽：肉菜。蔌：蔬菜。㉑燕：宴。胥：皆。㉒兩：「輛」的假借字。㉓不：通「丕」，大也。㉔娣：古代諸侯嫁女，以同姓諸侯女從嫁做妾叫娣。㉕顧：古代貴族男子到女家親迎，有三次回顧禮節。㉖爛其：燦爛，有光彩。盈門：滿門。㉗孔武：十分威武。㉘韓姞：韓，國號。姞，姓。姞姓女嫁韓侯，稱韓姞。相：察看。攸：住所。㉙訏訏：廣大貌。㉚魴鱮：鯿魚和鰱魚。甫甫：肥大貌。㉛麀：母鹿。鹿：公鹿。噳噳：鹿群相聚貌。㉜貓：《傳》：「似虎，淺毛者也。」似即山貓，形小於虎。㉝慶：善也。令居：好住處。㉞燕：安。譽：樂，與「豫」通。㉟溥：大。㊱以：因為。先祖受命：韓祖先也受周王冊命為諸侯。㊲因：依靠。時：是，這些。百蠻：指北狄諸部落。㊳追、貊：國名。追為西戎，貊是北狄。㊴奄：包括。㊵伯：長。一方諸侯之長曰方伯。㊶墉：城。壑：深溝，即護城河。㊷畝：開墾田地。籍：收賦稅。一說戶籍。㊸貔：一種猛獸。一說白狐。㊹黃羆：熊的一種。

江漢

召穆公奉周宣王命平淮夷後銘器。近人考定，這就是存在的《召伯虎簋銘》之一。

江漢浮浮①
武夫滔滔
匪安匪游

江漢滔滔大水流，
武夫氣勢雄赳赳。
不敢求安和出遊，

淮夷來求❷
既出我車
既設我旟❸
匪安匪舒❹
淮夷來鋪❺

江漢湯湯❻
武夫洸洸❼
經營四方❽
告成于王
四方既平
王國庶定❾
時靡有爭
王心載寧❿

只把淮夷來挽救。
已將戎車駕出去，
已將隼旗掛車頭。
不敢求安求舒服，
是用王道把淮柔。

江漢大水流盪盪，
威風凜凜武夫強。
討伐四方的叛國，
捷報告功於宣王。
四方都已被平定，
王國可把太平享。
消弭叛亂無戰爭，
宣王心中就安康。

江漢之滸
王命召虎⑪
式辟四方⑫
徹我疆土
匪疚匪棘⑬
王國來極⑭
于疆于理⑮
至于南海
王命召虎
來旬來宣⑯
文武受命
召公維翰⑰
無曰予小子⑱

滔滔江漢那水滸，
宣王命令召伯虎。
按法征討四方國，
治理我們的疆土。
不用兵擾不害民，
作為準則是王都。
去將疆界田土理，
一直達到南海處。
宣王命令召伯虎，
要去巡視要宣撫。
文王武王昔受命，
干臣康公是你祖。
切莫自輕為小子，

召公是似⑲
肇敏戎公⑳
用錫爾祉
釐爾圭瓚
秬鬯一卣㉑
告于文人
錫山土田
于周受命㉒
自召祖命㉓
虎拜稽首
天子萬年
虎拜稽首

繼承康公為國柱。
迅速謀劃建大功，
就把福澤賜於汝。
賜你圭柄好玉瓚，
黑黍香酒賜一罐。
祭廟又祭文德人，
賜你山川和土田。
在我岐周來受封，
用封召祖的大典。
召虎叩頭來下拜，
祝福天子壽萬年！
召虎叩頭來拜謝，

對揚王休㉔
作召公考㉕
天子萬壽
明明天子㉖
令聞不已㉗
矢其文德
洽此四國㉘

稱揚天子的美德。
製作召公簋上銘，
天子萬年享福澤。
勤勉不倦的天子，
美名流傳不停息。
能夠施行那德政，
和洽四方諸侯國。

【注釋】

❶江漢：長江與漢水。浮浮、滔滔：皆形容詞。應互換用為江漢滔滔，武夫浮浮。經傳各本都誤用。武夫：指出征淮夷的士卒。❷淮夷：周統治者對當時處於長江下游各部族的稱呼。求：《毛詩傳箋通釋》云：「求與鳩、糾，古同聲通用。《論語》桓公九合諸侯，即僖公二十六年《左傳》所云：『桓公是以糾合諸侯而謀其不協也。』成公二年《左傳》：『今吾子求合諸侯以逞無疆之欲。』求合亦即糾合之異文。是知求之言糾。糾者治繩之名，與討同義。《說文》、《廣雅》並云：討，治也。『淮夷來求』猶云淮夷是糾是討耳。」❸設：豎起。旟：畫有鳥隼的軍旗。❹舒：緩慢，舒緩。❺鋪：《說文》讀若撫，撫柔。一說止，一說陳列。❻湯湯：水浩蕩貌。❼洸洸：威武貌。❽經營：指奔走討治四方叛國。❾庶：庶幾，差不多。❿載：則，就。⓫召虎：即召穆公。周厲王暴虐，國人圍攻王宮，他將太子靖藏匿在家，以子替死。厲王死後，擁立太子繼位，即是宣王。曾奉命平淮夷，遺物有「召伯虎簋」。⓬式：發語詞。辟：開闢。⓭疚：病害。棘：通「急」。逼迫害民。⓮極：準則。⓯于：往。疆：作動詞用，劃定邊界。⓰來：語助詞。旬：巡視。宣：宣撫。⓱召公：指召虎先祖召康公，姓姬，名奭。翰：楨幹，棟梁。⓲無曰予小子：宣王令召伯虎不要自輕自賤，以自己為小子。⓳似：通「嗣」，繼承。⓴肇：開始創造。敏：速。戎：大。公：通「功」。㉑秬：黑黍。鬯：鬱金香草。卣：酒壺。㉒于周受命：到岐周

祖廟去接受封贈。㉓召祖：召虎祖先召公奭。命：封贈的典禮。㉔對：報答。揚：頌揚。休：美，指美德。㉕考：借為「簋」。郭沫若認為「考，乃『簋』之假借字。《江漢》之詩，實亦《簋銘》之一。」簋：音ㄍㄨㄟˇ，古代食器。圓口，圈足，無耳或有兩耳。青銅或陶製。郭說見《青銅時代‧周代彝器進化觀》。㉖明明：聰明勤勉。《爾雅》：「勉勉、明明，亦一聲之轉。」㉗令聞：美譽，名聲。㉘洽：《禮記‧孔子閒居》引詩「協此四國。」洽，協和，和洽。

常武

周宣王親率師伐徐（淮北之夷），而命皇父統六軍以平之。篇名「常武」，乃是「有常德以立武事」的意思。

赫赫明明❶
王命卿士
南仲大祖❷
大師皇父
整我六師❸
以修我戎

國威赫赫心明智，
宣王召命眾卿士。
大廟之中封南仲，
又命皇父為太師。
整頓我國的六軍，
將我武器來修治。

既敬既戒
惠此南國

王謂尹氏
命程伯休父④
左右陳行⑤
戒我師旅
率彼淮浦⑥
省此徐土⑦
不留不處⑧
三事就緒⑨

赫赫業業
有嚴天子
王舒保作⑩

既要警惕又戒備，
施恩南國就如是。

宣王說給尹吉甫，
封那程伯字休父。
左右排列好戰陣，
誓師告誡我隊伍。
循那淮水的涯岸，
察此徐方的國土。
誅其暴君吊其民，
重建朝綱立三卿。

軍威赫赫軍容盛，
儼然威武王行軍。
王師舒緩不急進，

匪紹匪游⑪
徐方繹騷⑫
震驚徐方
如雷如霆
徐方震驚

王奮厥武
如震如怒
進厥虎臣
闞如虓虎⑬
鋪敦淮濆⑭
仍執醜虜
截彼淮浦⑮
王師之所

不敢遨遊不緩行。
徐方騷動軍失次，
震動驚殺徐國人。
聲如雷霆真洪大，
徐方驚嚇不敢爭。

王師整旅奮威武，
雷般震動色勃怒。
進用虎臣為將軍，
好比咆哮的猛虎。
陳兵設陣淮水上，
就獲敵人眾俘虜。
平治淮濱有罪國，
解到王師所在處。

王旅嘽嘽
如飛如翰⑯
如江如漢
如山之苞⑰
如川之流
綿綿翼翼
不測不克⑱
濯征徐國⑲

王猶允塞⑳
徐方既來㉑
徐方既同㉒
天子之功
四方既平

王師盛大有餘力，
好比猛禽飛得疾，
好比江漢廣又大，
好比高山堅固立，
好比川流不能阻，
綿綿不絕隊伍飭。
不可測知不可勝，
大兵前往征討徐。

宣王國策信又誠，
徐方既服來稱臣。
徐方會合來朝見，
乃是天子的功勛。
全國四方既太平，

徐方來庭㉓
徐方不回㉔
王曰還歸

徐方來朝到王廷。
徐方不再違王命，
王說歸國不必停。

【注釋】

❶卿士：執政大臣。❷大祖：指太祖廟。❸六師：即六軍。《周禮・夏官・司馬》：「凡制軍，萬有二千五百人為軍。王六軍。」❹程伯休父：《孔疏》：「程國之伯，字休父。」程在今陝西咸陽縣東。❺陳行：列隊。❻率：沿，循。淮浦：淮水之濱。❼省：察看。徐土：徐國，故城在今安徽泗縣北。又稱徐戎。徐是淮夷中之大國。❽不留不處：不，語助詞。留，通「劉」，殺戮。《爾雅・釋詁》：「劉，殺也。」處，安處，安撫。全句意謂：誅殺其國君，撫慰其臣民。❾三事：即三事大夫，指任人、准夫、牧。任人，謂六卿；准夫，平法之人，謂理獄官也；牧者，九洲之牧，即周之三公，又謂之三卿。❿舒：徐緩。保：安。作：行。⓫紹：緩。⓬繹騷：擾動。⓭闞：虎怒貌。虓：虎叫。⓮鋪：布陣。敦：通「頓」，整頓。濆：沿河高地。⓯截：切斷。引申為整治，平定。⓰翰：高飛。⓱苞：《傳》：「本也。」可引申為攢聚。⓲不測：不可測度。不克：不可取勝。⓳濯：大。⓴猶：同「猷」，謀略。允：確實。塞：踏實。王先謙《詩三家義集疏》云：「王之謀慮，信而誠實，用兵有常，故兵未陳而徐方已自告服其罪。」㉑來：通「勑」。《廣雅》：「勑，順也。」㉒同：會同。㉓來庭：《傳》：「來王庭。」指覲見。㉔不回：不違抗，不背信。《箋》：「回，猶違也。」

瞻卬

刺周幽王寵褒姒亂國禍民。

瞻卬昊天❶
則我不惠
孔填不寧❷
降此大厲❸
邦靡有定
士民其瘵
蟊賊蟊疾❹
靡有夷屆❺
罪罟不收❻
靡有夷瘳❼

抬頭看看那老天，
為啥對我不施恩？
很久以來不安寧，
卻來施行這暴政。
國家騷擾不安定，
士民遭受了大病。
蟊賊危害那禾苗，
沒有終極沒有盡。
刑如網罟不收起，
人民疾苦無止境！

人有土田
女反有之
人有民人
女復奪之
此宜無罪
女反收之❽
彼宜有罪
女復說之❾
哲夫成城
哲婦傾城
懿厥哲婦❿
為梟為鴟
婦有長舌

人家受封有田土，
你卻反去占據它。
人家若有了奴隸，
你卻反去奪取他。
這人應該是無罪，
你卻反去逮捕他。
那人應該是有罪，
你卻反去赦免他。
多謀男人建國家，
多慮婦人敗國家。
噫！聰明心懷這婦人！
是梟是鴟很毒辣。
婦有長舌愛進讒，

維厲之階⑪
亂匪降自天
生自婦人
匪教匪誨
時維婦寺⑫
鞫人忮忒⑬
譖始竟背
豈曰不極⑭
伊胡為慝⑮
如賈三倍
君子是識
婦無公事⑯
休其蠶織

亂政根源就是她！
禍亂不是從天降，
禍根出自這婦人。
難以教導不改悔，
寵幸妖婦是禍根。
婦喜穹究將人詆，
始於進讒終背逆。
難道自認不公正，
她為什麼顯惡跡？
好比奸商利三倍，
君子洞察了無遺。
婦人不去事女功，
放棄蠶織罪孽積。

天何以刺⑰
何神不富⑱
舍爾介狄
維予胥忌⑲
不弔不祥⑳
威儀不類㉑
人之云亡㉒
邦國殄瘁㉓

天之降罔
維其優矣㉔
人之云亡
心之憂矣
天之降罔

蒼天何以責幽王，
怎不賜福災害降？
大奸大惡你放過，
怨恨猜忌我忠良。
昏君不善又不祥，
威儀盡失不像樣。
賢人都說要散去，
邦國困頓元氣傷！

老天降下那羅網，
已是那樣寬大喲。
賢人都說要散去，
心裡真是憂傷喲！
老天降下那羅網，

維其幾矣㉕
人之云亡
心之悲矣

觱沸檻泉㉖
維其深矣
心之憂矣
寧自今矣
不自我先
不自我後
藐藐昊天㉗
無不克鞏㉘
無忝皇祖㉙
式救爾後㉚

已是那樣逼近喲。
賢人都說要散去，
心裡真是悲痛喲！

湧泉沸騰從地出，
已是那樣的深呀。
心裡真是憂傷呀，
為何恰逢今天呀？
不先於我的出生，
不後於我的出生。
渺茫廣大的老天，
無有不能固自身。
不要有辱你祖宗，
要救你的子孫們！

【注釋】

❶卬：通「仰」，仰視。❷填：《傳》：「久也。」❸厲：《傳》：「惡也。」指暴政，禍患。❹蟊賊、蟊疾：吃和啃禾苗的害蟲。❺夷：語助詞。屆：終極。❻罟：網。罪罟：指名目繁多的酷刑。❼夷瘳：《傳》：「夷，常也。瘳，愈也。」全句言人民疾苦無止息時。❽收：逮捕，拘收。❾說：《傳》：「赦也。」❿懿：通「噫」，嘆詞。⓫階：階梯。指禍源的階梯，即禍源的由來。⓬寺：近。若作名詞用，指帝王的近侍、閹官。⓭譖，鞫人忮忒，譖始竟背：馬瑞辰《毛詩傳箋通釋》云：「鞫人忮忒，當謂長舌之婦，窮詰人以忮害轉變之術。譖，毀也，數也，謂始譖毀人而終自背之也。譖始，所以為忮；竟背，所以忒也。鞫，窮。忮，害。忒，變也。」⓮極：至。豈曰不極：《孔疏》：「豈肯自曰我之此言不中正乎。」一說「豈能說惡事沒有做到頭。」⓯慝：《箋》云：「慝，惡也。」⓰公事：政事。一說指女功，即女人份內之事，如紡、織，養蠶、繅絲等。⓱刺：責罰。⓲富：作「福」用。不富：不賜福。⓳舍爾介狄，維予胥忌：舍，放掉。爾，此。介，大。狄，邪惡。維，卻。予，我。胥，斯；是。忌，怨恨。句謂，放過大奸大惡之人，卻對我們忠良之人大為怨恨。⓴弔：善。㉑不類：不善。㉒云：助詞。亡：逃散。㉓殄瘁：憔悴，困病。㉔優：優厚，寬大。㉕幾：《箋》：「近也。」㉖觱沸：泉水翻騰上湧貌。檻：《說文》作「濫」。檻泉：即湧出泉。㉗藐藐：高遠廣大貌。㉘克：能。鞏：鞏固。㉙忝：辱沒。㉚式：用。

召旻

刺周幽王政敗國亡皆由內亂。

旻天疾威❶

老天威風使得急，

天篤降喪❷
瘨我饑饉❸
民卒流亡
我居圉卒荒❹
天降罪罟
蟊賊內訌❺
昏椓靡共❻
潰潰回遹❼
實靖夷我邦
皋皋訿訿❽
曾不知其玷❾
兢兢業業
孔填不寧❿

天降災害數難計。
造成疾苦饑和饉，
人民流亡逃厄運，
國土邊地盡荒虛。
天降酷刑作羅網，
蟊賊內爭自相傷。
交相攻奸不供職，
潰亂邪辟盡猖狂，
實要毀滅我家邦！
詿詿哄哄相欺騙，
就不知道是污點。
兢兢業業自驚恐，
長久不寧不安全，

我位孔貶⑪
如彼歲旱
草不潰茂⑫
如彼棲苴⑬
我相此邦
無不潰止⑭
維昔之富不如時⑮
維今之疚不如茲⑯
彼疏斯粺⑰
胡不自替⑱
職兄斯引⑲
池之竭矣

我位將墜很危險！
好像年荒有旱象，
百草不能茂盛長。
好比水中浮枯草，
我已看到這家邦，
無不潰亂頻喪亡！
昔富不像今日貧！
今貧不如此時甚！
彼吃粗糧反吃細，
怎不告退把職停，
卻長作亂到如今！
池水已經枯竭喲，

不云自頻⑳
泉之竭矣
不云自中
溥斯害矣㉑
職兄斯弘㉒
不烖我躬

昔先王受命
有如召公
日辟國百里
今也日蹙國百里㉓
於乎哀哉㉔
維今之人
不尚有舊㉕

沒有水來從池濱。
泉水已經枯竭喲，
沒有水從井中升。
災害已經普遍喲，
卻造大亂這樣盛，
禍亂殃及我一身？

從前先王受天命，
賢臣有如召公等。
每在拓土百里許，
如今每日百里論。
唉，真可哀嘆呀！
而今亂臣與昏君，
不念還有舊賢臣？

【注釋】

❶旻：《爾雅》：「秋為旻天。」這裡泛指天說。❷篤：厚，深重。❸瘨：病。一說降災。❹居：國中。圉：邊疆。❺內訌：內部自相爭吵，互相矛盾。❻昏：亂。椓：借作「諑」，用讒言互相毀謗。靡共：不奉行。昏椓靡共：昏君亂臣交相攻擊毀謗而不行其職事。❼潰潰：借作「憒憒」，昏憒貌。回遹：邪辟。❽皋皋：與「譹」通，互相欺騙貌。訿訿：讒毀貌。訿，與「訾」通。❾玷：玉上的斑點。譬喻人的污點。❿填：長久。⓫我位：我的職位。孔：大。貶：貶黜。⓬潰茂：《傳》：「遂也。」《通釋》：「《廣韻》：『遂，達也。』遂者草之暢達，與茂義相成。」⓭棲：指草浮水中如棲息。苴：枯草。⓮潰：潰亂。止：語詞。⓯維：語詞。時：今日。⓰疚：病。又作「疚」。《說文》：「疚，貧病也。」⓱彼疏斯粺：疏，粗糧。《箋》：「疏，粗也，謂糲米也。」粺，指舂過的較細的米。句謂彼宜食粗，今反食精粺。言讒佞小人竊奪了厚祿高位。⓲替：停職，廢棄。⓳職兄斯引：職，有「尚」義。兄，同「況」，更加。斯，語助詞。引，長，延長。通句謂（小人）尚還竊據高位而延增禍亂。⓴不云：語詞。頻：借為「濱」。《魯詩》作「濱」，水邊。㉑溥：通「普」，即普遍。㉒弘：大。指大亂。㉓蹙：縮小或喪失之意。㉔於乎：同「嗚呼」。㉕尚：還。舊：指舊臣或舊章。

頌

周頌

清廟

周公祭文王的頌歌。

於穆清廟❶
肅雝顯相❷
濟濟多士
秉文之德
對越在天❸
駿奔走在廟❹
不顯不承❺

啊！美好肅穆大清廟，
內敬外和助祭好！
濟濟朝臣美容儀，
秉承執行王德教。
頌揚文王在天靈，
急急奔走在宗廟，
盛德顯耀真是美，

無射於人斯❻　人不見厭供奉好。

【注釋】

❶於：讚嘆詞。穆：《傳》：「美也。」廟堂深遠之貌。❷肅雍：嚴肅而雍和。顯：光顯。相：助祭者。❸對越：《爾雅》：「越，揚也。」王引之《經義述聞》云：「對越猶對揚，言對揚文武在天之神也。」報達稱揚之意。❹駿：迅速。❺不：語助詞。承：王引之云：「承當讀為武王烝哉的烝。」又解作繼承，也通。❻射：同「斁」，厭也。

維天之命

周公制禮時祭祀文王。

維天之命❶　至高至大天之命，
於穆不已❷　啊！完美無瑕不穹盡。
於乎不顯❸　啊！顯耀天下真光明。
文王之德之純　文王之德高而純。

假以溢我❹
我其收入
駿惠我文王❺
曾孫篤之❻

嘉言善道豐富我，
虛心接受我收聽。
以制法度順文王，
曾孫後代都奉行。

【注釋】

❶維天之命：《孔疏》：「言維此天所為之教命，於乎美哉，動行而不已。言天道轉運，無極止時也。」❷於：讚嘆詞。穆：美。不已：不停。❸於乎：同「嗚呼」，讚嘆詞。不顯：即丕顯。❹假以溢我：假，即嘉。溢，慎戒。句謂以嘉美之言慎戒於我。❺駿惠：《毛詩傳箋通釋》：「惠，順也。駿，當為『馴』之假借。馴，亦順也。駿惠二字平列皆為順。」❻篤：厚行，即專誠地奉行。

維清

周公作樂時祭文王。

維清緝熙❶

政無敗亂極清明，

文王之典
肇禋❷
迄用有成❸
維周之禎❹

文王典章是根本。
自從祭祀那上天，
到有天下功竟成，
這是周家的祥禎。

【注釋】

❶清：清明。緝熙：光明。❷肇禋：《傳》：「肇，始；禋，祀也。」❸迄用有成：《箋》：「至今用之而有成功。」❹禎：吉祥。

烈文

周成王即政，諸侯助祭祖考。

烈文辟公❶
錫茲祉福

武功文德眾諸侯，
先王將福來賜下。

惠我無疆
子孫保之
無封靡于爾邦❷
維王其崇之❸
念茲戎功❹
繼序其皇之❺
無競維人❻
四方其訓之
不顯維德❼
百辟其刑之❽
於乎前王不忘

恩賜我們福無涯，
子子孫孫保有它。
莫造大罪在你邦，
否則文王另立它。
勤念父祖的大功，
維承先人再光大。
最強莫過得賢人，
四方都會來歸順。
能夠顯明行道德，
諸侯就會來效法。
噫！前王之德人不忘呀！

【注　釋】

❶烈文：《毛詩傳箋通釋》：「烈文二字平列。烈，言其功；文，言其德也。」辟公：諸侯。❷封靡：《傳》：「封，大也；靡，累也。」陳奐《詩毛氏傳疏》：「按三家詩以封靡為大罪。與毛訓同。」方玉潤《詩經原始》云：「封，專利以自封殖也；靡，侈汰也。」都通。❸維王其崇之：《詩毛氏傳疏》：「維猶乃也。王謂文王。

崇訓立，謂諸更立之以繼世也。」《箋》云：「崇，厚也。即厚賜之意。」❹戎功：大功。❺序：《毛詩傳箋通釋》：「序、敘古通用。《爾雅・釋詁》：「敘，緒也。繼序猶云纘緒，謂諸侯世繼其先祖之緒以為君也。」皇：《傳》：「美也。」光大。❻無：語詞，或「莫過于」。競：強。❼不顯：最顯。❽刑：通「型」，效法。

天作

周公、成王時祭周先王先公。一說為祭祀岐山。

天作高山❶
大王荒之❷
彼作矣❸
文王康之❹
彼徂矣❺
岐有夷之行❻
子孫保之

天生萬物在岐山，
大王開拓又發展。
在岐百姓築宮室，
文王操勞周人安。
萬民前往岐山去，
岐山雖高路平易，
子孫相繼保國基。

【注　釋】

❶作：生。山：指岐山。在今陝西省岐山縣東北。❷大王：即古公亶父，文王祖父。武王統一天下，追尊為太王。大，同「太」。荒：治，動詞。嚴粲《詩緝》云：「治荒，猶治亂為亂也。今諺言開荒，即始辟之意也。」即開辟草萊之意。❸彼：《箋》：「彼，彼萬民也。」作：《箋》：「彼萬民居岐邦者，皆築作宮室以為常居，文王則能安之。」❹康：安定，安樂。❺徂：往，歸往。往周歸順文王。❻夷：平易，平坦。行：大道。王先謙《詩三家義集疏》云：「言百姓歸文王者，皆曰：『岐有夷道，可歸往矣。』易道，謂仁義之道而易行，故岐道險阻，而不難。」

昊天有成命

祭周成王。一說是郊祀天地。

昊天有成命❶
二后受之❷
成王不敢康
夙夜基命宥密❸
於緝熙❹

蒼蒼昊天下明令，
文王武王受天命。
成王不敢求安樂，
早晚操勞成天命。
啊！發揚祖德顯光明！

單厥心❺　殫思竭慮盡忠心，
肆其靖之❻　國基鞏固得安寧。

【注釋】

❶成命：馬瑞辰《毛詩傳箋通釋》：「古文明、成二字同義。」《爾雅・釋詁》：「明，成也。」成命，猶言明命。❷二后：即文王、武王。❸夙夜基命宥密：夙夜，早夜。基命，謀命或謀成天命。宥，語助詞。密，通「勉」，勉力；又通「謐」，即謹慎。句謂為謀成天命而夙夜勉力為之。❹於：嘆美詞。緝熙：光明。❺單：盡心竭誠。❻肆：鞏固。靖：安定。

我將

周公成王祀文王於明堂，以配上帝。

我將我享❶　我獻大祭於明堂，
維羊維牛　用這肥牛與肥羊。
維天其右之❷　敬祈老天佑後人，
儀式刑文王之典　善用文王的典章，

日靖四方❸
伊嘏文王❹
既右享之
我其夙夜
畏天之威
于時保之❺

日日謀求安四方。
真偉大啊那文王，
既佑後人又受饗。
我為國事晝夜忙，
敬畏老天的威命，
於是保住這家邦。

【注釋】

❶將、享：《傳》：「將，大。享，獻也」。《箋》：「將，猶奉也。」「將，又訓烹。」「將、享對文。」見《毛詩傳箋通釋》。❷右：同「祐」，助。❸靖：《傳》：「謀也。」《箋》：「治也。」❹伊嘏：伊，語詞。嘏，《毛詩傳箋通釋》：「按《說文》：『嘏，大遠也。』此詩伊嘏文王，猶言大哉文王。」❺時：是。保之：指保國說。

時邁

武王、周公巡守祭山川百神。

時邁其邦❶
昊天其子之
實右序有周❷
薄言震之❸
莫不震疊❹
懷柔百神❺
及河喬嶽❻
允王維后❼
明昭有周❽
式序在位❾

巡行諸侯百國中，
上天愛我與子同，
實在保佑我周宗。
初用威力震動他，
四方諸侯盡震懾。
又來安祀眾神靈，
依次祭河及岳神，
武王不愧是國君。
上天明顯愛有周，
賢俊在位把職守。

載戢干戈⑩
載櫜弓矢⑪
我求懿德⑫
肆于時夏⑬
允王保之

把那干戈聚攏來，
把那弓矢藏起來。
我求賢士具美德，
遍施德政於中國，
武王必能保世澤。

【注釋】

❶時：語助詞。邁：行，巡行。邦：指諸侯國家。❷右：同「佑」。序：助。吳闓生《詩意會通》：「右、序，皆助也。」❸薄言震之：《箋》：「薄猶甫也。甫動之以威，則莫不懼而服者。」❹震疊：《傳》：「震，動。疊，懼也。」陳奐《詩毛氏傳疏》：「疊，為『慴』之假借。慴，懼也。」❺懷柔：安撫。❻喬岳：高山。❼允：確是。后：君王。又王引之《經傳釋詞》：「允，語詞。允王維后，言王維后也。」❽明昭：光明之極；或解為「明見」，「昭然不疑」。❾式：發語詞。序在位：各稱其職。❿載：則。戢：收聚。⓫櫜：韜，藏。⓬懿德：美德。指有德賢才。⓭肆：施行。時：於此。夏：中國。

【賞析】

說明：這首詩，有說為武王克商後周公所作。姚際恆《詩經通論》：「此武王克商後，告祭柴望、朝會之樂歌，周公所作也。」《宣公十二年・左傳》曰：「昔武王克商，作《頌》曰：『載戢干戈』，故知為武王克商後所作。《國語》稱周文公之《頌》曰：『載戢干戈』，故知周公作。」此說引《左傳》、《國語》為證，雖不十分確信，然所引典籍有所記載，亦不能說無據。

執競

周公、成王祭武王。

執競武王❶
無競維烈❷
不顯成康❸
上帝是皇❹
自彼成康❺
奄有四方❻
斤斤其明❼
鐘鼓喤喤❽
磬筦將將❾
降福穰穰❿

自強不息是武王，
功業莫盛於克商，
顯哉功成安祖考，
上帝美福賜他享。
用那治國安邦法，
於是占有了四方。
斤斤明察是國君，
鐘鼓相和聲喤喤，
磬管互應響鏘鏘。
賜福賜得多豐穰，

降福簡簡⓫
威儀反反⓬
既醉既飽
福祿來反⓭

賜福賜得大又大，
威儀莊重而堂皇。
既飽以食既醉酒，
重又賜他福祿長。

【注釋】

❶執：《說文》：「執，捕罪人也。」有制服之意。競：強。執競：謂武王能制服強暴。《詩集傳》釋為自強亦通。❷無競維烈：《箋》：「不強乎其克商之功業。」烈，功業。❸不顯成康：《箋》：「不顯乎其成安祖考之道。」❹皇：美也。❺自彼成康：《傳》：「用彼成安之道。」❻奄：《傳》：「奄，同也。」包括之意。❼斤斤：《傳》：「明察也。」❽喤：「鍠」的假借，鐘鼓聲。❾筦：同「管」，指管樂如簫笛之類。將將：同「鏘鏘」，磬管聲。❿穰穰：眾從。⓫簡簡：盛大貌。⓬反反：《毛詩傳箋通釋》：「『昄』的假借字。」慎重貌。⓭反：通「返」，還報。一說復也。

思文

周公祀周始祖后稷，謂其德可配天。

思文后稷❶

大有文德是后稷，

克配彼天❷
立我烝民❸
莫匪爾極❹
貽我來牟❺
帝命率育
無此疆爾界
陳常于時夏❻

功德能和那天齊。
種糧養活眾百姓，
無非是你有德行。
留給我們好麥種，
天命用來養民眾。
你疆我界莫要劃，
布陳農政於中夏。

【注 釋】

❶思：語詞。文：文德。❷克配彼天：克，能。配天，德與天齊，能配享于天。❸立：同「粒」，名詞作動詞用，種糧養民。❹極：《詩集傳》：「極，至也，德之至也。」❺貽：留下。來：小麥。牟：大麥。❻陳：布陳。時：是，此。

臣工

周公、成王廟祭後，誡諸侯農官即時治田以備豐收。

嗟嗟臣工❶
敬爾在公❷
王釐爾成❸
來咨來茹❹
嗟嗟保介❺
維莫之春❻
亦又何求
如何新畬❼
於皇來牟
將受厥明❽

唉！卿大夫和各諸侯，
你們恭敬慎職守。
告訴你們年豐收，
前來計畫來相謀。
唉！你們農官來從耕，
現在正好是暮春。
你對人民啥要求？
新田熟田怎耕耘？
真美好啊那麥子！
周家因此得收成，

明昭上帝
迄用康年❾
命我眾人
庤乃錢鎛❿
奄觀銍艾⓫

上帝真是有明見，
因此賜我歲豐登。
命我那些老百姓，
備好鏟子和鋤頭，
將看開鐮收割盡。

【注　釋】

❶臣工：群臣百官。❷敬：恭敬勤慎。爾：指臣工。在公：在職位上。❸王釐爾成：王，通「往」。釐，乃「禧」之假借，告也。成，即收成。句謂：往告爾獲豐收也。❹咨：謀劃。茹：度。❺保介：即臣工，農時之臣工即率耕之人。❻維：是，正當著。莫：同「暮」。❼新畬：田二歲為新，三歲為畬。❽厥：其。明：成。古人以年豐穀熟為成。❾迄用康年：迄，致也，予也。用，以也。康年，康樂豐收之年。句謂予我以康樂豐收之年，或賜我以康樂豐收之年。❿庤：《傳》：「庤，具。」準備，儲備。錢：農具名，類鐵鏟。鎛：除草農具。⓫奄觀銍艾：奄，盡。觀，視察。銍，農具，類鐮刀而短小。艾，「乂」之借，芟草之大剪。又作「刈」，收割。此處銍艾均作動詞，即收割莊稼。通句謂將視察收割，遍及所有田地。

噫嘻

周康王春夏祈穀祭祀而戒農官的歌篇。

噫嘻成王，
既昭假爾❶。
率時農夫❷，
播厥百穀❸。
駿發爾私❹，
終三十里。
亦服爾耕❺，
十千維耦❻。

啊！成王！
已經昭告你神靈。
率領農民老百姓，
播種百穀勤耕耘。
趕快開發你私田，
墾田極目三十里。
還要為你種和耕，
成雙並耕十千人。

【注釋】

❶昭：明。假：讀作「嘏」，告也，指自下以告上，或自上以告下。❷時：是，這些。❸厥：那些。❹駿發爾私：駿，迅疾。發，開發。爾，你們，指田官。周制，三十里為一部，由一個田官主持農事。私，《傳》：「私，

民田也。」❺亦：語詞。或作「也」、「又」。服：從事。耕：耕作。❻十千：一萬人。耦：二人並耕。

【賞析】

這首詩，《詩序》說：「春夏祈穀于上帝。」郭沫若認為是「成王親耕之前昭假先公先王，史官們把這事做成頌歌來助祭」。是否成王「親耕」，還是需要進一步探討的問題。不論是否成王，但總是另一周王。

「駿發爾私」的「私」，舊說，指「民田」，即農夫的私有土地。郭沫若起初作為「你們所有的土地」解釋。後來，疑為「耜」字的錯寫。從全詩詩意來看，「私」既不是私田，也不是「耜」。詩中明說，「終三十里」，又說「十千維耦」；三十里的土地，一萬人並耕，如果是成王（或者旁的某一位王）帶領去耕（「率時農夫」），這樣寬的土地，這樣多的人眾，怎能看成耕的私田呢？如果是私田，周王是用不著帶領農夫去耕種的；也不像是在新田（二歲的田）和畬田（三歲的田）裡耕作。卻像在周王畿內的土地上，或者荒地上，組織奴隸集體耕作。「私」就是指給這些「農夫」們畫分開墾（耕作）的土地。試想，三十里長的土地，一萬人並耕，不可能不畫分開墾（耕作）的範圍，這是奴隸主口頭高喊「亦服爾耕！」（「要服從做好你們的活路！」）外，所強迫奴隸勞動的一種手段。程瑤田說：「『駿發爾私』，是不畫井無公田之證也。」不畫井田，當然不是私田。這正是「井田制」前的一種耕作制度，是用奴隸集體耕作，但更粗糙。

振鷺

夏、殷二王之後——杞、宋來周助祭。

振鷺于飛❶　　翩翩群鷺奮飛起，
于彼西雝❷　　在那西邊水澤裡。

我客戾止❸　亦有斯容
在彼無惡　在此無斁❹
庶幾夙夜　以永終譽❺

我的客人今來到，
也有整潔好威儀。
他在國內沒人嫌，
來朝同樣沒人怨。
早早晚晚都一樣，
永保美譽人長念。

【注釋】

❶振：《傳》：「群飛貌。」❷雝：水澤。❸戾：至。止：語尾助詞。❹斁：厭。❺永、終：陳奐《詩毛氏傳疏》：「永、終皆長也。」一說終，眾。長保眾譽，亦通。

豐年

周成王時，秋冬豐熟祭祖

豐年多黍多稌❶

豐熟年成多黍稻，

亦有高廩❷　又有倉廩大又高。
萬億及秭❸　積糧幾萬幾千億，
為酒為醴　做那酒醴真正好。
烝畀祖妣❹　進獻先祖和先妣，
以洽百禮❺　用以祭祀百種禮，
降福孔皆❻　降福真是很周備。

【注釋】

❶稌：稻子，或指糯穀。❷廩：糧倉。❸秭：數目。《爾雅》郭注：「十億為秭。」❹烝：進獻。畀：給予。
❺洽：齊備。百禮：用牲，玉、幣、帛等物以及各種儀式祭神。❻孔：甚，很。皆：普遍。

有瞽

周成王始作樂而祭祀。

有瞽有瞽❶　瞽子樂師瞽樂師，

在周之庭❷
設業設虡❸
崇牙樹羽❹
應田縣鼓❺
鞉磬柷圉❻
既備乃奏
簫管備舉
喤喤厥聲❼
肅雝和鳴
先祖是聽
我客戾止
永觀厥成❽

在我周家廟堂裡。
設了懸掛鐘磬架，
崇牙相承插毛羽。
大鼓小鼓都懸掛，
又設鞉磬與柷圉。
既已齊備就演奏，
大簫小管一齊舉。
奏出喤喤好樂音，
節奏肅敬和諧鳴。
先祖神錄下降聽。
我的客人今到來，
每聽一曲皆高興。

【注釋】

❶有瞽：有，語助詞。瞽，盲樂師。❷周之庭：周之廟庭。❸業、虡：鼓架上的橫木大版叫業，刻為齒狀，以

懸鐘、鼓等樂器，架子兩側的直木叫虡。❹崇牙：刻在業上的牙。樹羽：插上五彩毛羽作裝飾。❺應：小鼓。田：大鼓。縣鼓：即懸鼓。❻鞉：搖鼓，如鼓而小，有柄，兩耳，持柄搖則兩耳擊鼓面有聲。柷：打擊樂器，形如漆桶。圉：打擊樂器，形如木虎，背上刻有參差不齊之齒，擊之以止樂。❼喤喤：形容聲音宏亮和諧。❽成：《詩集傳》：「樂闋也，樂曲一終為一成。」

潛

周春冬獻魚祭祖。

猗與漆沮❶
潛有多魚❷
有鱣有鮪
鰷鱨鰋鯉
以享以祀
以介景福❸

真可嘆美那沮、漆，
柴窩養有多種養。
既有嘉魚鱣和鮪，
又有鰷鱨與鰋鯉。
用來祭祀獻祖先，
以助我求大福氣。

【注　釋】

❶漆、沮：《傳》：「岐周之二水也。」漆水源出陝西省大神山，西南流至耀縣會沮水。沮水出陝西分水嶺，東南流會漆水，兩水合流，稱為石川河，東南流入渭水。❷潛：通「槮」，柴堆放水中供魚棲息，或用柴編成柵以養魚。❸介：助。景：大。

雍

武王祭祀文王，用為祭祀時撤饌的樂歌。

有來雍雍（ㄧㄡˇ ㄌㄞˊ ㄩㄥ ㄩㄥ）
至止肅肅（ㄓˋ ㄓˇ ㄙㄨˋ ㄙㄨˋ）
相維辟公❶（ㄒㄧㄤˋ ㄨㄟˊ ㄅㄧˋ ㄍㄨㄥ）
天子穆穆❷（ㄊㄧㄢ ㄗˇ ㄇㄨˋ ㄇㄨˋ）
於薦廣牡❸（ㄨ ㄐㄧㄢˋ ㄍㄨㄤˇ ㄇㄨˇ）
相予肆祀❹（ㄒㄧㄤˋ ㄩˇ ㄙˋ ㄙˋ）

助祭人來和又順，
來到肅然極恭敬。
助祭乃是眾諸侯，
天子穆然威儀盛。
進獻神明用大牲，
助我陳列那祭品。

假哉皇考❺
綏予孝子❻
宣哲維人
文武維后
燕及皇天❼
克昌厥後❽
綏我眉壽❾
介以繁祉❿
既右烈考⓫
亦右文母⓬

真嘉善啊我皇考，
前來安我孝子身。
英明睿智乃為臣，
文武德備故為君。
安那皇天降祥瑞，
又能昌盛他子孫。
助我使我得長壽，
多種福祿來相佑。
既是拜獻了皇考，
文德之母也拜了。

【注釋】

❶相：助祭。辟公：指助祭諸侯。❷天子：指主祭者武王。❸於：嘆詞。薦：獻祭。廣：大。❹肆祀：陳列祭品。一說祭祀名。❺假：嘉。假哉：美哉。皇考：君主對亡父的美稱，指文王。❻綏：安撫。孝子：武王自稱。❼燕：安。❽克：能。厥后：其後代。❾綏：賜。眉壽：長壽。❿介：助。繁祉：多種福澤。⓫右：右為尊，右方為上。又《毛詩傳箋通釋》：「右讀為侑，勸尸食而拜。」亦通。烈考：《詩集傳》：「猶皇考也。」⓬文母：文王妻太姒。王引之《經義述聞》云：「文母之文，則美太姒之稱，猶言皇妣、皇母耳……古人贊美先世，

多謂之文。」

載見

周成王初即政，帥諸侯祀武王。

載見辟王❶
曰求厥章❷
龍旂陽陽❸
和鈴央央❹
鞗革有鶬❺
休有烈光❻
率見昭考❼
以孝以享❽

助祭諸侯始朝王，
車服求其合典章。
龍旗文彩色鮮艷，
和鈴共鳴聲央央。
轡首金飾閃閃亮，
美好顯耀而輝煌。
率領諸侯祭昭考，
而來助祭獻廟堂，

以介眉壽，
永言保之⑨。
思皇多祜⑩，
烈文辟公⑪，
綏以多福⑫，
俾緝于純嘏⑬。

而來助我祈長壽，
能保天命得久長。
願我皇王多福澤，
王使諸侯受輝光。
神賜他們福多種，
使王光明獲取大福祥。

【注釋】

❶載：始。辟王：君王，指成王。❷曰：句首助詞。章：典章制度。❸陽陽：美麗鮮明貌。❹和：車軾前鈴子曰和。鈴：《傳》：「和在車軾前，鈴在旂上。」❺鞗：《傳》：「言有法度也。」馬瑞辰《毛詩傳箋通釋》：「鞗為轡首銅飾。」鶬：銅飾閃亮貌。❻休：美。烈光：光明，光耀，榮耀。❼昭考：《詩集傳》：「武王也。廟制：太祖居中，左昭右穆。周廟文王當穆，武王當昭。」古帝王父廟曰禰，生稱父，死稱考，入廟稱禰。❽孝享：獻祭，二字同義。❾言：語詞。❿思：語詞。皇：君。多祜：多福。⓫烈文：光明有文德。辟公：諸侯。⓬綏：安。⓭俾：使。緝熙：光明。純嘏：大福。

有客

殷後微子來周見祖廟。一說留客並向他祝福。

有客有客
亦白其馬(1)
有萋有且(2)
敦琢其旅(3)
有客宿宿(4)
有客信信(5)
言授之縶(6)
以縶其馬
薄言追之(7)
左右綏之(8)

歡迎貴客迎貴客，
客人駿馬白如雪。
隨從威儀很壯盛，
如雕琢玉選從人。
客人一宿又一宿，
客人再停復再停。
交給從人絆馬索，
絆住白馬再留客。
客已前行追回他，
左右多方安撫他。

既有淫威❾　降福孔夷❿

既有厚德和大德，
神把大福賜給他。

【注釋】

❶亦：語詞。❷且：形容從行眾盛貌。❸旅：眾，指微子的隨行眾臣。❹宿宿：《爾雅》：「言再宿也。」❺信信：《爾雅》：「言四宿也。」❻言：語詞。縶：作動詞用，用繩絆馬足留客。❼薄言：語助詞。❽綏：安撫。❾淫：大。威：德。淫威：大德。❿孔夷：《毛詩傳箋通釋》：「《說文》：『夷，從大從弓。』古夷字必有大訓。降福孔夷，猶云降福孔大耳。」

武

周公頌武王克商之功作《大武》之樂。

於皇武王❶
無競維烈❷
允文文王❸
克開厥後❹

噫！真偉大呀我武王，
功業莫盛於克商。
文德昭著我文王，
開啟子孫基業長。

嗣武受之❺　　武王繼承這基業，
勝殷遏劉❻　　伐商勝殷除暴強，
耆定爾功❼　　致你功成得永昌。

【注釋】

❶於：贊嘆詞。皇：偉大。❷競：強盛。維：此，其。烈：功業，指伐商之功績。❸允：誠信。文：文德。❹克：能。厥后：其子孫後代基業。❺嗣：繼承。武：武王。嗣武：武王繼承。之：指基業。❻遏劉：《箋》：「遏，止。」《傳》：「劉，殺。」言制止殷紂王殘殺百姓。❼耆：《傳》：「耆，致也。」言武王伐紂，致定其功。

閔予小子

周成王喪中將即政，朝於宗廟。

閔予小子❶　　身處困境我傷悼，
遭家不造❷　　家裡慘遭不幸了！
嬛嬛在疚❸　　孤獨困病又憂傷，

於乎皇考
永世克孝
念茲皇祖
陟降庭止❹
維予小子
夙夜敬止❺
於乎皇王
繼序思不忘❻

唉！真可嘆美我皇考，
他能永久行孝道。
追念皇祖的教訓，
直道升降那群臣。
如今我這年幼人，
早晚恭謙而謹慎。
唉！我的父祖那皇王，
我將繼承你們永不忘！

【注釋】

❶閔：《箋》：「悼傷之言也。」小子：成王自稱。❷不造：《毛詩傳箋通釋》：「按詩多以『不』為語詞，造與戚一聲之轉，古通用。則詩云『遭家不造』猶云遭家戚。即後世所謂丁家艱也。」也是後世遭父母喪曰「丁憂」之意。❸嬛嬛：《說文》引作「煢煢」，孤獨貌。疚：憂傷。❹陟降庭止：陟降，升降，上下。庭，直也。止，語詞。句謂升降群臣以公正的準則來衡量。❺敬止：敬，慎；止，語詞。❻序：同「緒」，指事業。思：語詞。

訪落

周成王即政，祭廟並咨謀群臣。

訪予落止❶
率時昭考❷
於乎悠哉
朕未有艾❸
將予就之❹
繼猶判渙❺
維予小子
未堪家多難
紹庭上下❻
陟降厥家❼

謀劃開始怎執政？
當遵先王道去行。
唉！真太悠遠啊，
心中無數我不能。
我若勉強去就位，
繼承宏業恐不成。
只有我這年幼人，
國家難事不堪任。
繼承先王陟降法，
直道升降那群臣。

休矣皇考❽　　有美德呀我皇考，
以保明其身❾　　能以此道安其身。

【注釋】

❶訪：謀，互相研究。落：始。❷率：循。時：是。昭考：稱武王。❸朕：我，成王自稱。艾：閱歷。❹將：助。就：襲用，因襲。之：指祖先治國典章。❺繼猶判渙：《傳》：「猶，道。判，分。渙，散也。」陳奐《詩毛氏傳疏》：「判渙，疊韻連綿字。」全句大意是想繼祖先宏業，又憂所作會分散不合先王之道。❻紹：繼。庭：正直，公正。上下：升降。❼厥家：群臣。❽休：美。皇考：武王。❾以保明其身：陳奐《詩毛氏傳疏》：「《烝民》篇云：『既明且哲，以保其身』……保明，猶明保也。」指明察是非，保全其身。

敬之

周王戒勉自己。

敬之敬之❶　　戒慎自儆復自警，
天維顯思❷　　天道善惡很顯明。
命不易哉❸　　天命吉凶難改變，

無曰高高在上
陟降厥士❹
日監在茲❺
維予小子
不聰敬止❻
日就月將❼
學有緝熙于光明❽
佛時仔肩❾
示我顯德行❿

莫說天高不可聞，
天之升降那眾士，
日日監視在此境。
只有我這年幼人，
耳有所聞應自儆。
日久月長漸累積，
積累學習到光明。
群臣輔我擔大任，
示我顯明的德行。

【注釋】

❶敬之：敬，同「儆」、「警」，即戒慎之意。❷顯：顯著，顯明。思：語詞。❸命：天命。❹厥士：群臣之通稱。❺日：每天。監：監視。在茲：在此。❻不聰敬止：不、止皆語詞。聰，聽，有所聞。敬，儆、警，有所聞而自儆。❼日就月將：《毛詩傳箋通釋》：「謂日久月長，猶言日積月累耳。」《廣雅》：「就，久也。」❽緝熙：《毛詩傳箋通釋》：「《說文》：『緝，績也。』績之言積。緝熙，當謂積漸廣大以至於光明。」又緝熙，光明。也通。❾佛：「弼」的假借字，輔助。時：是。仔肩：責任。❿顯：顯明。

小毖

成王懲管蔡之禍而自儆。

予其懲❶
而毖後患❷
莫予荓蜂❸
自求辛螫❹
肇允彼桃蟲❺
拚飛維鳥❻
未堪家多難
予又集于蓼❼

我要自己警惕好，
謹防後患會來到。
切莫引我入歧途，
自陷毒螫自煩惱。
鷦鷯開始也很小，
可會翻飛為大鳥。
不堪家邦多災難，
我又陷入悲苦了。

【注釋】

❶懲：警戒。方玉潤《詩經原始》云：「有所傷而知戒也。」❷毖：慎。❸荓蜂：馬瑞辰《毛詩傳箋通釋》：「謂相掣曳入于惡也。」即引入歧途。❹辛螫：陳奐《詩毛氏傳疏》：「《釋文》引《韓詩》作辛赦，云：赦，

事也。辛事，謂辛苦之事也。」一說辛，辣味。辛螫，指蜂刺人的辛辣痛味。❺肇允：《箋》：「肇，始；允，信也。」桃蟲：即鷦鷯小鳥。❻拚：通「翻」，飛貌。❼蓼：即苦蓼草。苦草比喻苦事、苦境。

載芟

周成王時，大事墾荒、耕種、收穫、祭祖祈福。

載芟載柞❶
其耕澤澤❷
千耦其耘❸
徂隰徂畛❹
侯主侯伯❺
侯亞侯旅❻
侯彊侯以❼
有嗿其饁❽

開始除草挖樹根，
耕地聲響土分崩。
千對農夫齊耕耘，
下薅新田上舊埂。
有家長來有長子，
有仲叔和子弟們。
有強壯的有傭賃，
飯到眾人吃出聲。

思媚其婦⑨
有依其士⑩
有略其耜⑪
俶載南畝⑫
播厥百穀
實函斯活⑬
驛驛其達⑭
有厭其傑⑮
厭厭其苗⑯
綿綿其麃⑰
載穫濟濟
有實其積⑱
萬億及秭⑲

丈夫歡迎送飯婦，
婦惜田邊耕種人。
有著鋒利好犁頭，
開始耕種到南畝。
播下各類好穀種，
種子發芽芽嫩柔。
苗兒暢生射出土，
傑出苗兒特美茂。
齊齊整整一般苗，
細細密密把稗搜，
人多排齊來收割，
積穀處處堆成丘。
數目千億到萬億，

為酒為醴
烝畀祖妣
以洽百禮
有飶其香⑳
邦家之光
有椒其馨㉑
胡考之寧㉒
匪且有且㉓
匪今斯今
振古如茲㉔

做成酒醴散香氣。
進獻先祖和先妣，
用來祭祀成百禮。
蒸出米飯噴噴香，
就為國家增輝光。
烤出酒醴氣醺醺，
使我壽長得安康，
不料有此竟有此，
不料有今今更強，
從古以來像這樣！

【注釋】

❶芟：除草。柞：除木，砍伐樹木。❷澤澤：土鬆散。一說耕地響聲。❸耦：二人並耕。❹徂：往。隰：低濕的田地。畛：田埂，田間小路。❺侯：發語詞。主：家長。伯：長子。❻亞：次子，包括老二、老三等。旅：眾子弟等。❼強：強壯人員。以：僱傭等人。❽嗿：眾人吃飯聲。饁：送到田間的飯食。❾思：發語詞。媚：柔美可愛。婦：眾女子。❿依：《傳》：「依之言愛也。」指田邊耕者。⓫略：《傳》：「利也。」鋒利。耜：犁頭。⓬俶：始。載：翻草。⓭實：種子。函：同「含」。斯活：成活。⓮驛驛其達：驛驛，連續不斷貌。其達，

破土而出。言禾苗不斷地破土而出。⓯有厭其傑：有、其皆語詞。厭，即厭然，特別美好貌。傑，傑也，指先長而特出之禾苗。句謂先長而高大之禾苗特別美好。⓰厭厭：厭厭，為「稽稽」之借字。《集韻》：「稽稽，苗齊等也。」⓱麃：《傳》：「麃，耘也。」⓲實：滿。積：堆積，都指糧食說。⓳秭：萬億曰秭。⓴飶：芬香。㉑椒：香氣濃厚。同「飶」。㉒胡考：壽考。㉓匪：非。且：此。指耕種豐收。㉔振古：自古。

良耜

敘一年農事，豐收、祭祖、祈福。

畟畟良耜❶
俶載南畝
播厥百穀
實函斯活
或來瞻女
載筐及筥
其饟依黍❷

真是鋒利好犁頭，
開始耕種到南畝。
播下各類好穀種，
種子發芽芽嫩柔。
有人前來看望爾，
方筐圓筥提在手。
送來的是小米飯，

其笠斯糾❸
其鎛斯趙❹
以薅荼蓼❺
荼蓼朽止❻
黍稷茂止
穫之挃挃❼
積之栗栗❽
其崇如墉
其比如櫛❾
以開百室❿
百室盈止
婦子寧止
殺時犉牡⓫

斗笠繫繩戴在頭。
犁頭破土真好使，
薅除雜草把秧留。
野草苦蓼都朽腐，
小米高粱長得茂。
鐮刀收割聲吱吱，
稻垛堆積多豐實。
高高堆得像城牆，
整齊好比木梳齒。
打開上百儲藏庫，
積糧裝滿了百室。
老婆孩子暫得安，
殺那黃牛來祭祀。

有捄其角⑫
以似以續⑬
續古之人⑭

彎彎如弓是牛角，
要繼前歲以祭祀，
要繼古人講農事。

【注釋】

❶畟畟：鋒利貌，或深耕貌。耜：犁頭。❷饟：送飯食。伊：是。黍：小米飯。❸糾：編織，拴繫。❹鎛：犁頭，鋤頭。趙：《傳》：「刺也。」破土。❺薅：除草。荼蓼：兩種野草。❻止：語氣詞。❼挃挃：收割農作物聲。❽栗栗：眾多貌。❾櫛：篦子。❿百室：《詩集傳》：「一族之人也。」或指倉房。⓫時：是。犉：《爾雅》：「牛七尺曰犉。」或黃毛黑唇牛曰犉。⓬捄：獸角彎曲貌。⓭似：與「嗣」通。似、續同義。⓮古之人：陳奐《詩毛氏傳疏》：「古之人，田祖、田畯皆是也。」

絲衣

周成王繹祭以賓禮事尸。

絲衣其紑❶
載弁俅俅❷

祭服絲衣鮮又淨，
爵弁戴上極恭順。

自堂徂基❸
自羊徂牛
鼐鼎及鼒❹
兕觥其觩❺
旨酒思柔
不吳不敖❻
胡考之休❼

從堂到門查籩豆，
從羊到牛查祭牲。
大小鼎蓋都揭起。
罰爵兕觥徒空陳，
飲了旨酒都柔和，
不嘩不傲極肅靜，
這是壽長的祥徵。

【注釋】

❶絲衣：祭服。紑：《傳》：「鮮潔貌。」❷載：通「戴」。弁：皮帽。俅俅：《傳》：「恭順貌。」❸堂：廟堂。基：《傳》：「門塾之基。」即門檻。❹鼐：大鼎。鼒：小鼎。❺兕觥：用兕牛角作的酒杯。觩：角彎曲貌。古人以兕觥為失禮罰酒杯子。❻吳：《說文》：「大言也。」即大聲說話。敖：同「傲」，傲慢。❼胡考：長壽。休：美；祥瑞。

酌

頌武王能酌取先祖之道以養民。

於鑠王師❶
遵養時晦❷
時純熙矣❸
是用大介❹
我龍受之❺
蹻蹻王之造❻
載用有嗣❼
實維爾公允師❽

噫！武王部隊真壯美，
退養與時同韜晦。
一朝時代大光明，
戎裝出而天下歸。
我能光寵承先業，
威武之功王者為。
今天能有後繼人，
因師武王的法規。

【注釋】

❶於：嘆詞。鑠：《傳》：「美也。」❷遵：循。時晦：時代晦暗。《詩集傳》：「退自循養，與時皆晦。」又《傳》云：「遵，率；養，取。」言武王率師以取暗昧之紂。兩說皆通。❸純：大。熙：光明。❹介：《詩集

傳》：「介，甲也。所謂一戎衣也。」一說「介，善也。大介即大善，大善猶大祥也。」都通。❺我：主祭者自稱。龍：《箋》：「寵也。」❻蹻蹻：武貌。造：事功。❼載：則。有：助詞。嗣：繼承人。❽維：能「惟」，只有。爾公：你先公。允：用。師：師法。吳闓生《詩意會通》：「維前人之事是法也。」

桓

周成王祀武王於明堂，頌武王克商之功。

綏萬邦

婁豐年❶

天命匪解❷

桓桓武王❸

保有厥士

于以四方❹

克定厥家

誅暴安良定萬邦，

屢屢獲得年豐穰。

天命為善不懈怠，

威武桓桓是武王。

保有這個好國土，

於是用武於四方。

能夠安定我周家，

於昭于天　　噫！武王美德天下揚，
皇以間之❺　　致使武王取代那紂王。

【注釋】

❶婁：與「屢」同。❷解：同「懈」。匪解：不懈怠。❸桓桓：威武貌。❹于：於是。以：用。❺皇：君王。間：《傳》：「代也。」之：指紂王。

賚❶

武王克商，大封功臣於廟。

文王既勤止　　文王為政既勤勞，
我應受之　　先業我當接受到。
敷時繹思❷　　宣傳文德又發展，
我徂維求定❸　　我往克殷求安早。

時周之命 於繹思❹

接受的是周命令，
噫！要念祖德實踐好。

【注釋】

❶賚：音ㄌㄞˋ，《傳》：「予也。」❷敷時繹思：敷，布也，施陳也。時，是，此。繹，繼續不斷。姚氏《詩經通論》：「布施是政，使之續而不絕，不敢倦而中止也。」所謂「政」，指文王之德政。❸徂：陳奐《詩毛氏傳疏》：「徂，往也。往伐殷也。」❹於：嘆詞。

般

周成王時頌武王巡狩祀河岳。

於皇時周❶
陟其高山❷
嶞山喬岳❸
允猶翕河❹

啊！多麼美善我周邦，
封禪四岳把山上。
小山大嶺也都祭，
九河合一依次往。

裒時之對❻　普天之下去巡遍，
時周之命　山川眾神都配享，
敷天之下❺　是周受命而為王。

【注釋】

❶於：嘆詞。皇：美。❷陟：登。周時祭山曰陟。見《毛詩傳箋通釋》。❸隋：小山。喬岳：大山。❹允猶翕河：允，語詞。猶，順也。翕，聚合。謂眾水順地勢而合流於大川。❺敷：同「普」。❻裒：聚。對：配。

魯頌

駉

頌魯僖公牧馬於野不害農田，以喻樂育賢才。

駉駉牡馬❶
在坰之野❷
薄言駉者❸
有驈有皇❹
有驪有黃❺
以車彭彭❻
思無疆❼

身長體壯的雄馬，
牧在邊界的荒野，
牧的肥馬是哪些？
有黃白馬和驈白跨。
有純黑驪和黃騂馬，
肥健就把祀車駕。
魯侯謀慮無止境，

思馬斯臧[8]
駉駉牡馬
在坰之野
薄言駉者
有騅有駓[9]
有騂有騏[10]
以車伾伾
思無期
思馬斯才

駉駉牡馬
在坰之野
薄言駉者
有驒有駱[11]

遠郊放養馬壯美！
身長體壯的雄馬，
牧在邊界的荒野，
牧的肥馬是哪些？
有雜色騅和雜毛馬。
有赤黃騂和蒼艾騏，
力大就把戎車駕。
魯侯謀慮沒止期，
遠郊放養馬成材！
身長體壯的雄馬，
牧在邊界的荒野。
牧的肥馬是哪些？
有青驪驒和黑鬣馬，

有駵有雒[12]
以車繹繹
思無斁[13]
思馬斯作[14]

駉駉牡馬
在坰之野
薄言駉者
有駰有騢[15]
有驔有魚[16]
以車祛祛
思無邪
思馬斯徂

有赤身駵和黑身雒，
善走就把田車駕。
謀慮深遠不厭倦，
遠郊放牧馬騰躍。

身長體壯的雄馬，
牧在邊界的荒野。
牧的肥馬是哪些？
有陰白駰和彤白騢，
有腿長毛馬和白眼馬。
強健就把乘車駕，
謀慮深遠是不壞，
遠郊牧馬善長行！

【注釋】

①駉駉：《傳》：「良馬腹肥張也。」②坰：《爾雅‧釋地》：「邑外謂之郊，郊外謂之牧，牧外謂之野，野外謂之林，林外謂之坰。」故坰為極其遙遠之郊野。③薄言駉者：《孔疏》：「有何馬也。」薄言，語詞。④驈：黑身白跨馬。皇：黃白色馬。⑤驪：純黑色馬。黃：黃赤色馬。⑥以車：以之架車。彭彭：通「騯騯」，馬壯盛貌。以車彭彭：言以它駕車，彭彭壯盛。以下各章之類似句子中，伾伾，解作有力貌；繹繹，善走；祛祛，強健。⑦思無疆：思，謀慮。無疆，無止境。指魯僖公之謀慮遠大而無止境。⑧思：語詞。斯：其。臧：善。⑨騅：蒼白雜毛馬。駓：黃白雜毛馬，又名桃花馬。⑩騂：赤黃色馬。騏：青黑色相間馬。⑪驒：青黑色而有白鱗花紋的馬。駱：白身黑鬣馬。⑫騮：赤身黑鬣馬。雒：黑身白鬣馬。⑬斁：厭倦。⑭作：為。指馬良，好。一說，馬騰躍。⑮駰：淺黑和白色相雜馬。騢：赤白雜毛馬。⑯驔：黑色黃脊馬。魚：兩眼有白圈馬。

有駜

魯僖公燕飲君臣。

有駜有駜①
駜彼乘黃
夙夜在公
在公明明②

馬肥壯來馬肥壯，
駕車駟馬毛色黃。
早起晚睡在公所，
都在公所為公忙。

振振鷺❸
鷺于下❹
彭咽咽❺
醉言舞❻
于胥樂兮❼

有駜有駜
駜彼乘牡
夙夜在公
在公飲酒
振振鷺
鷺于飛
鼓咽咽
醉言歸

手持鷺羽飛又舞，
起起伏伏都飛過，
鼓聲節奏咽咽響。
醉後起舞態婆娑，
君臣融融都快樂。

馬肥壯來馬肥壯，
駕車牡馬壯又強。
早起晚睡在公所，
公畢在所飲酒漿。
鷺羽成群飛舞多，
飄來飄去又飛過，
鼓聲節奏咽咽響。
醉後各散歸家臥，

于胥樂兮
有駜有駜
駜彼乘駽❽
夙夜在公
在公載燕❾
自今以始
歲其有❿
君子有穀⓫
詒孫子⓬
于胥樂兮

君臣融融都快樂。
馬肥壯來馬肥壯，
駕車青驪壯又強。
早起晚睡在公所，
公畢在所飲燕忙。
自從今天開始過，
年年都唱豐收歌。
君子僖公有善政，
善政留給子孫多，
君臣融融都快樂。

【注釋】

❶駜：馬肥壯，力強貌。❷明明：勉勉，勤勉。❸振振：鳥群飛貌。鷺：鷺鷥。古人舞蹈手執鷺羽起舞。或戴在頭上舞。❹于：語助詞。❺咽咽：有節奏的鼓聲。❻言：語助詞。❼于：發聲詞。胥：都，皆。❽駽：《傳》：「青驪曰駽。」即鐵青色馬。❾載：則。燕：通「宴」。❿有：豐收有年。⓫君子：指僖公。有穀：穀，善。有穀，有善道，善政。⓬詒：留給。

泮水

頌魯僖公修泮宮克淮夷。

思樂泮水❶
薄采其芹
魯侯戾止❷
言觀其旂❸
其旂茷茷❹
鸞聲噦噦
無小無大
從公于邁❺
思樂泮水

樂往泮宮泮水旁，
去採水畔野芹忙。
魯侯僖公來到此，
看那建旂法有常。
車上旂旗往下垂，
車行鸞鈴噹噹響。
群臣不論大和小，
隨從僖公都前往。
樂往泮宮泮水橋，

薄采其藻
魯侯戾止
其馬蹻蹻
其馬蹻蹻
其音昭昭
載色載笑❻
匪怒伊教❼

思樂泮水
薄采其茆❽
魯侯戾止
在泮飲酒
既飲旨酒
永錫難老

去採水中的野藻。
魯侯僖公來到此，
駕車馬兒極勇驍。
駕車馬兒極勇驍，
魯侯為政德行昭。
顏色溫和臉含笑，
沒有怒氣只行教。

樂往泮宮泮水旁，
去採水中蒓菜忙。
魯侯僖公來到此，
在這泮宮飲酒漿。
已經飲了那美酒，
天賜不老永健康。

順彼長道❾
屈此群醜❿

穆穆魯侯
敬明其德
敬慎威儀
維民之則⓫
允文允武⓬
昭假烈祖⓭
靡有不孝⓮
自求伊祜⓯

明明魯侯
克明其德
既作泮宮

謀從遠道去討伐，
收服群醜制敵方。

魯侯美譽昭於國，
恭敬明白有道德。
威儀表現謹又慎，
乃是人民的典範。
信有文德又有武，
精誠上把烈祖感。
國人無有不效法，
這是自己求福澤。

勤勉不倦的魯侯，
能使美德昭而著。
既已修建了泮宮，

淮夷攸服⑯
矯矯虎臣
在泮獻馘⑰
淑問如皋陶⑱
在泮獻囚

濟濟多士
克廣德心⑲
桓桓于征
狄彼東南⑳
烝烝皇皇
不吳不揚㉑
不告于訩㉒
在泮獻功

又值淮夷來降服。
勇敢威武的虎將，
在泮獻耳獲敵頭，
善審俘虜如皋陶，
泮宮獻上籠中囚。

濟濟人才多無窮，
大量寬弘為心胸。
部隊威武去征伐，
去治淮夷往南東。
道德厚範心思美，
不喧鬧來不亂轟。
從不爭功來訴訟，
只在泮裡獻戰功。

角弓其觩㉓
束矢其搜㉔
戎車孔博㉕
徒御無斁㉖
既克淮夷
孔淑不逆㉗
式固爾猶㉘
淮夷卒獲

翩彼飛鴞㉙
集于泮林
食我桑黮㉚
懷我好音㉛
憬彼淮夷㉜

角弓不張而放鬆，
矢束成捆而不用。
兵車十分的眾多，
行者駕者沒倦容。
既已克服了淮夷，
淮夷遷善願服從。
掌握制敵的方法，
淮夷被克成大功。

翩翩飛的那鴟鴞，
飛來集在泮林梢。
啄食我們的桑葚，
向我叫聲也變好。
覺悟過來的淮夷，

來獻其琛㉝
元龜象齒㉞
大賂南金㉟

為獻寶物而來朝。
獻的大龜和象牙，
大贈南金把心表。

【注釋】

❶思：語詞。泮水：水名。❷戾止：到達。❸言：語詞。旂：繪飾交龍之旗。❹茷茷：嚴整而合法度之貌；下垂貌。❺于：往。邁：行。❻載：則。色：臉色和藹。❼匪：非。伊：是。❽茆：蒓菜。❾長道：遠路。或安國善道。見《詩毛氏傳疏》。❿屈：收服。群醜：指淮夷。⓫則：法則，榜樣。⓬允：信。⓭昭：明。假：至。烈祖：指魯國的祖先周公、伯禽等。⓮孝：通「效」，效法。⓯祜：福。⓰攸：所。⓱馘：割敵俘左耳以計殺敵之功。⓲淑問：善於審問。皋陶：舜時掌刑獄的官。⓳德心：善心。⓴狄：《箋》：「狄，當作剔。剔，治也。」㉑吳：喧嘩。揚：高聲。㉒告：窮究。訩：凶人。又《箋》：「訩，訟也。」「無以爭訟之事告於治訟之官者。」㉓觩：《傳》：「弛貌。」一說弓緊張貌。㉔束矢：五十或一百矢捆為一束叫束矢。搜：《傳》：「眾意也。」馬瑞辰《毛詩傳箋通釋》本《說文》釋為聚，指矢捆束貌。㉕博：眾多。一說廣大。㉖徒：步兵。御：駕車者。無斁：不厭倦。㉗孔淑：很善良。不逆：不叛逆。㉘式固爾猶：《孔疏》：「言僖公能固執大道之故，故淮夷卒皆服也。」一說堅持了你的計謀。㉙鴞：即貓頭鷹。㉚黮：又作「葚」，即桑葚。㉛懷：給。㉜憬：覺悟。㉝琛：珍寶。㉞元龜：大龜。㉟大賂：《毛傳》：「賂，遺也。」一解成玉名，亦通。

閟宮

魯大夫公子奚斯頌美僖公恢復疆土，修建宮室。

閟宮有侐❶
實實枚枚❷
赫赫姜嫄❸
春德不回❹
上帝是依❺
無災無害
彌月不遲❻
是生后稷
降之百福
黍稷重穋

宮廟關閉極清靜，
屋既廣大材密緊。
赫赫昭著的姜嫄，
德行不邪而貞正。
上帝依靠她子孫，
任何災難沒發生。
懷胎期滿不遲緩，
於是就把后稷生。
上帝給他降百福，
小米高粱先後熟。

稙穉菽麥❼
奄有下國❽
俾民稼穡
有稷有黍
有稻有秬
奄有下土
纘禹之緒❾
后稷之孫
實維大王
居岐之陽
實始翦商❿
至于文武
纘大王之緒

大豆麥子先後種，
用糧育民有國土。
教會人民做莊稼，
有高粱和小米黍，
還有稻子和黑米。
用糧育民有地域，
繼禹治水功業殊。
始祖后稷的子孫，
周家太王即其人。
遷居岐山的南方，
方始入踐商殷地。
到了文王和武王，
事業繼承那太王。

致天之屆⑪
于牧之野
無貳無虞
上帝臨女
敦商之旅⑫
克咸厥功⑬
王曰叔父⑭
建爾元子⑮
俾侯于魯
大啟爾宇
為周室輔
乃命魯公
俾侯于東

承應天命把兵進，
商郊牧野將敵困。
莫存貳心莫懷疑，
上帝看顧著你們。
治服殷商的部族，
能像祖先把功成。
成王說：「叔父！
請立你的大兒子，
使他在魯為諸侯。
大大開拓你疆土，
做我周家的藩輔。」
王又令那魯僖公，
使作諸侯在山東。

錫之山川
土田附庸⑯
周公之孫⑰
莊公之子
龍旂承祀⑱
六轡耳耳⑲
春秋匪解⑳
享祀不忒㉑
皇皇后帝㉒
皇祖后稷
享以騂犧㉓
是饗是宜㉔
降福既多

賜他廣大的山川，
還有壩溝繞田土。
他是周公的子孫，
又是莊公的兒子。
用交龍旗來祭祀，
六轡柔軟垂於此。
春秋祭祀不懈怠，
祭祀認真沒過失。
皇皇在天那上帝，
偉大皇祖我后稷。
獻祭用那純赤牛，
饗哪祭哪都適意。
降福很多給予你，

周公皇祖
亦其福女
秋而載嘗㉕
夏而楅衡㉖
白牡騂剛㉗
犧尊將將㉘
毛炰胾羹㉙
籩豆大房㉚
萬舞洋洋㉛
孝孫有慶
俾爾熾而昌
俾爾壽而臧
保彼東方

周公和著我皇祖，
也來把福賜予你。
秋天開始行祭嘗，
夏季設欄把牛養，
白色公豬赤脊牛，
牛形酒杯鏘鏘響。
燒熟毛豬和肉湯，
盛入籩豆和大房。
干羽舞蹈樂洋洋，
奉祀孝孫有福享。
使你強盛又隆昌，
使你長壽而安康。
把那東方來保住，

魯邦是常㉜
不虧不崩
不震不騰㉝
三壽作朋㉞
如岡如陵

公車千乘
朱英綠縢
二矛重弓㉟
公徒三萬
貝冑朱綅
烝徒增增
戎狄是膺㊱
荊舒是懲㊲

魯邦國運長又長。
好比高山不下崩，
好比流水不翻騰。
要和三卿作朋友，
國基永固如岡陵。
魯公兵車有千乘，
矛飾紅纓弓綠繩。
矛是二矛弓重弓，
魯公部隊三萬整，
用貝飾冑穿朱纓，
眾多軍士在行進。
戎狄已經被打敗，
荊舒也要受嚴懲。

則莫我敢承㊳
俾爾昌而熾
俾爾壽而富
黃髮臺背㊴
壽胥與試㊵
俾爾昌而大
俾爾耆而艾㊶
萬有千歲
眉壽無有害
泰山巖巖㊷
魯邦所詹㊸
奄有龜蒙
遂荒大東

無人能與我抗衡，
使你昌達而熾盛。
使你壽長而富貴，
黃髮駝背老壽星。
高齡長壽相比並，
使你強大而昌盛，
使你長壽髮轉青。
活到上千上萬歲，
長壽沒有災害侵。
泰山巍巍氣勢雄，
是在魯國境界中。
轄有龜山和蒙山，
國土延伸到極東。

至于海邦㊹
淮夷來同㊺
莫不率從
魯侯之功

保有鳧繹㊻
遂荒徐宅㊼
至于海邦
淮夷蠻貊㊽
及彼南夷㊾
莫不率從
莫敢不諾
魯侯是若
天錫公純嘏

一直到那近海國，
淮夷也前來同盟。
無不相率來順從，
這是魯侯的大功。

撫有鳧繹的山脈，
就轄徐戎的舊宅。
一直達到近海邦，
又平淮夷與蠻貊。
以及南夷那荊楚，
無不相約來進謁。
從此不敢不應諾，
順從魯侯很服悅。
天賜魯公以大福，

眉壽保魯
居常與許
復周公之宇㊿
魯侯燕喜
令妻壽母
宜大夫庶士
邦國是有
既多受祉
黃髮兒齒51
徂徠之松
新甫之柏
是斷是度52
是尋是尺53

長壽而把魯保住。
居住南常和西許，
恢復周公的疆地。
魯侯燕飲來作樂，
母壽妻賢相祝賀。
大夫庶士都相宜，
邦國是能致富裕，
已經受到多福祉，
頭髮返黃長兒齒。
徂徠山上松蒼蒼，
新甫山上翠柏長。
於是砍伐於是鋸，
一尋一尺多考慮。

松桷有舄㊹
路寢孔碩㊺
新廟奕奕
奚斯所作
孔曼且碩㊻
萬民是若

松木椽子這樣粗，
正寢宮室是大屋。
新廟建成真巍峨，
詩是奚斯公子作。
篇章很長又很美，
順應民意譜入歌。

【注釋】

❶閟：音義同「祕」，閉也。侐：清靜。❷實實：廣大貌。枚枚：細密貌。《孔疏》：「其宮之材，則枚枚然而礱之密之。」❸姜嫄：后稷母。❹回：邪。❺依：依靠，依憑。❻彌：滿。❼稙：早種的穀物。穉：晚種的穀物。❽下國：天下國土。❾纘：繼續。緒：事業。❿翦：滅。《說文》：「剪作戩」，訓滅。又翦，「踐」之假借。⓫屆：《箋》：「極也。」《詩毛氏傳疏》：「古極、殛通。殛，誅。」全句為招致天命進兵誅滅。⓬敦：《箋》云：「治也。」旅：眾。⓭咸：成功，完成。⓮王：成王。叔父：周公。⓯元子：長子。指周公長子伯禽。⓰附庸：《詩集傳》：「附庸，猶屬城也。小國不能自達於天子而附於大國也。」又解：附庸，指在方田之外取土築埂壩，取土後形成繞田的溝渠，構成道路及灌溉系統。⓱周公之孫、莊公之子：指僖公。⓲龍旂：畫上交龍的旗子。⓳耳耳：《詩集傳》：「轡柔和下垂貌。」⓴解：同「懈」。㉑忒：差錯。㉒皇皇：光明。后帝：即上帝。㉓騂：赤色。犧：祭祀的羊牛。㉔饗、宜：兩種祭祀名。㉕載：始。嘗：秋祭名。㉖楅衡：牛欄。㉗白牡：白色雄豬。騂剛：「犅」之假借，赤色雄牛或赤脊牛。㉘犧尊：牛形酒杯。將將：器皿碰擊聲。㉙毛炰：去毛烤豬。胾羹：肉片湯。㉚籩豆：古食器。大房：玉飾的俎。㉛《萬舞》：舞名，乃干舞、羽舞並有之舞，又名大舞。㉜常：守。一說久長。㉝騰：沸騰，翻騰。㉞三壽：三卿中之享上壽、下壽、中壽者。《文選》李善引《養生經》：「上壽百二十，中壽百，下壽八十。」㉟二矛：夷矛與酋矛。重弓：兩弓。㊱膺：擊。㊲舒：楚的

屬國，在今安徽廬江縣。㊳承：抵當。㊴臺背：牟庭《詩切》：「臺背者，老人傴背隆高如臺也。」㊵壽胥與試：胥，相互。試，比。句謂壽相比。㊶耆、艾：《曲禮》：「五十曰艾，六十曰耆。」又七十以上稱耆，都指老人說。㊷巖巖：高峻貌。㊸詹：至。陳奐《詩毛氏傳疏》：「言所至境也。」㊹海邦：魯東面近海的小國。㊺來同：同來朝見。來，同「盟」。㊻鳧：山名，在山東鄒縣西南。繹：山名，即鄒山，在鄒縣東南。㊼徐：徐戎。在今江蘇徐州一帶。宅：居。徐宅：徐戎所居，指徐國。㊽淮夷：淮水流域的少數民族。蠻貊：東南方的少數民族。㊾南夷：指荊楚。㊿宇：疆域。(51)兒齒：《詩集傳》：「齒落更生細者，亦壽征也。」(52)度：「剫」字的省借。《廣雅》：「剫，分也。」即劈開作材料建房屋。(53)尋：一尋為八尺。(54)桷：方形屋椽。舄：粗大。(55)路寢：古帝王處理政事的宮室。(56)若：善。《毛詩傳箋通釋》：「若，訓善，謂善其作是詩也。」

商頌

那

祀成湯天乙。陳述音樂舞蹈之盛，以紀念其先祖。

猗與那與❶
置我鞉鼓❷
奏鼓簡簡
衎我烈祖❸
湯孫奏假❹
綏我思成❺
鞉鼓淵淵

噫！成湯武功真美盛！
樹起鞉鼓來敬神，
敲起鼓來聲宏大，
樂我烈祖在天靈。
湯孫進言告先祖，
敬祈先祖賜我福。
鞉聲鼓聲淵淵響，

嘒嘒管聲
既和且平
依我磬聲❻
於赫湯孫❼
穆穆厥聲
庸鼓有斁❽
萬舞有奕❾
我有嘉客
亦不夷懌❿
自古在昔
先民有作
溫恭朝夕
執事有恪⓫

管樂齊奏相和鳴，
聲既調協又和平，
起落依我玉磬聲。
盛大呀！湯孫！
悠揚動聽那樂聲。
大鐘大鼓次第鳴，
萬舞蹁躚美無倫。
我有助祭嘉客至，
不也欣喜是樂事！
助祭上古近古有，
先人舉行那祭祀。
早晚溫和又恭敬，
執事恭敬薦飲食。

顧予烝嘗⑫　　先祖顧念受烝嘗，
湯孫之將⑬　　湯孫虔誠奉祭享。

【注釋】

❶猗與那與：《傳》：「猗，嘆詞。那，多也。」陳奐《詩毛氏傳疏》：「云多者，美嘆成湯多武功以定天下也。」馬瑞辰《毛詩傳箋通釋》：「猗、那二字疊韻，皆美盛之詞。」❷置：《箋》：「置讀曰植。」樹立。鞉鼓：一種手搖鼓，搖以始樂和終樂的樂器。❸衎：樂也。烈祖：指成湯。❹湯孫奏假：湯孫，吳闓生云：「……竊疑自太甲以下皆可謂之湯孫。」奏，進，獻。假，讀作嘏，告也。句謂湯孫進言告於先祖。❺綏我思成：綏，詒也。思，語詞。成，福也。此句云貽我福。❻磬：玉製的磬。古以磬聲止眾樂。❼於赫湯孫：陳奐《詩毛氏傳疏》：「赫為盛。」湯孫，疑為祀者自呼。言祭樂之盛。❽庸：「鏞」的假借字，大鐘。斁：盛貌。即斁斁。指鐘鼓聲盛大而有規律言。❾有奕：即奕奕，指舞蹈優美，場面盛大言。《傳》：「奕奕然閑也。」陳奐《詩毛氏傳疏》：「閑者，謂舞容也。《東京賦》：『萬舞奕奕。』薛注曰：『奕奕，舞形也。』」❿夷：通「怡」。夷懌：喜悅。⓫執事：辦事人員。恪：恭敬。⓬烝：冬祭名。嘗：秋祭名。⓭將：《詩集傳》：「奉也。」奉祀，奉獻。

烈祖

與《那》同為祭祀成湯之樂。《那》詩專言樂舞。此詩則及於酒饌。

嗟嗟烈祖　　唉唉！成湯我烈祖！

有秩斯祜❶
申錫無疆❷
及爾斯所❸
既載清酤
賚我思成❹
亦有和羹❺
既戒既平❻
鬷假無言❼
時靡有爭❽
綏我眉壽
黃耇無疆
約軧錯衡❾
八鸞鶬鶬❿

有治天下的大福。
天又賜福無限多，
這福一直到你所。
既備清酒來祭祖，
定能賜我以福祿。
也有五香來調羹，
味既備齊又和平，
默默精誠感神明，
一致肅敬沒爭論。
安定賜福我老人，
老人長壽沒止境。
皮纏車轂紅色亮，
四馬八鸞當當響。

以假以享⑪
我受命溥將⑫
自天降康
豐年穰穰⑬
來假來饗
降福無疆
顧予烝嘗
湯孫之將

感動神靈來受祭！
我受天命大又長，
上天賜給人安康，
年成豐熟稻禾穰。
神靈到來食又飲，
降福真是沒止境。
先祖到來受烝嘗，
湯孫虔誠奉祭享。

【注　釋】

❶秩：大貌。❷申：重，又。❸斯所：此所，此處。一說，直到於今天。❹賚：賜予。❺和羹：五味調好的羹湯。❻戒：馬瑞辰《毛詩傳箋通釋》：「戒當訓備。《方言》：『戒、備也。』……和羹必備五味。」❼鬷假：《毛詩傳箋通釋》：「當從《中庸》引作奏假，訓為進至，與『湯孫奏假』同義。至之言致，謂精誠上致乎神。」無言：一說無過錯。謂言讀為愆，無言即無愆過。一說，謂「無爭」言。❽時靡有爭：《詩集傳》：「肅敬而齊一也。」❾約軧錯衡：《箋》：「約軧，轂飾也。」約，束。軧，車轂。錯，花紋。衡，車轅前端的橫木。❿鶬鶬：同「鏘鏘」，鈴聲。⓫以假以享：吳闓生《詩意會通》：「以假以享，主祭者之格感神明也。來假來享，神明之來降也」。假，通「格」。二字指致祭和獻祭言。⓬溥將：廣大。⓭穰穰：盛貌。指禾黍眾多而言。

玄鳥

殷商後代祀殷高宗。

天命玄鳥❶
降而生商
宅殷土芒芒❷
古帝命武湯❸
正域彼四方❹
方命厥后❺
奄有九有❻
商之先后❼
受命不殆❽
在武丁孫子❾

老天命令那候鳥，
來時生契就是商，
住在廣大殷地上。
天命威武我成湯，
正那封疆治四方。
遍告部落各酋長，
統治九州為君王。
殷商先王乃成湯。
承受天命不懈怠，
是有賢孫武丁在。

武丁孫子
武王靡不勝❿
龍旂十乘
大糦是承⓫
邦畿千里
維民所止
肇域彼四海⓬
四海來假⓭
來假祁祁
景員維河
殷受命咸宜
百祿是何⓮

武丁是個好子孫，
威武王業無不能勝任。
諸侯十車插龍旗，
載著大糧來朝裡。
國都附近有千里，
乃是人民聚居地，
始拓疆域四海區。
四海小國來朝賀，
朝賀進貢多又多，
東西南北是大河。
殷受天命很適宜，
承受天賜百祿齊。

【注　釋】

❶玄鳥：即燕子，毛色黑，故名玄鳥。玄，黑色。《爾雅》名曰鳦。注：「紫燕也。」候鳥。❷宅：居住，作

動詞用。❸古帝：上帝。武湯：成湯自號為武王。《箋》：「天帝命有威武之德者成湯」。❹正域：正其封疆。正者，治理整頓也。❺方：普遍。后：指氏族部落諸侯。❻九有：即「九域」的假借，九州。❼先后：指成湯。❽殆：「怠」的假借字。一說危險。❾武丁孫子：武丁即高宗，成湯孫子。句意是孫子武丁。❿武王：言成湯的王業。勝：勝任。⓫糦：禾稷糧食。承：供奉。⓬肇：《箋》：「肇，當作兆。」兆域，即疆域。又陳奐《詩毛氏傳疏》：「肇，始；域，有也。」⓭假：至，來朝。⓮何：通「荷」，負擔，承受。

長發

殷高宗時祭天。一說為敘述殷商的起源，並無祭祀意味。

濬哲維商❶
長發其祥
洪水芒芒
禹敷下土方❷
外大國是疆❸
幅隕既長❹

最明哲的是殷商，
長久發現有徵祥。
遍地大水白茫茫，
大禹治水正四方。
京外大國入疆界，
疆域既已經擴張。

有娀方將❺
帝立子生商❻
玄王桓撥❼
受小國是達❽
受大國是達
率履不越❾
遂視既發❿
相土烈烈⓫
海外有截⓬
帝命不違⓭
至于湯齊
湯降不遲⓮
聖敬日躋⓯

有娀氏女正成長，
帝立娀女而生商。
玄王大行其德政，
小國能達其教令，
大國也能達教令，
都遵禮法去施行。
各處視察民遵命，
契孫相土有威名，
四海之外齊歸順。
他決不把天命違，
和天齊心也不背。
傳至成湯德不衰，
商湯聖德逐日升。

昭假遲遲[16]
上帝是祗[17]
帝命式于九圍[18]
受小球大球[19]
為下國綴旒[20]
何天之休[21]
不競不絿[22]
不剛不柔
敷政優優[23]
百祿是遒[24]
受小共大共[25]
為下國駿厖[26]
何天之龍[27]

精誠感天久不息，
總也敬奉那上帝，
帝命執法九州里。
法有大小人仿效，
做那各國的儀表。
承受天給的美譽，
不去競爭不急躁，
不過剛猛不軟弱，
和和美美施政教，
百祿聚在一身好。
法有大小人所崇，
各國在他庇護中。
承受天命的光寵，

敷奏其勇
不震不動
不戁不竦㉘
百祿是總
武王載旆㉙
有虔秉鉞㉚
如火烈烈
則莫我敢曷㉛
苞有三蘖㉜
莫遂莫達
九有有截㉝
韋顧既伐㉞
昆吾夏桀㉟

又能表現其大勇。
不震駭來不動搖，
不畏縮來不驚恐，
百祿總共給得重。
湯武開始去伐桀，
牢牢執斧把敵滅。
威猛有如那烈火，
沒有誰敢來阻截。
夏桀加上那三蘖，
不能達天以美德。
九州諸侯齊服德，
既已討伐韋和顧，
又滅昆吾和夏桀。

昔在中葉
有震且業
允也天子㊱
降予卿士㊲
實維阿衡㊳
實左右商王㊴

從前中世那般商，
既有威力大又強。
誠信成湯天之子，
上天賜他賢卿士。
卿士就是那阿衡，
實能輔弼我商王。

【注釋】

❶浚：深。浚哲：深智，明智。❷敷：治理。土方：下土，四方。❸外大國：《傳》：「諸夏為外。」即夏治疆域以外。❹幅隕：即疆域，今作幅員。❺有娀：古國名，指有娀女簡狄，契母說。在今山西運城蒲州鎮。❻帝：指傳說中的高辛氏，簡狄丈夫。子：指簡狄。生商：生契而有商。❼玄王桓撥：《傳》：「玄王，契也。桓，大。撥，治。」❽達：通。指契能通其教令於民眾。❾率：循。履：「禮」的假借字。❿視：視察。發：實行。⓫相土：契的孫子。烈烈：威武貌。⓬截：整齊歸順。⓭帝命不違：不違帝命。⓮湯降不遲：湯降，「降湯」之倒文。降湯乃至湯，傳至湯之意。遲，陵夷，引申為衰微。湯降不遲，乃至湯不衰。⓯躋：升。日躋：日日上升。⓰昭假：虔誠，精誠。遲遲：長久。⓱祗：敬。⓲九圍：九域，九州。式：為法，執法。⓳球：法制。大、小：言法制有大小之別。⓴下國：諸侯國。綴旒：戴震《詩考正》：「綴者，懸綴於高處，民所瞻望之謂。旒亦垂示章美以示儀者也。」意即表率。㉑何：通「荷」，承蒙。休：美。㉒絿：急躁。㉓敷政：施政。優優：寬和貌。㉔遒：聚。㉕共：《傳》：「共，法。」法制有大小，故稱小共大共。㉖駿厖：《毛詩傳箋通釋》：「此詩駿厖，當以恂蒙為正。恂蒙，猶云為下國庇覆耳。」即庇蔭、保護之意。㉗龍：通「寵」，榮譽。㉘戁、竦：恐懼。兩字同義。㉙武王：指湯。載：始。旆：旗。載旆：建旗出兵。㉚虔：牢固。秉：執，拿。鉞：大斧。㉛曷：「遏」的假借，阻礙，制止。㉜苞：樹本，喻夏桀。蘖：樹枝。三蘖：喻三國，即韋、顧、及昆吾，

皆桀之黨。㉝九有有截：九有，即九州。有截，即統一。全句謂九州統一。㉞韋、顧：是夏之盟國，都為商湯所滅。㉟昆吾：夏之盟國。夏桀：夏末代君主，荒淫無道，為湯所滅。㊱允：誠信。天子：指成湯。㊲降予卿士：降，降賜。降賜給他賢卿士。㊳實維阿衡：實維，是為。阿衡，即伊尹，當時之賢臣。㊴左右：輔助。陳奐《詩毛氏傳疏》：「《爾雅》：『左右亮也。』助與亮同義。」

殷武

祀殷商宗。

撻彼殷武❶
奮伐荊楚❷
罙入其阻❸
裒荊之旅❹
有截其所❺
湯孫之緒❻

武丁神速真勇武，
奮起威力伐荊楚。
深入敵人險阻地，
克敵獲取眾俘虜。
兵到之處齊服罪，
湯孫就把功業樹。

維女荊楚
居國南鄉⑦
昔有成湯
自彼氐羌⑧
莫敢不來享⑨
莫敢不來王⑩
曰商是常⑪
天命多辟⑫
設都于禹之績⑬
歲事來辟⑭
勿予禍適⑮
稼穡匪解⑯

只有你這個荊楚。
居住中國的南方。
從前我們有成湯，
在那遠方的氐羌，
不敢不前來進貢，
不敢不前來朝王，
認為殷商是君長。
上天命令眾諸侯，
設都禹治那地帶。
每年到時來朝王，
決不給你以責怪，
耕種莊稼莫懈怠。

天命降監⑰
下民有嚴⑱
不僭不濫⑲
不敢怠遑
命于下國
封建厥福⑳
商邑翼翼㉑
四方之極㉒
赫赫厥聲㉓
濯濯厥靈㉔
壽考且寧
以保我後生

老天降命察民情，
湯敬天命愛百姓。
不濫用刑不亂賞，
不敢求暇怠政令。
施行教令於下國，
大大為民造福分。
京師商邑真齊整，
是在四方的中心。
赫赫顯盛那政聲，
濯濯光明如尊神。
既長壽來又安寧，
用來保佑我子孫。

陟彼景山，松柏丸丸㉕。
是斷是遷㉖，方斲是虔㉗。
松桷有梴㉘，旅楹有閑㉙，
寢成孔安㉚。

登到那個景山上，
松柏樹幹直又長。
於是鋸斷又運走，
於是斫平把樹放。
長的松木做屋椽，
長柏陳列做柱梁，
寢廟建成王安康。

【注釋】

❶撻：迅速；勇武。殷武：殷王武丁。❷荊：州名。楚：國名。❸罙：「深」的本字。阻：險阻。❹裒：俘虜，動詞。一說聚集。旅：眾士兵。❺有截：整齊劃一。❻湯孫：指武丁。緒：功業。❼國：指中國。❽氐、羌：湯時西北方的兩個民族，約在陝北、甘肅等地。❾享：貢獻。❿來王：來朝。⓫常：長，或讀尚。是常：即「是尚」。猶言惟商是尚，即可為君長之意。⓬多辟：眾諸侯。⓭績：「跡」的假借字。禹之績：大禹治過洪水的地方。⓮歲事：年中有事，指祭祀等大事。來辟：來朝王。⓯禍適：王引之《經義述聞》：「禍讀過。《廣雅》：『適，過責也。勿予過責，言不施過責也。』」⓰解：通「懈」。匪懈：勿懈怠，莫放鬆。⓱監：察看。⓲嚴：讀為儼。儼，敬。⓳不僭不濫：賞賜過份曰僭，刑罰太過曰濫。《毛傳》「不僭不濫，賞不僭，刑不濫也。」⓴封：《傳》：「大也。」建：建立。㉑翼翼：《詩集傳》：整飭貌。㉒極：中心，榜樣。㉓赫赫：顯著。㉔濯濯：光明。靈：神靈。㉕丸丸：直又圓的樣子。㉖斷：砍伐。遷：搬回來。㉗斲：砍，削。虔：馬瑞辰《毛詩傳箋通釋》：「當讀為虔劉之虔。《方言》：『虔，殺也。』《廣雅》：『虔，伐、刈並訓。』」㉘梴：長貌。㉙旅：《傳》：「旅，陳也。」一說「鑢」之假借字，刮磨。閑：大貌。㉚寢：寢廟。即路寢與宗廟。

國家圖書館出版品預行編目資料

詩經 / 不詳作；袁愈荌譯注. --
初版. --臺北市：台灣書房，
冊；　公分. --(中國古籍)

ISBN 978-986-6764-31-8（全套：平裝）
ISBN 978-986-6764-32-5（上冊：平裝）. --
ISBN 978-986-6764-33-2（下冊：平裝）

831.1　　　　96024515

中國古籍　　8R08

詩　經(下)

原　　著　不　詳
譯　　注　袁愈荌
發 行 人　楊榮川
出 版 者　台灣書房出版有限公司
地　　址　台北市和平東路２段３３９號４樓
電　　話　０２－２７０５５０６６
傳　　真　０２－２７０５６１００
郵政劃撥　１８８１３８９１
網　　址　http://www.wunan.com.tw
電子郵件　tcp@wunan.com.tw
總 經 銷　朝日文化事業有限公司
地　　址　台北縣中和市橋安街１５巷１號７樓
電　　話　０２－２２４９７７１４
傳　　真　０２－２２４９８７１５
顧　　問　得力商務律師事務所　張澤平律師
出版日期　2007年 12月 初版一刷
定　　價　新台幣400元整
印　　量　１０００本